珍瓏無雙局

桩桩——作

伍

玲瓏無雙局

目錄

第五十七章　家主之爭

進了臘月，眼瞅著年關將至，江南揚州的林家老宅卻難見半分喜慶。穿著青布厚襖的下人們縱然在做事，也忍不住朝銀杏院的方向瞅上幾眼。

一入冬，林大老爺再次臥床不起。郎中說林大老爺已經時日無多，林氏族人在林二老爺的陪同下頻繁出入銀杏院。下人們心裡想著同樣的一個問題。大老爺過世後，林家主事的人還會是年輕的大公子嗎？

林一川坐在銀杏院裡假山上的歸來亭頂上，他坐得極其閒適，雙腿隨意搭在斜瓦上，往後仰著，胳膊肘撐著屋脊，彷彿在欣賞著風景。

亭下，燕聲抱著劍縮著脖子，時不時吸吸鼻子，跺一跺凍僵的腳。雁行不陰不陽說少爺喝點兒冷風，心裡會舒服點兒。燕聲卻不想跟著雁行躲屋裡取暖。這種時候他怎麼能不陪著少爺呢？

燕聲只盼著銀杏院裡的客人趕緊走，少爺不用在亭頂吹風，他也能進屋暖和暖和。

風捲走了浮雪，露出的青黑色屋脊像一筆筆墨痕，安靜勾勒出一幅水墨長卷。

林家庭園真美！這麼美的地方怎的就湧來一堆討人厭的蒼蠅？林一川無聲嘆了口氣，眼角餘光掃到人影出沒，隨手從身邊捏了團雪，朝著正院屋脊上的浮雪砸了過去。

「啪！」

輕響聲後，瓦上的浮雪簌簌落下，剛巧不巧地落在才走出正房的林二老爺父子身上。

冰冷的雪落進了脖子裡，凍得林二老爺哆嗦了下，轉頭大罵，「怎的不把雪掃乾淨？我大哥還沒死呢！」

落後一步的林一鳴拍落肩頭的雪，瞇著眼轉頭掃視著迴廊上垂手站立的下人們，哼了聲道：「我大伯父還沒死呢！這些刁奴就如此懈怠！這銀杏院沒個長輩撐著，規矩都散漫了。」

隨後步出正堂的林氏族人紛紛點頭應和起來。林二老爺聽著恭維聲，又高興起來，拱手道：「天寒地凍，勞煩各位前來探望，還請去花廳飲杯熱酒暖暖身子。」說著就呼喝著下人去備酒席，儼然擺出了一家之主的架勢。

林一川心尖尖被掐了一把，疼得蹙緊了眉。

我爹還沒死呢，輪得到你們父子倆口口聲聲咒他死了？他抓起身邊的雪，左右開弓朝林一鳴砸過去。

「哎喲！哪個王八蛋敢打本少爺！」林一鳴連續被砸了三、四個雪團，狼狽地抱頭大叫。

林二老爺定睛一看，還沒等他開口，眼前影子晃動，林一川已躍下歸來亭，站在他面前。他併手一指，未出口的罵聲變成了無奈，「一川哪，你都十九了，還這麼頑皮？」

頑皮？林一川想翻白眼。他十歲起跟在父親身邊見林家管事，十五歲接觸林家生意，就不知道頑皮兩字怎麼寫了。

有位老者將拐杖往地上重重杵下，「不在你爹床前侍候，卻還有心情玩雪砸你兄弟，太不像話了！」

林一川驚喜地躬身行禮，「哎喲，九老太爺！前些天聽說您被您兒子賭輸了二百畝地氣得下不了床，那可是您家最大的一塊良田呢。姪孫正想著去看您，您就來了。想必我二叔幫著您將那二百畝地贖回來了？」

九老太爺面色一僵，輕咳了幾聲掩飾。林二老爺笑著扶住他，「同宗同族，自當守望相助，怎能讓祖業落於外人之手。小事一樁，不值一提。」

一番話讓族人們誇起了林二老爺，九老太爺僵硬的臉色也和緩起來。

林一川暗中嗤笑著，一步又邁到林一鳴身前，「想和一鳴開個玩笑，沒想到一鳴正好把臉湊了過來……來，讓堂兄看看，傷著沒有。」

這是開玩笑？去你媽的開玩笑！林一鳴把臉湊過去，諷刺道：「幸虧堂兄是開玩笑，否則弟弟這張臉可就毀了。」

「啪！啪！」

林一川的手拍在林一鳴臉上，發出「啪啪」的脆響聲。林一鳴的臉迅速轉紅，目瞪口呆看著林一川，一時間沒有反應過來。他還敢打自己！

林一川拍了幾記，嘆道：「還好還好，果然皮厚，沒有毀容，否則各位長輩都要責怪一川了。」

林一鳴大怒，正想回罵時，被林二老爺攔住了。父親的眼神讓他瞬間反應過來，他哼了聲，心想等再過些日子，看林一川再怎麼囂張跋扈。這麼一想，竟然隱忍了下來，「九老太爺、各位叔伯莫要放在心上。這邊請。」

他風度翩翩地請了林氏族人們去吃酒席，當林一川不存在。

林一鳴難得的穩重，此時連袖角甩動的幅度都彷彿在告訴林一川：人家正驕傲著、得意著，但為什麼？就是不告訴你。

直把林一川看得翻了個白眼，頭斜斜抬起，只捨得透過眼縫去瞅林一鳴那討嫌樣了。

這時跟在後面的林二老爺幫兒子又補了一刀，他經過林一川身邊時，一片真誠地說道：「一川哪，二叔並非想搶家主之位。祖宗的規矩在哪，你莫要以為二叔是趁火打劫。等你及冠，家主之位還是你的。」說罷負手邁步，帶著二房的下人離開了。

「呼、呼、呼、呼。」

拳腳在空氣中打出數道風聲，想像著林二老爺父子在拳下的慘樣，林一川憋悶的胸口總算輕鬆了不少。

不知何時雁行出現在他面前，手中提著一個食盒。林一川接過來，語氣輕快地叫了聲，「爹，兒子給您買四海居的早點了。您愛吃的煮乾絲！」

林大老爺虛弱地躺在床上，瞧著兒子進來，脣邊溢出了一抹笑容。

父親枯瘦如藤、面色蠟黃，眉宇間那層灰濛濛的死氣顯而易見。林一川心裡又難受起來，蔫著腦袋走過去，叫了聲，「爹。」

「林家祖宗積下的產業太大，怕被不肖子孫敗了家，的確定了條規矩，家主需及冠之後才能擔任。免得年紀太小，撐不起偌大的家業。林家數代也沒像我如此，年近不惑才得一幼子。」林大老爺頓了頓，逗著兒子，「你二叔請了族中的長輩抬出這條規矩，你就怕了？不過一年而已，難不成你此前的布置還掣肘不了你二叔？怕他成了暫代家主，將來就奪不回這家主之位？」

「就算二叔真成了家主，我也照樣能把家主拿回來！」林一川冷哼出聲。

林大老爺笑道：「有這自信，先前垂頭喪氣做甚？」

不過是想著您病重怕您突然就不在了。林一川故意撇嘴道：「現在不能把二叔父子轟出去，慭得慌唄。」

林大老爺放聲大笑，才笑了兩聲，就猛烈地咳了起來，慌得林一川給他撫背順氣，好一陣子林大老爺才喘著氣緩過來。林大老爺感覺到身體的力不從心，他是真的不行了。他望著林一川，心裡湧出陣陣不捨，「一川哪。」

「我在呢。」林一川替他掖了掖被角，握著父親枯藤般的手道：「您睡會兒吧。我守著您。」

應付那堆蒼蠅，父親應該很累了。

林大老爺疲倦極了，卻害怕一閉眼就再也醒不過來。他望向隔扇門口垂手肅立的青衣管事，嘶啞著喚了他一聲，「林安，你過來。」

林安沉默地走到床前，撩袍跪了下去。

「磕頭吧。」

「是。」

若不是握著老父親的手，林一川差點跳起來。最得父親信任的人竟然是年輕的三等管事林安？他緊抿著嘴，生受了林安的大禮。

林大老爺去了件心事，鬆手合上眼睛，「爹睡會兒。」

林一川放下了半邊帳子，看了眼林安，默默地退到外間。

他坐在廳堂正中的羅漢床上。林安恭敬地垂手站著。林一川仔細打量林安，在他印象中，林安是去年才提撥到銀杏院的三等管事，在銀杏院的一群管事中並不出色。今天留在內堂侍奉父親的卻是他。去年？他心中微動。這麼說，林安是父親當時病倒之後才到銀杏院的？

「大公子，小人的父親是思危堂的堂主。」

這句話讓林一川揚了揚眉。林家產業大，明面的生意由各處掌櫃管著，暗中建有思危堂，專事監督之職。思危堂的人都是家奴，一代傳一代，世代忠於林家。燕聲的父親也是思危堂的人，所以林大老爺信得過燕聲，自幼就讓他陪在林一川身邊。

林大老爺從思危堂中選中了林安，讓他忠於林一川。這意味著林安將來也會從自己父親手中接管思危堂。

「去查查，二老爺最近除了聯絡族人，還做了什麼？」林一川也沒客氣，直接下了令。

「天寒地凍，二老爺除了去幾位老輩家中拜訪，少有出門。二公子自京中回來後常去凝花樓喝花酒，樓裡新來了位嬌容姑娘，極得二公子喜歡。」

林安隨口報出二房父子的行蹤，聽上去倒沒什麼異常，可林一川卻冷笑道：「林一鳴前些天去城外賞梅，出了城就到了碼頭，在一艘商船上盤桓了半日。」

一抹亮色從林安眼中閃過，他像是才想起一般，抱歉地說道：「公子提起，小人也記起來了。那是十天前的事。那艘船是從京城來販貨的商船，船上有一人與來過林家的譚弈譚公子長得頗為相似。」

等他說起，林安才似突然記起。這位未來的思危堂堂主雖然磕頭認主，卻也傲氣，要看自己是否真有本事做得了林家的家主。林一川看明白林安的試探，懶得和他較勁，思忖道：「九老太爺等族中長輩這幾天突然前來探望父親……撿出一條祖宗規矩逼著父親讓二叔暫代一年家主，選的時機不錯。東廠有備而來，定要扶二叔做傀儡了。」

年關前，各處產業已經交帳封了帳本，沒有給林一川半分拖延交帳的理由。在林一川手中，去年各處的帳目清清楚楚。這時候林二老爺暫代家主，清閒自在得很。

主僕二人交換了下眼色，均明白各自的想法。京中有人撐腰出主意，所以林二老爺才選了個這麼好的時機開始行動搶奪家主之位。

林一川有點心疼，苦惱地說道：「錢多了扔水裡，砸得水花都響。打狗都心疼，扔的是肉包子啊。」

林安嘴角抽了抽，心想天底下的財主都一樣吝嗇，扔個肉包子打狗都捨不得。能動的金銀早就被林大老爺和林一川轉走了。為防東廠察覺，南北十六行的生意沒有停，櫃上的流水不過能勉力維持運轉。林二老爺一旦接任了家主之位，南北十六行的生意就算做不走，仍然是一大筆產業，再加上林家擺在明面上的鋪面與田莊，由不得林一川不心疼。

想讓東廠一口湯都喝不著，絕無可能。但哪怕讓東廠奪走一間鋪子、一畝田，林一川也覺得憤怒不捨，「盡力而為。」

「是。」

●○●

「江南的冬天比北邊風景好。」譚弈緊了緊皮袍，悠然嘆道。

竹溪里的竹林、松柏依舊蒼翠，竹葉像一葉葉小舟托著白雪，白綠相間，分外精神。

譚弈和梁信鷗不請自來，令人在池塘邊的平臺上搭了個草篷，正煮酒賞雪。

「杜之仙前院像村居，後院布置得清雅。冬季這一池殘荷也頗有雅趣，牆角老梅開得精神。只是對面那塊像是缺了點兒什麼。」譚弈隨口說道。

梁信鷗指著對面空出來的一塊道：「公子好眼力。下官記得那處原來種著一株丹桂，後來被移到杜之仙墳頭了。」

「原來如此。」譚弈點了點頭，又有些好奇，「杜之仙從前不是喜歡梅花嗎？據說他年輕時常去蘇州虎丘香雪海小住，只為欣賞十里梅花怒放的盛景。怎的穆瀾不將牆角那株老梅移到他墳頭去？」

發現穆胭脂就是陳丹沐之後，梁信鷗對這件事也就猜了個大概，嘆了口氣道：「沒想到杜之仙對陳皇后這般尊敬。陳皇后的閨名中含有丹桂二字。陳皇后難產過世，許貴妃做了皇后，許家權勢漸重，陳家自然就……嘿嘿。杜之仙為內閣大學士之時，因證據確鑿，親手督辦了與陳家有關的幾起抄家案子。後來疑心是咱們東廠陷害陳家，鬧到了聖前。先帝大怒，改抄家為抄斬，杜之仙從此鬱鬱寡歡。」

「後來他母親過世，他乾脆抱病辭了官。估計杜之仙一直覺得愧對陳皇后，所以才令穆瀾在他死後移丹桂到墳前。從前連督公都不解，杜之仙為了報恩竟然收了一個雜耍班的小子為徒。現在弄明白了，穆胭脂是陳皇后的親妹妹陳丹沐，她的兒子，杜之仙自然會傾力栽培。這也是他冒險藏匿金瓜武士陳良的原因。」

譚弈恍然大悟，想到穆胭脂就是珍瓏組織的首領，不免有些興奮，「那穆瀾是穆胭脂的兒子，自然和珍瓏脫不了關係。為何義父又將穆瀾的海捕文書撤了？」

梁信鷗不予置評，「督主定有他的考慮。」見譚弈悻悻然，便出聲安慰道：「就算撤了海捕文書，穆瀾再也出不了頭，又如何有資格與公子相爭？」

穆瀾當然無法和自己相比。只是一想到薛錦煙對穆瀾的愛慕，譚弈就恨不得將穆瀾拎到薛錦煙面前，當她的面將穆瀾踩到泥裡。

可惜穆瀾和穆胭脂如今銷聲匿跡，珍瓏組織也蟄伏不見蹤影，譚弈只得暫時將嫉恨壓在心底，轉過了話題，「咱們來揚州也有七、八天了，林一川的爹還能撐多久？我還想趕回京城陪義父過元宵節。」

梁信鷗微笑道：「林大老爺已是強弩之末，拖時日罷了。」

想起與林一川的過節，譚弈一口飲盡杯中酒，冷哼道：「本公子已經等不及看這場大戲了。」

●○●

大年二十九，雪終於停了。冷冽的風吹走了陰沉的雲，露出如洗的碧藍長空。天氣晴好，陽光溫暖，林家大宅東苑又戰戰兢兢迎來了新的一天。

林大老爺今天精神不錯，東苑所有人都在想：或許，能平安度過年關了。

林一川並不認為父親的病就此好轉，意外的精神煥發總讓他想到「迴光返照」這四字。他整理著父親的衣袍，小聲地勸道：「要不，您就別去了。」

隔著黃花梨雕花隔扇，正堂細細碎碎的笑聲隱隱傳來。林大老爺的二十幾位姨娘都來了。他這一生擁有了這麼多美麗的女人。林大老爺脣角綻放出一抹林一川看不明白的驕傲笑容。

窗戶上蒙著的透明鮫紗將院子裡的風景映入林大老爺眼中，仍有些許枯黃的葉頑強地立在枝頭。他覺得自己就像是這院裡的銀杏，也經歷了發芽、抽葉、掛果的燦爛一生，是該葉落歸土了。
大年二十九，開祠堂祭祖。林大老爺明白，這將是他最後一次帶領族人走進那座高大幽深的祠堂。在臨死前告祭先祖，他也再無遺憾。
他微笑道：「走吧。」
雕花隔扇被下人們推開，林大老爺坐在輪椅上笑容滿面出現。
「給老爺請安！」
盛妝打扮的姨娘們齊聲向林大老爺請安，姹紫嫣紅一片，好不熱鬧。
「好好。」林大老爺笑得滿臉的褶子都舒展開來，瞅著年紀最小的姨娘，招手叫了過來。他拉著她保養得白嫩的手看了又看，呵呵笑道：「當年老爺我就瞧中了妳這雙手。哎喲，怎麼還戴著這只紅寶石戒指？給老爺我哭窮呢？一川哪，把我給姨娘們備的禮物拿來。」
林一川笑著捧過一只木匣子，裡面一片燦爛。林大老爺親自從裡面挑了只點翠鑲紅寶花形戒指給姨娘戴上，笑吟吟地看了又看，「好看！」
林一川使了個眼色給姨娘們。姨娘們笑著圍住林大老爺，「老爺可不能忘了妾身……」
一時間，堂上好不熱鬧。
瞅著這幅場面，林一川忍不住眼睛就溼了。這樣的日子，還能有多久呢？
姨娘們熱熱鬧鬧服侍著林大老爺，還沒用完早飯，林二老爺就帶著全家過來了。

瞧著林大老爺戴了頂銀灰色的貂皮帽，著一身深紅繡蝠的錦襖，精神煥發。林二老爺也分外高興，「大哥今天氣色好啊！」

精神勁十足，應該能去祠堂了。

看見林二老爺全家，林大老爺就擱了筷子，意味深長地說道：「蒙二弟關心，誤不了祭祖。族人都來了嗎？來了就過去吧。」沒有和林二老爺坐下來閒談的興致。

「都到了。哪敢讓大哥久等。」林二老爺想著今天的大事，恨不得馬上開了祠堂，伸手就去扶林大老爺。

林大老爺在這時轉了個身，讓林二老爺的手落了空。他對林二太太和藹地說道：「辛苦弟妹操持。一川，扶我去吧。」

大房沒有主母，逢年過節，都是林二太太出面待客。只是今年不同往常，開了祠堂後，林二老爺就要暫代林家家主。林二太太滿面春風，疊聲應了。

林二老爺尷尬地收回手，乾脆插進了貂皮手籠裡。不待見他又如何？今天還不是得把家主之位交給自己。

族人們已候在了主宅東面的祠堂院子裡。林一川護著暖轎將父親送到門口，這才扶他下來。

林大老爺回首望了眼。林家的男丁以輩分排得整整齊齊，黑壓壓一片看不到頭。林家立足揚州百年，已成了泱泱大族。想到東廠的覬覦，林大老爺有些悲傷。他就快死了，家族的擔子他挑不起來了。他看了眼扶著自己的兒子，有些不捨地拍了拍兒子的手，朝輩分最高的九老太爺道：「九叔，請吧。」

林大老爺比九老太爺還小兩歲，此時瞧著比鬚髮皆白的九老太爺還蒼老。想起答應幫扶林二老爺奪了他兒子任家主的事，九老太爺有些不忍心了；轉念又想到林二老爺幫忙買回來的祖產和祖宗定下的規矩，九老太爺又心安了。

林一川扶著父親領著族人上香行禮，父親的行動幾乎全靠他一雙胳膊撐著，他心裡的不安越發濃烈，「爹，別硬撐著。」

待到禮畢落了坐，祠堂裡的族人們不約而同地望向林大老爺。掃視了一圈，林大老爺的目光終於落在下首方坐著的林二老爺臉上，緩緩開口道：「林氏一族聚居揚州也有一百多年了。嫡長房唯元德不肖，年過不惑，膝下僅一根獨苗。老夫這病已經沒得治了，藉著今天開祠堂，族人們都在，就將林家下一代家主定下。照規矩，老夫死後，家業和家主之位都該由我的兒子繼承。長二房從此分出嫡長房，搬出林家老宅……」

林二老爺與林一鳴臉上頓時顯露出忿忿之色。

不等他們鬧騰出聲，林大老爺又道：「那天九叔與族中幾房長輩來過，說起先祖曾定下的規矩：未及弱冠者不能接任家主，以免林氏家業敗於小兒之手。」

林二老爺眼中閃過一縷喜色，嘴角噙著笑低下了頭。

「規矩確實有。只是唯獨到了老夫這裡，才出現嫡長房兒孫年幼未及弱冠的情形……一川年幼，繼承家業尚可，任一族之長未免太過年輕。老夫去後，便暫由我二弟仲清任林氏一族的族長。」

「大哥此言差矣。」林二老爺聽得高興，突然反應過來，林大老爺這是想把族長和家主區分開來。他要的是林家嫡長房的家業，由著林一川繼承產業，他擔個空頭虛名的族長有什麼用？還不是要搬出林家老宅去，「林氏一族素來以嫡長房馬首是瞻，家主與族長從來都是一人。大哥這麼說，是不把祖宗規矩放眼裡了？」說著給族人們使了個眼色。

「咳！」九老太爺清了清喉嚨道：「林家素來只有家主，行了族長之職。南北十六行的生意雖然嫡長房占七成股子，長二房也有三成股份。既然一川未及冠，做不得家主，仲清暫代家主，生意自然也該由長二房管著。待一川及冠後，再把家主之位還他便是。不過是暫管一年罷了，長二房又沒說要占了嫡長房的股子。」

「九老太爺說得對。南北十六行的生意我二房也有分，憑什麼我爹就不能管了？」林一鳴按捺不住，大聲叫道。

「長輩說話，沒你插嘴的分。下去！」林二老爺瞪了兒子一眼，冷笑道：「大哥，我是你親兄弟。今天你如此待我，也莫要怪兄弟無情！有件事在弟弟心裡埋了快二十年，瞧著咱們兄弟倆的情分，一直沒有說出來。今天是你逼著弟弟……」他的聲音陡然提高，「林一川是你抱回來的野種！他根本不是我林家子孫！」

林一川氣得笑了起來，「二叔，你這吃相也委實難看了點兒吧！」

他的聲音震得眾人耳朵嗡嗡作響。九老太爺蹙緊了眉道：「仲清！不可胡言亂語！」

「我自然有真憑實據在手！」林二老爺站起身來，逼視著林大老爺，「林家家主一直都是由林家嫡長房的嫡子繼承。大哥你在，弟弟我沒資格爭家主。但大哥你若走了，林家的家主怎麼也輪不到他這個來歷不明的野種來做！」

祠堂裡一片譁然。

林大老爺的精神在祭祀之後就消耗得乾乾淨淨，他像一截包裹在錦緞毛皮中的枯樹，眼見風一吹就要倒，林氏族人們頓時心生同情。

「呸！」林大老爺一口帶血的黏痰吐到地上，心彷彿鬆快了許多。他冷笑道：「老二啊老二，一川是我的繼承人，未來林家的家主。你若拿不出真憑實據，藉著今天開祠堂，我會以汙衊家主之罪，讓你出族！」

「大哥！你是我親大哥！一鳴、一航是你的親姪子！你不把家業傳給我們，卻要給一個野種！還想驅我們出族，你對不住林家祖宗！」林二老爺也怒了，喊叫著跪在地上，朝祖宗牌位猛磕頭，「列祖列宗在上，我若有半句假話，教我死後進不了林家祖墳！」

連當個孤魂野鬼的毒誓都發了。祠堂裡轟的一聲炸開了。難道林二老爺的話是真的？

林一鳴跟著大喊道：「諸位長輩，我爹自然有真憑實據！林一川他是大伯從外頭撿回來的野種！」

憋了這麼久，終於大聲喊了出來。林一鳴說不出的得意，「大家仔細想想，自我大伯母過世後，我大伯納了二十幾個妾，可曾有過一兒半女？他怕斷了大房的香火，才在京城撿回個野種冒充親生兒子。林一川可有半分長得像我大伯，像他那個從京城買回來的姨娘？」

眾人一看。林一川面容俊朗，一雙眼睛的眸色顯得比常人更黑，格外有神。林大老爺、林二老爺和林一鳴還有二房的小兒子林一航都是單眼皮，不由得有了幾分相信。

「一川長得不像我，也是我兒子。想把他趕出林家？狼心狗肺的東西！我還沒死呢！」林大老爺氣得隨手將籠著的手籠朝跪在地上的林二老爺砸過去，頓時又喘氣不已。

林一川看得著急，替他撫背順著氣道：「爹，我扶您回去歇著。」

就在這時，堂外響起一個聲音。

「林大老爺少安勿躁。東廠在橫塘找到了人證，林一川並非林大老爺的親生兒子。」

東廠？林一川微瞇起了眼。為了林家的產業，東廠這是選擇扶持二叔上位了。

聽聞東廠，林家的族老們不自然地哆嗦了下，望向林二老爺的目光中充滿了驚懼與惱怒之意。怒的是林二老爺為了爭產引來了東廠；懼的是東廠插手，誰敢再和林二老爺作對？

林大老爺轉頭看向林一川，柔聲問道：「一川，你怕不怕？」

怕？林一川笑了，「怕啊，怕不是您兒子。」

這句話卻讓林大老爺眼裡蒙上一層淚意。林一川是想說他不懼東廠，可這玩笑話並不好笑。林大老爺突然有些後悔，喃喃說道：「你不要怨爹……」

聲音極小，林一川沒有聽見，他盯著祠堂門口出現的兩人，心裡湧起了切齒的恨意。

林二老爺見到來人，腰桿挺得直了，「譚公子與東廠的梁大檔頭是我請來作證的！大哥心中無鬼，怕什麼？」

林大老爺不再言語。

譚弈和梁信鷗施施然進了祠堂。譚弈團團揖首道：「在下譚弈，是一鳴兄在國子監的同窗好友。在下此來是為一鳴兄父子作證，林二老爺所言非虛。」

林氏族人面面相覷。東廠的證詞能信嗎？

九老太爺咳嗽了聲道：「究竟是怎麼回事？」

「大家請看。」林二老爺從袖中取出一幅絹畫來。

畫中女人臉如滿月，神態溫柔。

林一川垂下眼睫，母親在他幼時便病逝了，只留得這一幅畫像。真真是預謀許久了，這幅畫像保存在他書房裡，二叔手裡竟然還有一幅。

林二老爺說道：「畫中女子便是林一川的娘。大哥，你不否認吧？」

林大老爺點了點頭，「是謹娘。」

林二老爺道：「當年大哥在京城待了兩年，聽媒婆說此女能生兒子，大哥求子心切，於是納采求娶。過門後才一個月，這位謹姨娘果真懷了身孕。大哥擔心有所閃失，讓她在京城生下了林一川。大哥帶著他們娘倆從京城回來時，林一川已經快滿百天。大哥膝下空虛，過了不惑之年總算有了兒子，我自然替大哥高興。各位宗親當然也忘不了，林家為此大辦了三天流水席，轟動了整座揚州城。」

當年的熱鬧與繁華，大家都記憶頗深，紛紛點頭。

九老太爺接口道：「何止百天宴。一川週歲時，你兄長搜羅了世間奇珍給他抓周。流水席足足開了七天七夜，全揚州城的人都來湊熱鬧呢。」

回想當年情形，林大老爺也有些感慨，「一川，你當時左手抓了枚印章，右手抓著把金算盤，好兆頭啊！本來宴開三日，又多開了幾天。」

「早知道您會這麼高興，我該多抓幾樣吉祥東西。」林一川哄著他說道。

見父子二人其樂融融，林二老爺冷笑道：「這些都是大哥說的，誰知道是真是假？那位謹姨娘來了林家，只過了三年好日子就病逝了。林一川長大後，他與大哥和謹姨娘根本就沒有半分相似之處。我動了疑心，查訪了這麼多年，終於發現了真相！」

林一川心中微動。穆瀾曾經誇他娘親一定極為美貌，當時他美滋滋的，覺得穆瀾其實是拐彎抹角在誇自己俊俏，所以沒有告訴穆瀾，他的娘親不過溫婉可人罷了。二叔其實沒有說錯，他和爹娘長得不像。那又如何？天底下難道子女就一定要和父母長得像嗎？也許他長得像外祖父、外祖母？又或者像林家哪位長輩、出嫁的姑姑？

林大老爺只是笑，「就因一川長得不像我和他娘，老二，你手中的證據怕是不夠吧？不如讓你請來的二位說說？」

梁信鷗看著依然冷靜的林一川，心裡低低嘆了口氣。

誰教你不肯投奔東廠，督主失了耐心。原以為將來還能是自家人，真浪費當初在國子監對你拉攏親熱一番。

他起身道：「經東廠查明，這位謹姨娘姓言，蘇州橫塘人氏。父親病逝後，她去京城投親。沒有找到她那位親戚，只得自賣自身求一個活路。大老爺買下了她。衙門留下的買賣文書上的日期顯示，其實她過門時，林一川已經出生了。」

林一川愣了愣，低頭看向林大老爺。林大老爺沒有任何表示。林一川心想，有東廠在，偽造份舊檔文書又有什麼稀奇？

那紙文書立時被林二老爺拿了出來，傳遞給林家宗親們觀看，「她成了林一川的娘，賣身契在她過世那年就被大哥燒了，但在衙門裡備了檔。這是東廠從京城衙門舊檔裡查到的買賣文書案檔。大家看看這上面的日期，大哥分明是在林一川生下來沒多久才買了她。不難判斷，大哥不知從哪抱回個男孩，為冒充自己的親生兒子，就買下了謹姨娘讓她假裝懷孕，然後故意把買她為妾的時間提前了一年。」

譚弈接口笑道：「此事東廠找到了人證。謹姨娘父母雙亡，遠親沒找到，卻有近鄰尚在。」

話音落下，祠堂門口又走進來兩人，面相憨厚，衣著樸實。

兩個人早被東廠告誡一番，先說了自己的籍貫、來歷、姓氏。面相忠厚的男子說道：「言家姑娘的父親去世後，言姑娘賣了家當葬父，去京城尋親。她家的房子便是小人的父親買下來的。小人記得那一年是癸丑年。」

另一個看起來老實巴交的老婦人仔細認過畫像道：「畫的是謹丫頭。那年是癸丑年。年還沒過完，大冬天的，言老頭就去了，我和我相公幫著謹丫頭料理了後事。她在京城還有個很多年沒有聯繫過的姑姑，她帶著孝，收拾了個包袱上船去了京城尋親，後來就再沒了她的消息。」

林一鳴大笑，「都聽清楚了吧？謹姨娘癸丑年正月進京尋親，林一川便是當年二月出生，正是謹姨娘尋親不遇被大伯買下的日子。她根本不可能是他親娘！大伯父二十幾位姨娘都生不出一子半女，謹姨娘摸了遍五百羅漢就懷上了林一川？笑話！」

不知為何，林一川腦中突然閃過靈光寺的五百羅漢壁。

離地二、三十丈的絕壁如刀削斧鑿，山道不過尺餘，險要處需拉著岩中鑲嵌的鐵鍊走過。娘親那樣的柔弱女子，需要怎樣的膽識才摸遍那五百羅漢祈福懷上自己？不過，這世間還有娘親騙孩兒說是拜了送子觀音或是喝了寺中的淨水懷上的呢。他的娘親或許摸過幾個羅漢，故意逗他說摸完五百羅漢壁呢？他為什麼要聽這些人胡言亂語？

「說完了？」見父親老神在在的模樣，林一川冷冷道：「人是你們找來的。東廠想要指鹿為馬，誰敢說不是？」

文書這些並不能讓所有林氏宗親信服。

梁信鷗團團的臉上始終掛著笑容，瞧在林一川眼裡卻沒那麼和藹。

「東廠辦事，素來以證服人。想必大家都會想，舊年的文書可以是東廠偽造的，證人是我東廠找來的，取信度不夠。那麼這個人呢？林大老爺應該很熟悉吧？」

林大老爺望向佝僂著背走進祠堂的老人，目光閃了閃。

「是林大！」

有認出來人的宗親喊出了聲。在林家，能被喊作林大的人，是林家曾經的大管事。林家南北十六行中，資格最老、權力最大的一位管事。

「老爺！老奴給您請安了。」林大一進祠堂，就衝著林大老爺跪下了。他望著林大老爺，眼裡兩行渾濁的淚淌了下來。

林大老爺注視著他，終於發出一聲嘆息，「林大，有事為何不來尋我？」

林二老爺叫了起來，「大哥這話說的，就像林大受了逼迫來作偽證一般。林大，我問你，當年你在京城做管事，林一川是什麼時候被大哥抱回來的？謹姨娘是什麼時候被買的？」

林大抹了把淚，喃喃說道：「十九年前，大老爺來京城查看生意，閒時四處遊玩。二月底的一天，突然抱回了大公子，說是與自己有緣。為了不讓揚州老家的人起疑，又起了善心，買下了走投無路的謹姨娘，讓她冒充大公子的娘親。後來大公子承歡老爺膝下，老爺視為己出……」

「林大，老夫不怪你。你起來吧！」

聽到林大老爺的話，林大猛然抬頭，整個人身體顫抖起來。他顫巍巍地起了身，佝僂著身子慢吞吞地往祠堂外走，眼看就要出去，他突然扭頭大喊了聲，「老爺！老奴先走一步，到地底下再侍候您！」說罷一頭撞在旁邊的牆上。

「一川！快，快看看！叫郎中來！」林大老爺沒想到他竟然撞牆自盡，急得直喊。

林一川快步趕過去。林大抓緊林一川的手，額頭撞出的鮮血淌下來模糊了眼睛，他嘴唇顫抖著似乎想說點兒什麼，喉間只發出「呼呼」的聲響，老半天才吐出一口氣來，「莫要怪老爺……」

聲音隨風而散，林大斷了氣。

「大哥，你還不肯承認嗎？」林二老爺得意洋洋地說道。

連跟了父親一輩子的林大都被東廠脅迫！林一川憤怒地回頭，與譚弈譏笑的目光碰撞到一起。

祠堂裡的林氏族人因震驚而沉默。

沉默之中，林大老爺悠然開口道：「一川的確是我抱回來的，又如何？」

林大老爺的話讓林一川驚詫地望過去。父親為何要這樣說？他沒聽錯吧？

「老二，你費盡心思找來這麼些證人，又有什麼用呢？一川上了族譜，他就是我的兒子，能繼承我大房的香火。一年後他及冠，家主還是他的！我膝下無子，卻有養子如親子。諸位宗親，哪條祖宗規矩說我不能把家主之位傳給他了？」林大老爺譏誚地說道。

眾人一愣，又無從辯駁。林二老爺險些氣瘋了，「大哥！他身上沒有林家的血脈，憑什麼？」

「朝廷律法規定，我無親子，卻有嗣子。一川上了族譜，他就能繼承我的家業！」林大老爺擲地有聲。

林二老爺叫道：「我把一鳴、一航過繼給你！不！這林家所有的男孩都任你挑選！」

他終於聰明了一回。此話一出，連九老太爺都心動了，「一川雖然被你養了十九年，可是他畢竟沒有林家的血脈。這家主之位，你是否再考慮考慮？」

林大老爺充耳不聞，睃了梁信鷗與譚弈一眼又道：「戲看完了，便散了吧。一川，送我回去。」

眾目睽睽下，父子倆離開了祠堂。

林一川反射性扶著父親，身後林二老爺和林一鳴的憤怒質問像是從極遠的地方傳來。他，真的不是爹的親兒子？他，是爹抱養的？

譚弈的聲音像根刺扎在了林一川心上，這是有意說給他聽的。

「鳩占鵲巢，還以為自個兒多能呢。能上得了族譜也能從族譜上除名，法子多的是……」

這一刻林一川問自己，如果他不是林家的大公子，他能在十六歲接管產業，令南北十六行的管事信服嗎？他想起了從前，幾百兩精工繡作的衣裳髒了一點兒馬上就扔掉。如果不是揚州首富林家的大公子，他能這樣豪奢嗎？

林一川迷茫了。

不知不覺回到銀杏院中，軟轎落了地，林一川還久久沒有想起去掀轎簾。守在一旁的林安叫了一聲，林一川有點茫然地望著他。林安又叫了一聲，林一川猛然回過神，上前掀起轎簾。

林大老爺雙目緊閉，蠟黃著臉，人事不省。

「叫郎中來！」林一川面色大變，彎腰將父親抱出來。他腦袋嗡嗡作響，摟緊了父親，像摟住一根輕飄飄的稻草。

林家請來的郎中在他眼前晃動，大管事呼喝著下人，僕從們穿流不息。林一川機械地望著躺在拔步床上昏迷不醒的父親，感覺自己正在做夢。

「大老爺也許會醒，也許就……」郎中的話撕開了蒙在林一川耳朵上的那層膜，眼前的一切變得清晰異常。

內堂裡的人潮水般退出去。林一川回過頭，林安正站在門口。他朝林一川微微低下頭，以一種謙卑的姿態傳遞著他的忠心。

說不清的疲倦感湧了上來，林一川喃喃說道：「我想陪會兒爹，別讓人進來打擾。」

門輕輕閉合，為父子倆隔出了安靜的空間。

林一川無力地坐下，握住父親的手。

祠堂裡的一幕幕在腦中回放，讓林一川陣陣眩暈。他握緊了父親的手輕聲說道：「您說過，我娘摸過五百羅漢壁，佛祖顯靈，這才有了我。爹，其實東廠找的證人、證詞都可不信，為何您要承認呢？也對，您是生意人，不會做虧本的買賣……」

他把臉埋了下去，發出含糊的聲音，「您醒來……我什麼都答應您。」

燕聲欲言又止，朝內堂張望著。雁行睃了眼站得如標槍般筆直的林安，揪住他的衣領將他拉出去。

進了兩人住的廂房，雁行關上房門，「放心吧，有林安在。歇好了再去換他不遲。」

「他們說少爺不是老爺親生的！老爺還承認了。這怎麼可能？」燕聲急不可待地說道。

雁行倒了杯熱茶給自個兒，又遞給燕聲一杯，悠閒地吹了吹杯口的熱氣道：「是又怎樣？大明律規定家業全歸嗣子，親兄弟、親姪兒都甭肖想。」

燕聲急了，「哎，我不是說家產，我是說……」

雁行打斷了他的話，「東廠說少爺不是老爺親生的，就是真的？老爺說少爺是抱養的，他就不是你的少爺了？」

那究竟少爺是不是老爺親生的啊？不對，他不是想說這個。燕聲腦袋有點懵，「少爺當然是少爺……」

「那不就結了？」雁行悠悠然說道：「好戲才剛剛開始呢。」

燕聲瞪著他許久，怒得拍起了桌子，「雁行，你不是個好人！眼下什麼情形了，你竟然還在看戲！不行，我要守著少爺去。」

任由他奪門而出，雁行翻了個白眼，抖開包袱皮，收拾起東西來。

第五十八章　自請出族

林家這場戲才開場，太多的人不願意它這麼快落幕。

接到林大老爺昏迷不醒、藥石罔效的消息後，以林二老爺為首的林氏族人們從祠堂趕了來。不消多時，銀杏院待客的正堂就烏泱泱地坐滿了人。

林二老爺和林二太太出面張羅著，帶著管事安排族人們用飯歇息。留在銀杏院的族人雖然多，倒也有條不紊。

銀杏院旁邊的花廳裡宴開十幾席，用過飯，這些德高望重的族人們又繼續回到正堂中等候著。

聽到族人們談論著林大老爺的病情，感嘆林大老爺做過的善事，燕聲傻傻地竟然有些感動，「以前都不知道族裡有這麼多人關心著老爺！」

林安忍不住扯動了下嘴角，上下仔細打量著燕聲。老爺怎麼選了個二傻子在少爺身邊？他輕聲說道：「豺和狼是不同的，豺更凶殘狡猾，捕食時最喜歡以多取勝。」

燕聲呆了呆，沒聽明白。

林安望向窗外的天空，「受傷的羚羊其實並不害怕被豺狼咬斷喉嚨，牠最大的恐懼是倒地死亡前看到四周圍滿了禿鷲。牠知道當死亡降臨後，這些禿鷲就會一擁而上，將牠啃食成一副白骨。」

他轉過頭望向正堂的方向，「豺，禿鷲。」

燕聲恍然大悟，氣得額頭暴出了青筋，令林安忍不住失笑。回想起少爺的精明，他似乎有些明白燕聲為何成了少爺的貼身伴當。他拍了拍燕聲，「肉爛了也在鍋裡。林家的族人會抱成團想辦法趕走少爺。你若一心想跟著他，我勸你還是趕緊去收拾包袱，多撿點兒值錢的東西帶著。」

「憑什麼？」燕聲下意識地反問道：「家業是嫡長房一脈傳承下來的，到了老爺手中，林家才成揚州首富。那些族人有什麼資格來搶？」

林安懶得和這傻乎乎的小子解釋。

內堂裡突然傳來了林一川的聲音，含糊而疲倦。

「爹，您醒來吧。您這是躲著我才不肯醒來嗎？」

燕聲和林安一愣，不約而同地豎起耳朵。

「抱養來的兒子也是您的兒子，您死後總歸是我給您摔盆捧靈……可是您就這樣走了？一句交代也沒有，對我也太不公平了吧？」

林大老爺沒有半點甦醒的跡象。

「從小到大，我從沒聽您說起過我是抱養的。臨到要死了，您這樣說，您讓我怎麼辦？醒來就說一句行不行？」

再沒了聲音。

燕聲抹了把眼淚，小聲對林安嘀咕道：「少爺肯定氣慘了。」

隔了會兒，林一川的聲音猛然提高，「您再不醒過來，林家的產業我全都不要了。由著二房敗了去！」

嚇了燕聲和林安一跳。

聲音戛然而止。兩人悄悄把臉湊近了，門突然被拉開。

林一川幽深的雙瞳裡飄著兩簇火苗，臉蒼白如紙，突然吼道，「還不去叫郎中來！」

聲音有點大，正堂的嗡嗡議論聲驟然消失。

無數人探頭朝內堂方向望去，林二老爺扶著九老太爺徑直跟在郎中身後走了進去。

盯著郎中放在林大老爺鼻端的羽毛，林二老爺生嚥了口唾沫，不敢錯開一眼。隔了良久，羽毛紋絲不動。郎中又探了探脈，終於起身搖了搖頭。

還是一句交代都沒有就走了。林一川閉上眼睛，使勁壓下眼裡湧現的酸澀，緩緩跪了下去。

林二老爺心頭一鬆，撲通跪在地上，拍著踏腳板號啕大哭，「大哥！你怎麼這就去了啊！」

「老爺！」

銀杏院裡的悲哭聲刺穿了夜色，將林大老爺過世的消息傳遍了整座林家老宅。

「一川還小，震驚身世又傷心我大哥過世，外頭的事就由我這當叔叔的照應著吧。」林二老爺當著族人的面將辦喪事的活攬上身。

林大老爺的病拖了不止一年，林家早有準備。林二老爺悠悠閒閒地坐在銀杏院的正堂裡，林家能幹的管事們就將喪事井井有條地張羅起來了。

「由他去吧，他只會把我爹的喪事辦得更加風光。」林一川披麻帶孝跪在靈堂裡燒著元寶紙錢，看一眼素幡香案後的棺木。

不去應酬，能安靜陪著父親也不錯。他正需要時間，好好想一想。

「喪期二叔不會作妖，去安排吧。」

林安低低應了。

滿城喜慶過年節，唯獨揚州首富林家被素白經幡覆蓋。大年三十的清晨，揚州城幾乎所有有頭有臉的人家都接到了消息。因為年節，大多數人家只遣了管事前來。林家老宅並不顯得冷清，登門弔唁的族人比林大老爺在時還多。

林一川冷眼看著林二老爺夫婦以林園主人的身分熱情招待族人。林二老爺比過往十幾年出奇地大方，但凡家中有困難的族人登門，不等主動開口，早早令管事備了大盤金銀相贈，用的都是自家私房。

如他所料，喪禮期間林二老爺沒有折騰。林大老爺出殯的前一天，林一川終於等來了該來的人。

看到披麻帶孝的林一川，梁信鷗想起了杜之仙喪禮上的穆瀾。可惜林一川不是穆瀾，沒有裝出弱不禁風的稚嫩模樣。還禮後，林一川就將梁信鷗請進了銀杏院敘話。

「梁某還記得，頭一回來銀杏院作客，席面就擺在這銀杏樹下。大公子風姿綽約，令梁某一見忘俗。」梁信鷗沒有進房，站在銀杏樹下感嘆道。

林一川望著樹下一池清水，扯出一個譏諷的笑容來，「轉眼梁大檔頭就逼在下宰了林家的鎮宅龍魚當下酒菜。在下對大檔頭的印象也深得很。」

「呵呵！」梁信鷗負手笑了。

笑聲一頓，他的眼神就冷了，「如果譚公子未回京城，大概今天你已被東廠擒拿入獄了。梁某與大公子好歹有些交情，並不想這樣做。」

林一川「哦」了聲道：「在下是否該謝大檔頭手下留情？」

「東廠有這個權力不是？」

「梁大檔頭沒有這樣做，自然另有打算。無論如何，一川都承了這份人情。」

聰明人哪。梁信鷗心裡讚嘆著。譚弈恨不得將林一川踩進泥裡，出面當惡人的卻是他。他和林一川有什麼仇？只需達到目的，梁信鷗喜歡凡事留一線，將來好相見。

他環顧四周道：「這裡風景不錯。」

林一川招手讓人在樹下擺了桌椅，上了茶，「梁大檔頭第一次來的時候，也喜歡坐在樹下。」

梁信鷗嘆道：「想起大老爺，在這裡追思一番也是梁某的一番心意。」

當初就在銀杏樹下宴請梁信鷗，父親應允了投靠東廠。聽他提起父親，林一川明白他的意思，反問道：「為何東廠改變主意，幫我二叔？」

他在暗中轉移林家的財資做得極為隱密，東廠應該不會知道。

梁信鷗手指蘸著茶水在桌上寫了三個字，似笑非笑地說道：「我家督主從來不喜歡腳踩兩條船的人。」

看見「錦衣衛」三個字，林一川暗鬆了口氣，譏諷道：「身世之說連我都是頭一回聽到。東廠暗中找來諸多人證，趕在大年二十九開祠堂時打了林家一個措手不及，是擔心錦衣衛插手相助？」

「是啊。」梁信鷗嘆道：「錦衣衛若提前著手布置，林家的產業未必能成為東廠的囊中之物。」

「不是我瞧不起我二叔，經商天分有，卻遠不是別人的對手。東廠不怕扶他上位，得到一個千瘡百孔的林家？」

「扶個傀儡，至少忠心。」梁信鷗冷笑道：「大公子想左右逢源，實乃不智！大公子難道就沒想過自己的處境？真以為上了族譜就能坐穩林家家主之位？」

林一川「嗯」了聲道：「我若被東廠抓走，以我的罪名劣跡，為了不讓我禍及林家，二叔勢必以此為藉口將我逐出族去。因懼怕東廠，族人們誰又敢反對？更何況在東廠的諸多人證嘴裡，我不過是抱養的嗣子。等我從族譜上除了名，林家的家業更與我沒有半點關係。東廠輕鬆就能扶了我二叔當家主，掌控林家。大檔頭是這樣打算的吧？」

「不到萬不得已，東廠並不想那樣做。你二叔落下個勾結東廠、巧取豪奪的惡名，我家督主卻是要名聲的。」梁信鷗笑呵呵地說道：「梁某的來意，大公子心裡清清楚楚。這是大公子最後的機會。梁某言盡於此。大公子只有一天時間考慮。告辭。」

一天的時間，最後向東廠投誠的機會。

投靠東廠，那麼一年後家主之位還是他的，從此就成了譚誠的狗。

林一川最後只問了一句話，「那些證人、證言，是真的？」

梁信鷗憐惜地望著他道：「梁某也沒想到。是真的。」

走出銀杏院時，聽到身後茶壺被砸得粉碎的聲響。梁信鷗搖頭嘆息。他很理解林一川的心情。

林大老爺出殯這天，林家的族人來得整齊。

眼看快到吉時，見林一川捧起了靈位，林二老爺趴在棺材上拍著棺木放聲痛哭，「大哥啊！我可憐的大哥啊！你死後都沒有親生兒子給你捧靈摔盆啊！你讓小弟如何捨得你孤零零地就這麼走了啊！我把一航過繼給大哥！他是我的嫡親兒子，是和你血脈最近的人！大哥，讓一航給你捧盆摔靈，給你侍奉香火！一航，過來給大伯磕頭！」

五歲的林一航被林一鳴推到棺材前，他怯生生地看了林一川一眼。

「不許跪！」林一川簡單地說道。

林一航嚇得飛快甩掉林一鳴的手，轉身撲進了林二太太懷裡。

林二老爺找到藉口，跳腳大罵，「我大哥拿你當養子，我想讓我大哥多個有血親的兒子侍奉，你憑什麼阻攔？」

林一鳴也跟著叫道：「別以為上了族譜就能獨吞大房的家業。我大伯能收你當兒子，也能過繼任何一個林家的子弟！」

笑容從林一川唇角勾起，慢慢擴大。他看向人群，目光從沉默不語的九老太爺等族中長輩的臉上掃過，看到了人群中的梁信鷗。他仰天大笑起來，「今天該來的、不該來的都來了。都聽清楚了，我爹今天出殯下葬，誰敢作妖，別怪我不客氣。」

隨著他的話，上百林家護院手執棍棒，殺氣騰騰地護住了棺木與林一川。

林二老爺看了梁信鷗與東廠番子，膽子立時又壯了，「林一川，你還敢當街毆打叔伯長輩不成？」

林一川充耳不聞，繼續說道：「給我爹做完頭七，我林一川就自請出族，離開揚州。林家的財產，我分文不取，到時林家與我再無關係！」

「真的？」林二老爺險些不敢相信自己的耳朵。

林氏宗親們臉上露出了不忍之意，但想到林二老爺許下的好處，又想起林一川並非林大老爺親生。一個毫無林家血脈的養子繼承家業，就算律法相容，也過不了林家人心中那道坎。他們紛紛保持了沉默。

「現在，沒有人再阻止我為我爹捧靈摔盆了吧？」林一川說完，目光毫不退縮地盯住梁信鷗，嘴角上勾，露出嘲弄的笑容。

梁信鷗眉頭微蹙，想起了那天林一川砸碎茶壺的碎響聲。直到此時他才反應過來，那聲碎響就是林一川給他的答案：寧為玉碎，不為瓦全。林一川為了不投靠東廠，寧肯自請出族，淨身出戶。

他嘆了口氣，錦衣玉食的林大公子大概從來不知道身無分文的滋味吧？這幕戲已成了雞肋，再無看頭。不是林家繼承人的林一川，對東廠來說毫無用處。扶林二老爺上位的任務已經完成，梁信鷗乾脆俐落地帶著番子離開了林家。

林一川目送著東廠的人離開。他知道，這才是最好的選擇，父親為自己做出的選擇。

轉過身，林一川捧起了靈牌，「可以起靈了吧？」

林二老爺沒想到林一川主動自請出族，大喜過望。他不再阻攔，神清氣爽地喊道：「吉時到了沒？到了就起靈！」

「起靈！」

聽到這一聲，林一川抱緊手中的靈牌，仰天大喊，「爹，兒子送您最後一程！」

林園裡的哭聲驟起。

聲音與撒落的紙錢被風吹向空中，無聲飄蕩。

有一種悲傷無須眼淚，卻更令人心碎。

●　○　●

林大老爺死了，林一川自請出族，再也不是林家的人了。沒有主人，就失去了主心骨，林家老宅大房所居的東苑人心惶惶。

偌大的東苑一等管事就有十八人，家奴、僕人加在一起近三百人。

林大老爺出完殯，林一川將所有人都召集在前堂大廳。

正堂中二十四位姨娘渾身縞素，有哭得渾身癱軟的，也有平靜淡漠的。

林一川坐在正中主位上，望著這滿堂縞素，心裡不是不難過的。

「大家都知道，我是大老爺抱養的，不是他的親骨肉，但他仍然是我爹。」林一川緩緩開口道：「二老爺攀上了東廠，我不走……胳膊擰不過大腿，也護不住你們。」

隱忍許久，姨娘們聽到這句話，都哭了。姨娘們跟著林大老爺過了半生好日子，本以為這一生都會在美麗的林園裡安穩度過，林大老爺剛過世，她們的生活就面臨著巨大的改變。

林一川嘆了口氣，掃了眼堂中的姨娘們，猛然提高聲音，「都別哭了！」

姨娘們嚇了一跳，強忍著變成小聲啜泣。

「我離開林家之前，好歹也要把妳們安頓妥當。」林一川沒再看她們，走到了正堂外。

掃視著滿院的下人，林一川提氣說道：「明天，我就要離開林家，將來這裡的主人就不再是我了。大房所有僱用的短工午時前結清工錢，子時前離開。工錢之外多領五兩銀的年節紅包。所有僱用的長工提前解約，工錢之外再領五十兩銀。將來你們想再來林家做事，再重新簽契約。帳房已經準備好了，都去吧。」

豐厚至極的酬勞讓雇工們驚喜交加，紛紛跪下給林一川磕頭。在林家做的時間久的雇工，一時不捨，又哭了起來。

「去吧。」林一川擺了擺手。

自有管事催促著這些人離開院子。

堂前仍站著二百餘名有賣身契的下人，這些人中有林家的世僕，也有買來的家奴。

「不管是世僕還是買來的家奴，只要想走，都還給賣身契。世僕每人二百兩，家奴每人一百兩。管事會去衙門銷了賣身契。不願意走的，也拿銀子，將來就看自己的造化了。酉時前走或留，都需在管事那裡登記。要離開的，戌時前離開。」

更為豐厚的打賞讓這些家僕都喜出望外。

幾番處置下來，長房的下人已走得七七八八。

最後來向林一川請辭的人是林家的幾位管事。林一川睃了背著小包袱的林安一眼，點了點頭，「都去吧。」

回到廳中，姨娘們不約而同望向他。

林一川嘆了口氣道：「二老爺也要名聲，想來也不會薄待留在林家的姨娘們。想投親的，我安排車馬送歸。將來想改嫁的，皆隨心意。這是爹的意思，早也與姨娘們說過了。」

雁行和燕聲抬了只大箱子進來，林一川親自從箱子裡拿出早寫有姨娘姓氏的匣子送到每一個姨娘手中。

「每人一個百畝田莊、三千兩傍身銀，姨娘們的嫁妝、貼己服侍的丫頭都可以帶走。」林一川朝姨娘們團團揖首，「這些年，辛苦妳們了。」

「大公子。」大姨娘年紀最大，已經五十多歲了。她扶著丫頭的手站起了身，神色安詳至極，「妾身跟了老爺近四十年，妾身哪裡也不去。總不能讓老爺魂歸時，這宅子裡一個人都不認得了。」

一席話讓堂中所有人紅了眼睛。

林一川沉默地朝大姨娘彎腰，揖首。

忙碌過後，如鳥離林，長房陷入了讓人心悸的安靜之中。

這一晚，林一川提燈轉悠著宅子，一步步將自己生活了近十九年的家印在心裡。

天色終於大明，東苑的大門沉沉開啟。

林氏族親陸續到來，將寬敞的前廳正堂擠了個滿滿當當。

屬於林大老爺的上首正位空著，林一川坐在了右首主位上，連九老太爺都順位坐在他下首。

林一鳴瞧著心裡就不大痛快。

九老太爺都沒有吭聲，林二老爺也只能忍了，坐了左邊首座。

林一川見人齊了，微笑道：「今天之前，大房所有的家僕、雇工，我都已安置妥當。遺散費走大房的帳，想必二老爺和諸位叔伯不會有意見吧？」

「這是我家的銀子！」林一鳴心疼得要死。

林一川出手大方，西院得了消息，氣得昨天晚上林二老爺摔了茶碗。

林一川似笑非笑地反問道：「你家的銀子？」

「二川，別和你弟弟一般見識，這件事我沒有意見。他們在長房多年，林家是積善人家，應該的。」心疼歸心疼，但是只要林一川離開，不過是些小錢罷了。就當買個名聲，免得節外生枝。林二老爺生生忍下。

他話說得漂亮，族人們紛紛點頭稱是。

林一川繼續說道：「姨娘們服侍爹一輩子，我爹在兩年前就安排好了，願意留在林家的，給她們養老送終。想走的，各隨其願。嫁妝、私房、服侍的奴婢都隨其帶走，所贈田地、金銀也是爹在世時就置辦妥當的。族中也無意見吧？」

能有意見嗎？兄長剛過世，嗣子就被趕出家族，失去繼承權。林二老爺還敢苛待兄長的姨娘？

想到兄長納了二十四位姨娘，贈送的財物該有多少？林二老爺心中又是一痛。他告訴自己，只要趕走林一川，那些都是……小錢！

「二川處置得妥當，應該的。」九老太爺代表族人們表了態。

該安置的都妥當了，剩下的就只有林一川了。

他該不會也要帶走一大筆財產吧？說是不取分文，誰信哪？林二老爺緊張起來。

「老管家，把帳本和對牌都給二老爺吧！」林一川吩咐了聲。

選擇留在老宅的管事們搬出了八只箱子，老管事將裝著對牌的箱子放在林二老爺旁邊。

「這是大房東苑所有的帳本，二老爺請收好。」林一川說著站了起來，「需要去祠堂嗎？」

「不必了！」林二老爺心情激動，將族譜拿給林一川看。

看清上面父親一欄下面已寫上「養子林一川自請出族」的字樣，林一川乾脆俐落地按下手印。

林二老爺將族譜遞給旁邊的管事，語氣也變了，「林一川，從今以後，你再也不是揚州林家的人了。」

「不是林家的人，你不能拿走大房的錢！」林一鳴馬上補上這句話。

「從……我爹過世起，我就再沒有出過家門。有人盯著，你們自然知道這些天沒有一兩銀子流出過東苑。」林一川攤開雙手，「我沒拿包袱，現在可以走了嗎？」

被林一川欺負了這麼多年，總算等到趕他出門，自己揚眉吐氣的一天，就這樣讓他走了，也太便宜他了。林一鳴眼珠轉了轉，道：「你說分文不取，我可記得你身上這件銀絲繡白鶴袍子是江南織巧閣做的，值四百多兩銀子呢。走也要把衣裳脫了再走！」

「欺人太甚！」燕聲憤怒大叫起來。

「一鳴。」林二老爺瞥見族人們難堪的臉色，也覺得兒子過分了。

林一鳴急了，低聲在林二老爺耳邊說道：「連包袱都沒帶，您相信他身上沒藏著銀票？給了下人、姨娘們一大筆，別都掏空了……」

「這件衣裳林公子瞧得起，就給你。」林一川聽得分明，譏笑著解開衣帶，脫下了那件價值四百多兩的銀絲繡鶴錦袍，露出裡面的白色中衣，「林公子不嫌棄，就拿去穿吧。我記得你一直很喜歡這件衣裳。」

衣裳扔到林一鳴手中，他半晌才反應過來，氣得扔到地上，「誰稀罕穿你的舊衣裳！」

「穿不穿隨你，我還給林家罷了。」林一川再次瀟灑攤開雙手，「還需要我脫光搜身嗎？」

「夠了！一鳴，別再胡鬧。」九老太爺實在看不過眼，冷了臉道：「燕聲，去給你家少爺取件袍子來，別凍著了。」

「不用了。」林一川示意燕聲打開包袱，拿了件他的外袍穿上，「諸位林氏族親在場見證，我林一川沒拿林家一文錢離開。將來有誰反口汙衊，說不定老天爺會罰他沒了舌頭、丟了性命。」

兔子急了還會咬人，誰知道林一川被逼急了會怎樣？林氏族人面面相覷。

見林一川極自然地穿上自己的舊衣，燕聲眼淚就下來了。從前他家少爺的衣裳沾上一個泥點都會換件新衣，何曾穿過別人的舊衣。他怎麼看自己那件袍子怎麼覺得難受，抹著眼淚道：「少爺，衣裳燕聲洗得很乾淨。」

「蠢！嫌髒我會穿嗎？」林一川笑罵他一句道：「把包袱收拾好走吧。」

「等等！」林一鳴攔住燕聲。他不敢再找林一川的碴，還不能對付一個小廝？

他壞笑道：「林一川沒拿包袱，說不定把銀票都藏在你包袱裡了。明修棧道，暗渡陳倉，嘖嘖。」

燕聲大怒，「你當少爺和你一樣不要臉？」

林一鳴惡狠狠地說道：「你是林家的家生子，敢對你主子我這樣說話？」

「燕聲早除了奴籍，雁行從未簽過賣身契。他二人都不是林家的人。」林一川淡然說道。

林一鳴翻了個白眼道：「所以啊，本公子懷疑你暗中掏空了東苑，自己聲稱分文不取，卻把銀票藏在他二人身上。」

燕聲受不得激，將包袱皮一下子攤開，憤怒地說道：「你找！」

林一鳴還真的厚著臉皮上前翻了翻，笑咪咪地拎出一個藍布小包掂了掂，「我記得林家少爺身邊的小廝一個月拿二兩月例，少說這裡也有百來兩吧？不吃不喝得攢多少年啊？」

月銀只有二兩，平時林一川出手大方賞賜多。燕聲氣極，「你拿走，我不要了！」

百來兩銀子，不如林一川身上一件錦袍貴。林氏族人瞧著都覺得林一鳴吃相太過難看。可是林一鳴存了心要出氣，對眾人的目光視而不見，「本公子就不客氣了。」

他拿起錢袋隨手扔給身邊的小廝，「拿給下人們分了！」

燕聲沒見過這麼不要臉的，氣得把臉扭到一旁。

「林二公子，這是在下的行李。」雁行主動打開了包袱，拎起自己的錢袋倒了出來攤在掌心，快速地說道：「在下不吃不喝攢下了十三兩七錢銀子，二公子若敢搶在下的銀子，在下馬上去揚州知府衙門擊鼓鳴冤！」

「誰搶你銀子了？本公子瞧得上嗎？」真被雁行告到衙門，他就成大笑話了。林一鳴冷哼了聲，不再糾纏。

「二少爺講道理，在下嫌去衙門打官司麻煩。」雁行笑咪咪地把包袱收拾好。

「一鳴！別胡鬧！」見林一川果真沒有私藏夾帶走大房的巨額金銀，林二老爺這時才開口喝止林一鳴，假意道：「一川，好歹你叫我了十幾年二叔。窮家富路，二叔贈你三百兩盤纏。」

望著端來的金銀，林一川哈哈大笑，看也不看林二老爺，揚長而去。

「呸！」林一鳴啐了口道：「等你餓死在路上，看你再傲氣不？林家養了你十九年，你花了多少銀子！一件衣裳四百多兩，不是大伯大方，你穿得起嗎？」

「好了。」林二老爺喝住兒子，感嘆道：「一件衣裳四百多兩，少穿一件衣裳，族裡能多添多少族產啊！老夫決定給族裡再添一千畝田。嫡長房有銀子，焉能不關心族人？」

聽到這句話，林氏族人們對林一川的同情就淡了。可不是嗎？一個抱養的，憑什麼穿件衣裳都要上百兩銀子？比他們這些林家人過得還富貴？聽到林二老爺要添一千畝族產，族人們又激動了，圍著林二老爺奉承著。

已無人再去想剛過了頭七的林大老爺和離開林家的林一川了。

離開林家，主僕三人徑直去了碼頭，打算坐船進京。

這時，雁行拎起錢袋在林一川和燕聲面前晃了晃，「此去京城，一個人的船資要十兩。我付了船資，剩下的僅夠我自己啃燒餅，還得節約著吃，沒多餘的銀兩分給你倆了。」

林一川抬腿一腳踢過去罵道：「你攢的媳婦本呢？別給我說你在我家好吃好喝、月錢賞錢拿著，就攢了這麼點兒銀子！」

雁行往旁邊跳開，望天長嘆，「本想著同門一場，跟著揚州首富的兒子好歹能吃香喝辣讓你養老，現在你身無分文，還想讓我拿出娶媳婦的老本來養你？林一川，我把你解僱了，以後甭想再使喚我了。」

他說著上了船，付清船資，站在船頭朝兩人揮手道別。

燕聲目瞪口呆，眼看著船解了纜繩起航，急得跳腳大喊，「雁行！雁行你失心瘋了不成？你怎能扔下我和少爺不管啊？」

雁行笑吟吟地喊道：「沒錢僱得起我嗎？燕聲，等我掙夠了錢，我僱你當小廝啊！」

「你、你、你……」燕聲直接被嗆得結巴起來。

船揚帆啟航。

雁行真的就扔下他們走了？燕聲抱著包袱急得蹲在地上，「少爺！早曉得你就不脫那件衣裳嘛，好歹也能當個幾十兩銀子！」

「出息！」不提衣裳還好，提起衣裳，林一川想著穿的是燕聲舊衣就渾身不自在。他都忍了，燕聲還敢嘲笑他？林一川寒著臉罵道：「你家少爺那叫有骨氣！你呢？林一鳴激你幾句話，平白把積蓄扔了。你怎麼這麼蠢啊？蹲這兒丟人現眼做什麼？起來！」

「我、我……」燕聲嘴笨，被罵得回不了嘴，哭喪著臉站起身道：「少爺，咱們沒錢坐船，去哪兒啊？」

林一川朝碼頭來往的人群掃了一眼道：「沒船坐就走路。靠自己的腳走到京城不用花錢。走吧！」

「走到京城？」燕聲瞪圓了眼睛，見林一川朝官道的方向走去，趕緊抱緊包袱跟過去，絞盡腦汁想辦法，「少爺，要不我悄悄回去和老宅的人借點兒錢……」

「少給我丟人！」

主僕二人灰溜溜地走了。碼頭上數雙眼睛將這一幕看在了眼底。

●○●

京城這個年關過得異常平靜。無涯派禁衛軍抄沒三十萬兩庫銀的雷霆之舉像被寒風捲動的大雪，末了無聲無息地落下。

「一拳頭揍在了棉花上。」無涯望著案頭已被整理過再遞上來的奏摺，神情黯然。

以為拿到了許德昭的把柄，能給他沉重一擊，讓他的手從朝政中縮一點兒回去。甚至讓胡牧山浮出水面站在自己身邊，卻被許德昭輕鬆化解，還擺出一副忠君為國的姿態……

「可恨！」無涯一拳揍在案桌上。

此時回想，許德昭和譚誠那似笑非笑、意味深長的神色，簡直就是明明白白地譏諷嘲笑。他真的鬥不過他們，拿不回皇權？

天空積攢著鉛灰色的層雲，沉重地壓在皇宮之上。簷下新懸出的大紅燈籠也絲毫化解不開他心頭的陰霾。

親舅舅狂妄奸詐，譚誠滑不溜手，這兩人的陰影壓在無涯心頭，讓他時刻都想將這片陰影撕碎。然而此時，他找不到出手的時機。

風依然冷冽，卻將枝頭的老皮吹裂，露出屬於春天的新芽。

開春之後的陽春三月，各地的采女就該進宮。他已行過冠禮，一國之君，後宮不能空虛。穆家班消失了，穆瀾蹤影全無。選秀之時，他若找不回穆瀾，他又該以什麼理由推卻立后納妃？

無涯煩躁地起身，出了御書房。

春來趕緊跟上，見無涯頂著寒風站在丹陛上，趕緊抱起大氅替他穿上。

「叫上秦剛。」無涯不耐煩地奪過衣帶動手繫道。

春來愣了愣。這是打算出宮？他不敢多問，叫了個小太監去禁軍叫秦剛，跟著無涯往宮外走去。

馬車在天香樓外停了停，春來幾次欲開口相勸，又嚥了回去。皇上故地重遊，這是想冰月姑娘了。可惜那位冰月姑娘無福，不肯留在宮裡，這會兒也不知道去了何地……

沉浸在與穆瀾在天香樓的繾綣回憶中，無涯心裡分外失落，他恨不得回到那時，永永遠遠互不揭穿身分。

可惜不能。

東廠查到了穆家班班主是陳皇后的親妹妹陳丹沐，她化名穆胭脂，成立了刺客組織珍瓏，不僅殺了東廠數人，同時還指使金瓜武士陳良擊毀河堤，致水淹一縣；而陳良更是被已逝的大儒杜之仙收留，做了他十年的啞僕。

百年大族，昔日與朝堂的牽連千絲萬縷。陳家雖然式微，未必沒有人在暗中支持珍瓏。

就一個杜之仙，朝中便有門生無數。

難道陳皇后難產真的與母后有關？無涯腦中浮現出母后溫柔可親的面容，下意識地否認了這個想法。當年父皇尚在世，母后僅是貴妃，陳氏一族在朝中為官者眾，許家不過是一門新貴。反過來說陳皇后打壓母后，無涯還能相信。他實在想不明白母后如何能在宮中不知不覺害得陳皇后難產。

母后昔日身邊的女官梅紅，牽扯出了靈光寺老嫗與蘇沐被殺案。錦衣衛丁鈴查到山西于家寨，寨子便被大火焚盡。是誰在殺人滅口？梅紅死了十幾年，她又能藏有什麼祕密？

無涯隱隱感覺到模糊的事件背後隱藏著一件驚天動地的大事，此時卻怎麼也猜不到真相。

馬車再次前行。

「主子，到了。」

無涯掀起車簾一角。

對面穆家麵館已經被東廠查封。

經過一冬雨雪，封條的紙上沾滿了汙漬，悽慘無比地黏在門上。或許是因為天冷，又或許是這座宅院被查封顯得不祥，穆家班曾經居住的這條街巷空寂無人。圍牆上有幾隻麻雀不怕寒冷，嘰喳叫著跳來跳去。

無涯有些怔忡，「穆家班的人一個都沒抓到？」

陳皇后的親妹妹組建了刺客組織珍瓏，忠於陳家的金瓜武士陳良錘開了河堤，致水淹山陽縣。起因卻是許德昭和譚誠賣了個破綻，穆胭脂上了當，以為憑藉捅出了庫銀調包案，能借皇帝之手除掉許德昭和譚誠。

為了復仇，穆胭脂敢毀壞河堤，不擇手段。還有什麼事情她不敢做？

許德昭這手庫銀調包案雖然沒有將珍瓏一網打盡，卻讓無涯對珍瓏生出了忌憚之心。

穆胭脂的珍瓏究竟是怎樣的一盤棋？她最終的目的是什麼？順著這個思路想下去，無涯想，自己或許是這盤棋裡穆胭脂也想吃掉的子。

他是皇帝。

他還沒有立后，沒有皇嗣。他一人的安危關乎江山社稷，珍瓏和穆胭脂必須剷除掉。

唯一令無涯寬心的是，穆瀾只是穆胭脂的養女。他不願意相信穆瀾會聽令穆胭脂，成為珍瓏的刺客殺手。

秦剛知道是在問自己，趕緊答道：「錦衣衛也在暗中追查。穆胭脂應該早有防備。東廠海捕文書未下之前，有人盯著，但去年中秋突然全部消失得無影無蹤，東廠的眼線第二天被發現死在城外十里坡。」

他停頓了下又道：「那時候穆瀾還在揚州，穆胭脂估計連她也瞞著。」

無涯暗鬆了一口氣。算穆胭脂還有點良心，沒有徹底將穆瀾拖下水。他尋思著，穆瀾是池起良的女兒，是被穆胭脂抱養來的。身邊有個女兒，扮寡婦行走江湖不易引人矚目，穆胭脂對穆瀾不過是利用罷了。

離三月選秀的日子越來越近了，無涯心裡唯一希望的是看到穆瀾出現在采女之中。穆瀾選擇做回邱家女，她才真正和穆胭脂再無關係。

因為知曉穆瀾的身世，他強令譚誠收回了對穆瀾的通緝，把穆瀾與穆家班割裂開來。如今穆瀾不見蹤影，無涯又有點擔心。畢竟穆胭脂養大了她，生恩哪及養恩。如果穆瀾為報養恩，堅持和穆胭脂共進退，他怎樣才能保護她，讓她從珍瓏一案中全身而退？

第五十九章　逼至絕境

離京城三十里地的山坡上立著一座廢棄的破廟。廟很小，兩扇廟門早被附近村民拆走了，露出光溜溜的門洞。坡後山高林深，有野獸出沒。自從廟裡最後一個道人離開後，除了獵戶偶爾經過在這裡歇息，連乞丐都不肯借宿。多走三十里就進京城了，何必留在這裡，討個飯都只能問山裡的野獸肯不肯。

這處地方就叫三十里坡，山坡下卻不荒涼，開著一間客棧、一間飯館、一間茶寮。每月逢十，周圍的百姓會來三十里坡趕集，這是進京城前最後的歇腳處。

林一川和燕聲走到三十里坡時，正逢集市散去。他們經過尚算熱鬧的客棧與飯館，在茶寮中客人們好奇的注視下踏上了山道。

「哎，公子，那山上的廟早荒廢了！」有客人好心地喊了一嗓子。

燕聲背著包袱回頭，「謝您哪！我們正是去廟裡投宿的！」

客人們恍然大悟。這二位兜底光呢。很快就對消失在山道上的主僕二人失去了興趣，繼續交流著佐茶的八卦。這麼多茶客聚在一起，下一次得是十天後了。

茶寮建在山道旁，客人們口沫橫飛，風將笑聲吹送而來，夾雜著一句——

「沒貨才是正常。林家南北十六家商行的老東家死了，少東家竟然是抱來的嗣子。商行掌櫃們沒了主心骨，大年初一竟然沒有放鞭炮開業。京城的物價都生生漲了兩成呢。」

燕聲高興極了，「二老爺定會愁得揪光了鬍子！」

林一川停了停腳步，嘴角微微翹了翹，盯著樹間灌木叢中跳躍鳴叫的麻雀問道：「晚飯吃什麼？」

燕聲頓時蔫了，嘟囔道：「還能有什麼？烤麻雀嘛。」

天色漸沉，林一川和燕聲躲在破廟的牆角升火。

一陣寒風突然從洞開的廟門直吹進來。草灰飛揚。

燕聲急於護著火堆，吸了一鼻子灰，嗆得大聲咳嗽起來。

灰黑色的草灰灑在林一川身上，他皺眉拍打了兩下，青布襖上被手掌擦出了幾道黑色的灰痕。他愣了愣，揭起一片衣襟看了又看。脫了薄襖去外頭溪水裡清洗乾淨還是視而不見？林一川盯著這幾道黑色的灰跡認真思考著。

這件青布薄襖還是在揚州時從燕聲包袱裡拿的。兩人的荷包比臉還乾淨，餐風露宿，根本沒有餘錢置辦新衣。一路上，這件襖子已經洗過很多回了，染的靛青都洗脫了色，布料洗得輕薄如紙，再洗估計有些地方就要露棉花了。燕聲不會縫補，林一川更不會。難不成他還要穿補丁衣裳？在灰痕和補丁衣裳之間艱難選了半天，林一川喃喃說道：「也不是很髒……」

燕聲埋著頭往火堆裡添著柴，小聲說道：「少爺不是還有二兩銀子？幾百文就能買件粗布新衣了。肉燒餅也就五文錢一個，不買衣裳買燒餅吃也行啊。」

林一川大怒，「一路上你唸經似地惦記著我的二兩碎銀。以前怎沒看出來你這般貪嘴？你家少爺的定情信物，你好意思花嗎？」

大概是這兩個月同甘共苦，燕聲的膽子大了不少，竟然學會了和自家少爺抬槓，「少爺，就算您喜歡男人，穆公子也從來沒說過喜歡您。」

男女不分的蠢貨！林一川雙手往襖袖裡一插，踢了他一腳道：「你懂個屁！別把麻雀烤糊了！」

燕聲往旁邊縮了縮，也不敢還手，氣呼呼地嘟囔，「少爺怎的不自己烤？」

林一川理直氣壯說道：「你最多烤糊，我會烤成焦炭。你晚飯不想吃了？」

少爺怎麼說話都有道理。自己說不過他。燕聲認命地將兩串洗剝好的麻雀架在火堆上，不多會兒，一股肉香就瀰漫開來。

偷眼瞥著自家少爺坐在石頭上、穿著那件洗得發白的青布棉襖、抄著手閉著眼睛陶醉在烤麻雀肉香中的模樣，燕聲突然渾身不得勁。他的少爺已經不是從前那個穿四百兩一件精繡錦衣，處處講究、愛潔如命的少爺了。一股酸楚在心裡攪騰著，燕聲脫口而出，「小的打死都不信，少爺您會穿舊衣裳、住破廟，連蟑螂都不怕了！」

「少爺我怕過蟑螂？不過是討厭這種醜陋的髒蟲子罷了。」林一川傲慢地說著，彷彿還坐在自家那張整塊精雕紫檀木嵌雲石的八仙桌旁，「上菜！」

燕聲正想將烤好的麻雀遞給他，眼尖地看到一隻蟑螂從牆角破蓆子下面鑽出來，爬向林一川，「少爺，您腳邊有隻蟑螂……」

他眼前影子閃了閃，林一川嗖地離地躍起，落在他身邊。

燕聲嚇了一跳，隨手就拔出長劍，警覺地朝廟外看去。

「踩死不就行了，你的劍是用來砍蟑螂的？」林一川罵了他一句，睃了眼烤得黑乎乎的麻雀，沒了胃口，「我出去溜達溜達，看看能不能遇到隻昏了頭的野兔。」

踩死……用劍砍蟑螂……

燕聲盯著自己手中的劍半晌沒回過神，林一川已經溜達著離開破廟老半天了，他才反應過來。他走過去用大腳板「啪」的將那隻探著鬍鬚四處亂爬的蟑螂踩死，「還說不怕呢，都怕得用輕功跳起來了，喊！」

移開腳，看著蟑螂內臟破裂、悽慘無比的殘屍，燕聲的眼淚都快淌出來了。他的少爺幾時受過這樣的罪啊？明知道少爺愛潔，自己還說蟑螂去噁心他。燕聲自責地打了自己一個嘴巴。他看了眼凌亂的破廟，跑到廟門口折了幾根松枝紮成掃帚，趁著林一川還沒回來認真地打掃起來。

掃著掃著，燕聲又想起了雁行。如果雁行還在，他一定不會讓少爺穿舊衣、住破廟。望著那兩串烤得黑乎乎的麻雀，燕聲難受極了，「我真沒用，烤串麻雀都烤不好。」

一個東西撞了撞他的背。

「誰？」燕聲警覺地回頭。

廟門口伸進來一根長長的樹枝，上面掛著一個布包。布包被他撞得晃晃悠悠，熱氣和香氣從裡面透了出來。

燕聲瞪圓了眼睛，朝著廟外喝道：「什麼人？」

廟外的人探出頭，火堆的光慢慢移到他臉上。雁行的笑渦刺痛了燕聲的眼睛，他情不自禁地揉了揉眼，以為自己看錯了。

雁行笑咪咪地進來，從樹枝上取下布包衝燕聲招手，「餓了吧？趕緊趁熱吃。」布包打開，裡面有五個開口大燒餅。烤得黃黃的殼上撒滿了芝麻，裡面塞滿了醬紅色的滷肉。

燕聲的口水湧了出來，咕嚕一聲嚥回了嘴裡。他盯著雁行，沒有吭聲。

雁行穿著一件碧水青的緞面窄袖長袍，被一條精繡著大雁的腰帶束著，格外有精神。領口綴著一圈出鋒的黑貂毛，清秀的五官多了幾分貴氣。

燕聲突然想起少爺身上那件洗得都快露棉花的青布舊襖，對比如此強烈，強烈得讓他憤怒。

雁行彷彿沒看出燕聲情緒的變化，掛著一如既往的笑容，上下打量著燕聲，戲謔地說道：「天上掉餡餅，不相信是吧？快點吃。」

燕聲的眼睛越來越紅，突然衝過去一拳揍了過去，「你還來做什麼？」

這一拳帶著燕聲近來所有的憤怒與委屈，他早就後悔沒在揚州碼頭揍雁行了。這般無情無義之人，該打！

對付雁行，燕聲極有信心。他腦子比不過雁行靈光，砂缽大的拳頭總比雁行硬。

「啪！」一聲輕響，燕聲呆住了。

砂缽大的拳頭被一隻清秀的手掌輕輕抵住，曾被燕聲嘲笑像女人般秀氣的手掌輕輕鬆鬆拍在他的拳頭上，就像是拍蚊子一般輕鬆。燕聲瞪大了眼睛，大喝出聲，拳頭往外疾送。

雁行掌心往外吐勁，一股大力從拳頭上傳來，推得燕聲蹭蹭後退了兩步。

他瞪著雁行，腦子又快轉不過來了。少爺身邊兩個小廝，素來分工明確。自己負責護衛，雁行打聽消息替少爺跑腿做事。他不是就輕功好一點點、腦子好用一點點嗎？他怎麼會……

「好哇，你和東廠是一夥的！裝得功夫差，潛伏在我家少爺身邊害他！」燕聲憤怒地大叫起來。

雁行無語望天，「不就是沒和你打過架，就認定我功夫一定比你差？燕聲，人笨就少動腦子胡思亂想，趁熱吃東西吧。」

「對，我就是個傻子！」燕聲氣得直捶打自己的胸口，「你滾！老子不稀罕吃你的東西！」

雁行欲言又止，好一陣子才嘆了口氣，「這個比糊麻雀好吃吧？」

「滾！」

雁行沒有生氣，他將布包包好，走得乾脆俐落。

燕聲越想越生氣，跑到門口對雁行的背影大大地啐了口唾沫罵道：「我和少爺死都不會吃你送的東西！沒銀子我們照樣走到京城了！狼心狗肺的東西，還敢跑來看笑話！雁行我跟你義絕！還有啊，你身上的衣裳是少爺買給你的！你還好意思穿？真不要臉！」

雁行充耳不聞，頭也沒回地消失在樹林裡。

燕聲怔怔地在破廟門口站了好一陣子，轉過頭又看到那兩串烤得黑乎乎的麻雀。雁行遞過來的肉餡蟹殼黃芝麻燒餅的香氣彷彿還沒有散，他後悔了，「他送的東西怎麼都該吃！活該吃窮了他！我真是個傻子！」說著心裡又陣陣失落，「他怎麼就功夫比我好呢？少爺定也被他騙了！」

天色漸暗，燕聲倚著廟門望眼欲穿。林子邊緣有了聲響，燕聲大喜過望地奔了出去，「少爺！」

林一川拖著獵物笑容滿面地朝他走來，「燕聲，看我打到什麼了？」

燕聲仔細一看，快活地跳起來，「少爺，您太厲害了！」

他圍著死去的黑熊轉了好幾圈，掰著手指頭算計著，「熊皮沒有損毀，定能賣上一大筆錢。熊膽、熊掌都是好東西。少爺，咱們進京城有錢住店了！呀，還有個蜂巢，晚上能吃蜜汁熊肉了！」

燕聲的喜悅讓林一川大笑起來。他看著燕聲剝著熊皮，心裡有了主意，「要不咱們在這山裡再打兩天獵，多攢點兒銀子再進京？」

「不用啊。少爺回了國子監，吃住全免。賣了這頭熊，夠我在外頭花銷很長時間了。京城好找活，餓不著我。少爺可不能耽擱了學業。」看到這頭熊，燕聲早把雁行來過的事拋到腦後去了。

少爺現在已經不是揚州首富林家的大公子了，唯一的路就是回國子監讀書，將來入仕為官，還能為自己奔個前程。燕聲越想越開心，似乎已經看到自家少爺做了大官，衣錦回鄉嚇癱林二老爺和林家族人的場景了。

離開揚州來京城，燕聲一直以為他是要回國子監。國子監課程四年，林一川並不打算耗費時間在國子監裡。

他突然想起最初被梁信鷗逼得宰了龍魚後，其實是父親拐彎抹角地激他去捐了監生。那時候，是杜之仙出手替父親續了兩年命。知道時日無多，父親就想讓他進京尋親了吧？可是他怎麼知道自己定會去尋親生父母呢？

「林二老爺勾結東廠，我若回了國子監，會被譚弈和林一鳴整死。京城機會多，你家少爺找機會做生意東山再起也不錯。你說呢？」

「對哦，少爺將來一定會掙很多很多銀子，氣死林一鳴去。」燕聲轉念想著這樣也不錯，高興得哈哈大笑。

逗得林一川忍俊不禁，他笑著朝山下望去。

山腳下的茶寮白天被樹林遮擋看不見，夜色裡的燈光在黑黝黝的山中格外醒目。

一路行來，兩人身後的尾巴就沒有斷過。他自請出族，林二老爺也許放心了，但是東廠的人並沒有放鬆過對他們的監視。

畢竟捨得下萬貫家財的人太少。

林一川從來不曾想過，自己會過上這種窮困潦倒的日子。想來，林二老爺也沒料到。東廠的人還會盯到幾時呢？

山腳下的茶寮已經打烊，小二上好最後一塊門板，提著燈上了樓。

掌櫃正站在二樓窗戶旁，朝破廟的方向望去。樹林遮住了廟裡的火光，連廟頂的飛簷都與夜色、樹林融在一處，他眼裡生出幾分憂色來。

聽到小二上樓的腳步聲，掌櫃沒有回頭，「山上沒有人？」

他問的是自己人。

小二將燈放在桌上，躬身答道：「這山上只有野獸，本無人煙。林一川主僕武藝都不弱，放釘子太容易被他發現。」

「我們豈不是很難發現他是否翻過那座山消失？」掌櫃回過頭，陰狠地說道：「就算被他發現又如何？盯丟了人會是什麼結果？」

小二頓時嚇出一身汗來，轉身就走，「屬下這就讓人上山。」

「回來，先把信送回去。」掌櫃拿出今天的紀錄交給小二。

●○●

「一路上都是破廟棲身，農家借宿，林中打尖，林大公子吃的苦頭不少啊。」

譚誠笑了笑。

梁信鷗繼續稟道：「前些天他們主僕二人運氣不錯，打到了一頭黑熊。大概能賣三、四十兩銀子。那山上的野物倒也豐盛，看兩人的意思是想多打點野味，攢些銀子再進城。」

「那座山，咱家記得離獵場不遠吧？」

那座山離皇家獵場足足有幾百里地。梁信鷗迅速明白了譚誠的意思，「都是同一條山脈，應該是獵場的野獸跑了過去。」

譚誠沒有繼續探討林一川主僕打獵攢錢的事，輕描淡寫地說道：「君子之居喪，食旨不甘，聞樂不樂，居處不安。林一川自請出族，仍然是林大老爺的兒子。餐風露宿吃點兒苦頭，算不得什麼。」

梁信鷗畢竟是武夫，沒聽明白。一旁的譚弈卻清楚這句話出自《論語》，眼神閃了閃道：「林一川當初告假回揚州照顧重病的林大老爺，如今林大老爺死了，他在孝期自然不能回國子監讀書。」

林一川來京城，是為了回國子監讀書的，督主要斷了他這條路。梁信鷗恍然大悟，「屬下這就去辦。」

等梁信鷗走後，譚弈這才開口問出了心中的疑惑，「義父，林一川已自請出族，林家的產業已是我東廠的囊中之物，為何還要讓梁大檔頭盯著林一川？」

不僅僅是盯著，還擺出一副痛打落水狗的模樣，不准他在林中打獵攢錢，還不准林一川回國子監有瓦遮頭、有地棲身。雖說林一川無路可走，譚弈樂見其成，但他想不明白為何義父還如此關注林一川。

譚誠沒有回答，負手往外走，「隨義父出去走走。」

這是京城最貧窮的地方，低矮的棚戶連綿不絕，房屋之間的巷道狹窄處僅容一人側身走過。牆角的石頭生出的都是黑色苔蘚，處處瀰漫著一股發霉腐爛的氣息。醉酒的漢子搖搖晃晃走過，毫不避人，對著牆根解開了褲腰帶。一股尿騷味撲面而來，譚弈忍不住抬袖掩住了鼻子，眼裡一片厭惡。他不明白，義父為何帶自己到這種骯髒汙穢的地方來？

身側有風聲掠過，譚弈下意識地側身閃開，擋在譚誠身前。一個六、七歲的小孩摔倒在譚弈身前，沒等小孩爬起來，頭髮凌亂的婦人跑過來，扯著小孩的衣領將他從地上揪起來，用力搡著他，尖聲罵道：「天殺的下作胚子，叫你偷老娘的饃！」

孩子的脖子被衣領勒得緊了，小臉憋得通紅，手卻用力往嘴裡塞著一塊黑乎乎的東西，使勁往下嚥，頓時噎得直翻白眼。

那婦人急了，掐著他的下巴用手去摳，「狗娘養的，怎的不噎死你！」

那孩子嗆咳出嘴裡的饃，噴了一地。

「糠皮、麥麩加高粱麵、野菜混成的糰子蒸熟，嚥著刺喉，不用水順著，很容易噎著。」譚誠不帶絲毫感情地說著，繼續前行。

譚弈回望。婦人見搶不回饃，罵罵咧咧地去了。那孩子正趴地上撿著散掉的糰子往嘴裡送。這樣的日子……譚弈搖了搖頭，他過不了。

沒走幾步，前頭的木門哐噹作響，一個男人拿著一只銀手鐲奪門而出，回頭罵道：「老子贏了就給她買藥！賠錢貨死就死了……頭髮長、見識短，再哭老子把妳賣了！」

門虛掩著，裡面傳來一聲絕望的嚎哭。穿著寒酸的婦人滿臉是淚，顫抖著將捆柴的麻繩掛在低矮的梁上。

不難猜測，家中的男人奪走了婦人唯一值錢的首飾去了賭坊。女兒病重，沒了錢買藥，婦人絕望之下想投繯自盡。

譚誠視而不見，腳步並未停下。譚弈遲疑了下，手腕抖動，一錠碎銀擊中了婦人拉扯繩套的手。眼角餘光瞥見婦人跌坐在地上，譚弈偷偷勾了勾嘴角，快步跟上了譚誠。

「那婦人為何想要扔下重病的女兒自盡？」

自己的小動作被義父看在眼裡，譚弈有些不好意思地低下頭。丈夫嗜賭如命，女兒病重等死，還有什麼原因？他簡短答道：「她沒了盼頭。」

譚誠感嘆道：「是啊，沒了盼頭，所以心生死志。林一川突然知曉身世，又自請出族，放棄了家業，身無分文，他算不算從雲顛跌進了爛泥地裡？」

譚弈一怔，嘲笑道：「對曾經的林家大公子來說，是夠慘的。」

譚誠停了下來，「受了這麼大的打擊，林一川可有半點情緒失控？棚屋雖破，這些百姓尚有瓦遮頭。他身無分文，連船資都付不起，一路餐風露宿走到京城，瞧著悽慘落魄，但咱家瞧著，怎麼像是在遊山玩水？」

譚弈愣了愣，隱約明白了義父帶自己來這裡的用意，「義父覺得林一川放棄的只是林家明面上的產業？南北十六行已經成了一個空殼？可是咱們沒有查到異常，林家的帳目也是清楚的。再說了，他已經不是林家的人，林家的管事們還能聽他的？」

「許是咱家多疑，且再看看吧。」譚誠眯縫著眼望向天空。層層陰雲被大風吹來，晴了幾天的碧空又變得陰沉。

譚弈問出了心裡另一個疑惑，「林一川不是攀上了錦衣衛？他家出這麼大的事，錦衣衛為何沒有動靜？」

譚誠微笑道：「自是有原因的。」

●○●

累死兩匹馬，丁鈴終於趕到了京城。

他顧不得回家，縱馬直衝進了錦衣衛衙門。此時，他面對錦衣衛指揮使龔鐵，雙手撐著桌子，沒有半分對上司的尊敬，「林家出事的時候，您故意將我支去了邊城。林一川是我的下屬，錦衣衛對他不聞不問，我需要一個解釋。」

「放肆！」龔鐵「啪」的放下手中的筆，冷著臉罵道：「這是你對上司的態度？林一川自請出族，放棄了家業，錦衣衛憑什麼為他出頭？」

「就算不為他出頭爭家產，也不至於讓他身無分文落魄得連住店的錢都沒有吧？咦，不對，林家暗中入了通海錢莊六成股子，還送了一成乾股給錦衣衛。這筆產業他不會也交出去了吧？」丁鈴想起來了。

「林家在揚州的事情傳到京中，本座就令人查了通海錢莊。去年林家借了大筆流水給通海錢莊周轉，錢莊以六成股子作抵。去年年底，通海錢莊把林家的錢還清了，這六成股子就不存在了。林家去年孝敬的金銀不過是錢莊給的利息！」龔鐵大罵，「錦衣衛的一成乾股是和林家簽的契約，林大老爺死了，林一川自請出族。為了這成乾股，錦衣衛就賣給了他林一川，任他驅使？本座的腦袋被驢踢了不成？你把他的腰牌收回來，暗衛簿子上他的名字已經被勾掉了！」

丁鈴倒吸一口涼氣，「林家人做生意真他媽絕了！用一成乾股吊著咱們錦衣衛，膽子真夠大啊！」

小綠豆眼滴溜溜轉動著，丁鈴捨不得每年分到手的一千兩銀子，「憑什麼讓東廠獨吞林家這塊肥肉？林大老爺死了，林二老爺還在，憑這張契約，林家敢不認這一成乾股的紅利？」

「這成乾股已經折成了三倍金銀，送到了錦衣衛衙門。林二老爺沒這魄力，譚閹狗倒是大方。」龔鐵哼了聲。

所以錦衣衛不方便為林一川出頭了。

林一川連這筆財產都交出了，看來的確是淨身出戶變成窮光蛋了。想到林一川的慘樣，丁鈴有些於心不忍，「看在從前的交情上，屬下私人資助他點兒銀子，給他找點兒活幹，也算全了從前的交情。」

「不行。」

私底下幫點兒忙，送他點兒銀子都不行？丁鈴蹙眉道：「老大，這也太過分了吧？屬下會被人說薄情寡義，做人不地道。」

龔鐵板著臉道：「你幫他就等於錦衣衛幫他。這是命令，違者……家規處置。」

操！連錦衣衛的家規都搬出來了？丁鈴吃驚之餘，歪著頭露出一個顛倒眾生的媚笑，「大人曉得不？東廠的人背地裡都喊您鐵烏龜，鐵打的縮頭烏龜。」

「烏龜長壽，沒什麼不好。」龔鐵面不改色。

丁鈴氣結，「錦衣衛都被東廠笑話死了！」

「你不還活得好好的？」

氣得丁鈴拂袖就走。

離了衙門，丁鈴想起一個人來，心裡的煩躁去了大半，興匆匆地打馬走了。

●○●

難得的天放了晴，風裡帶著春天的暖意，破廟裡的氣氛卻有些肅殺。

林一川攔著燕聲，冷眼看著當地的衙役將兩人獵到的皮子捲起來。

「這山上的野獸都是從皇家獵場過來的，再發現你們打山上的野物，當心吃牢飯！」衙役凶神惡煞地警告一番，扛著皮子揚長而去。

「少爺！」燕聲氣得牙齒咬得嘎吱響，實在不明白林一川為何要攔著自己。

「民不與官鬥，你真想去吃牢飯？」

不是林家的少爺了，連這些京郊的衙役都敢來踩上一腳。燕聲不甘心又沒辦法，愁得不行，「不能打獵，攢不下銀錢。咱們進了京城，住店都沒錢，怎麼辦？」

林一川自嘲道：「虎落平陽被犬欺，落毛鳳凰不如雞。進了城自然有去處。走吧。」

兩人也沒行李收拾，趁著天色尚早，逕自下山進城。

路過山腳下的茶寮，鍋裡正蒸著饅頭。小二笑容可掬地招呼著他倆，「剛出鍋的大饅頭！三文錢一個！客官買幾個吧！這一路去京城，就只有咱們三十里坡這處有賣吃食的了。」

林一川猶豫了下，讓燕聲取下包袱。他將那件洗得發白的布襖拿出來，「小哥，這件襖子的布是細布，洗得舊了些，裡頭卻是上等絲棉，能換些饅頭不？」

「去去去，我們開的是茶點鋪子，不是當鋪！」小二立馬變了臉，嫌棄地將林一川的手推開了。

「怎麼對客人說話的？」掌櫃聞言從裡面走出來，誠懇地說道：「公子，雖然這兩天放了晴，卻怕遇上倒春寒，襖子還是留著禦寒吧！小二，撿兩個饅頭過來。」

小二不情願地拿蒲葉包了兩個熱饅頭，眼睛長到了頭頂上，「喏，拿去！」

「少爺，咱們走！進了城，這襖子少說也能當二百文呢！」燕聲被小二的態度臊得滿臉通紅，搶過襖子塞進了包袱裡，直扯著林一川走。

林一川站著沒動，眼睛直勾勾地望著冒著白氣的蒸籠遲疑著，「進城還有三十里路，路上沒有賣吃食的……」

小二嗤笑了聲，將饅頭扔到林一川手中，「他不吃，你吃吧。我家掌櫃送的，不要錢。」

「謝謝。」林一川收下了。

燕聲氣得偏開了臉，心裡難受得想一巴掌把林一川手上的饅頭打掉。他的少爺怎麼連這樣的饅頭都吃？他甕聲甕氣地說道：「小的不餓。少爺您吃吧！」

林一川邊吃邊哄著他，「等進了城有了銀子，少爺我給你買肉燒餅吃……」

望著兩人在官道上漸行漸遠，小二搖頭嘆息，「沒想到昔日林家的大公子為了兩個饅頭還沒他的小廝有骨氣。」

茶寮的掌櫃站在他身後幽幽問道：「是加料的饅頭？」

小二笑道：「大人放心，揉麵時加了雙倍的巴豆粉。這是擔心官道上他們走太快了，咱們的人跟不住？」

掌櫃哼了聲道：「他們身無分文。上頭是想知道，林一川如果拉肚子拉得止不住，他們怎麼弄錢看郎中吃藥？」

燕聲扶著林一川跌跌撞撞地進了城，他急得把包袱裡所有的衣裳都當了，僱了輛車直奔丁鈴家。

丁鈴見著滿頭虛汗、掛在燕聲胳膊上的林一川也大吃一驚。

半年不見，玉樹臨風的林大公子滿臉菜色、瘦骨嶙峋……這也太慘了點兒吧？他沒想到兩人來得這麼快，讓他有點措手不及。這會兒他是聽命令將兩人拒之門外，還是偷偷塞點兒銀子過去？

不等他想好，林一川呻吟了聲，捂著肚子痛苦地叫道：「茅房在哪兒？」

茅房？丁鈴下意識地抬手指了指。

林一川踉踉蹌蹌地衝進去。

「丁大人，快請郎中來啊！」燕聲哭叫起來，「我家少爺吃壞了肚子，大半天已經拉得走不動路了！」

丁鈴愣了愣，哈哈大笑，「林大公子也有今天啊！你跑趟路去請郎中來！」

這可怨不得他不聽命令，他總不能不讓林一川進門，讓對方蹲自己家門口拉稀吧？

丁鈴家不大。進了大門，繞過刷得雪白的照壁，正房就在眼前。院子寬敞方正，牆角有口甜水井。

廂房外支著一個爐子，燕聲坐在小板凳上認認真真地搧著火。藥鍋裡的藥咕嚕咕嚕響著，整座院子都能聞到藥香味。

丁鈴斜坐在炕沿上，盯著林一川嘖嘖搖頭。

「我瞧上去很慘？」從溫暖被窩裡伸出手摸著自己瘦下去的臉，林一川有點好奇。

「不是很慘，是慘不忍睹啊。」丁鈴來了興趣，甚至有些幸災樂禍，「說起來本官挺佩服你的，那麼大的家業說不要就不要了，直接勾了族譜，兩袖清風就走了。就算你是林大老爺抱養的嗣子，朝廷律法在，你有林家嫡長房的繼承權。你怎麼想的？連銀子都不要了？現在知道一文錢難倒英雄漢的意思了吧？哈哈。林大公子，你也有今天！」

「你當我想啊？」林一川似被丁鈴說得惱了，「我不答應，東廠隨便捏個罪名將我抓了，誰給我爹捧靈摔盆？二老爺家的小崽子？那會把我爹從棺材裡氣得跳起來。想都甭想！」

丁鈴撐著下巴設身處地想了想，「下了獄，可以隨便弄死你。有了罪名，不弄死你，林家也能藉著罪名將你趕出去。哎，你真是倒楣。過年節的節骨眼上，突然由親兒子變成了抱來的嗣子。還沒弄明白呢，老爹病死了，還差點被東廠抓了，財產也沒了……這麼說你真的變成荷包比臉還乾淨的窮光蛋了？」

突然轉折了話題，一雙小綠豆眼盯著林一川不錯眼地看。

「丁大人不信？」林一川笑了。

丁鈴點頭，「確實難以讓人置信。素來用銀子砸人玩的林家大公子窮得連換洗衣裳都沒有。」

林一川反問道：「那怎樣才能讓人相信？」

丁鈴眼珠轉了轉，「不如……我把你趕出去。你在街頭賣個藝，碼頭扛扛包什麼的掙飯錢，看見的人多了，自然就信了。」

「我能做的事很多。」林一川面無表情地反駁道：「我可以投個豪門當掌櫃幫忙打理生意，可以自薦做個帳房先生，投鏢行當武師，進高門做護院。哪怕在當鋪當個朝奉，在下賞過的好東西多，眼力也不差，用不著街頭秀肌肉耍飛劍。碼頭賣力氣叫燕聲去做就行了。」

窗外傳來燕聲興奮的聲音。

「少爺，我去碼頭賣力氣肯定比別人扛的包多兩倍！」

「有你插嘴的份嗎？藥熬好就端進來。」林一川罵道。

「呵呵。」丁鈴一陣乾笑，撇嘴道：「既然你這麼能幹，病好了就自個兒走吧。我可養不起你。」

「真要趕我走？」

「嗯。」

林一川也不說話，就這樣看著他。

丁鈴似乎也覺得不太地道，小聲說道：「我家大人覺得為了你和東廠對著幹，划不來。下了死令，不讓我幫你，連你的暗衛牌子都要收回來。」

被窩裡扔出一面錦衣衛腰牌，林一川撇嘴道：「我不是林家的大公子，錦衣衛也拿不到一成乾股的紅利了。不想幫我，我留在錦衣衛也沒意思。拿去吧。不過，咱們倆還有私交吧？丁大人就這樣把我趕走，心裡過意不去吧？」

丁鈴想到那一成乾股就來氣，「你還想用那一成乾股吊著錦衣衛？實話告訴你吧，林家已經折算成三倍現銀送到錦衣衛了。拿錢辦事，錦衣衛不會插手林家的事。林一川，你現在不急著跑茅廁，澡也洗了，衣裳也換了，還吃了頓飽飯，你可以走了。」

端著藥碗進屋的燕聲聽到這句話氣道：「丁大人，你當初來揚州，我家少爺好吃好喝待你。我家少爺還虛著呢，你就趕人？你也太不講情面了！」

丁鈴翻了個白眼。

林一川俐落地掀被下床，從燕聲手裡拿過藥碗一飲而盡，「燕聲，我們走。」

丁鈴追到門口，大罵道：「打秋風打到本官頭上了！什麼玩意！滾蛋！」

丁家的大門哐噹一聲關上了。

「少爺，咱們就不該來這兒。丁大人薄情寡義。」燕聲後悔了。

丁鈴的話是說給外頭的眼線聽的。林一川睃了眼四周嘆道：「窮居鬧市無人問，富在深山有遠親。人情冷暖，不外如斯。」

或者，他應該走遍所有可能投奔的地方，登門求一求他能夠求的人。東廠一直監視著他，不就是想看這些嗎？

投奔丁鈴，喝了碗藥止了瀉，吃了頓飽飯就被趕出了門。林一川下午趕去國子監，結果被官員搬出孝道來訓斥一通，讓他守一年孝再回來。於是，管吃管住的監生之路也走不通了。

離開國子監，天色已經暗了。京城宵禁，坊門關閉。主僕二人只得和一群乞丐擠，睡在了大橋下面。

燕聲堅持將外袍鋪在林一川身下，心裡仍難過得要死。老爺在天有靈，看到這一幕，會有多傷心啊。他恨自己沒用，都快愁死了。

林家在京城的掌櫃，少爺是絕不會去找的。老爺那些故交好友，少爺更抹不下臉。能幫少爺的人還有誰呢？燕聲只想起雁行那身鑲毛皮的錦衣和他送來的芝麻肉燒餅。雁行一定後悔死了，一定是來向少爺賠罪的。他幹麼要把雁行趕走呢？憑雁行的聰明，一定能想得出辦法來的。

燕聲吞吞吐吐地告訴林一川，「那天雁行來了，他送了肉燒餅來，小的扔掉沒有吃，還罵了他一頓。少爺，我總覺得他不會不管咱們的。」

林一川黑了臉，「你忘了他把咱們倆扔在碼頭上的事了？以後別提他。」

燕聲嘆了口氣。雁行在碼頭扔下他們時，他也好恨對方。他小聲說道：「少爺，要不明天我去碼頭找活幹吧。我肯定能養活您。」

碼頭是個寬敞亮堂的好地方啊，真去碼頭幹活，能見到哪些熟人？捏著從穆瀾那兒偷來的二兩銀子，林一川笑著摸了摸他的頭，「少爺和你一起去。」

「那怎麼可以！」燕聲叫了起來。

「我是少爺，連一碗飯都管不起，我還是少爺嗎？就這麼定了。」

他的少爺，竟然要去碼頭找活幹。燕聲閉上眼睛，眼淚無聲地淌了下來。

京城外的碼頭依然熱鬧。站在這塊空地上，林一川想起了初到京城時，穆家班賣藝的場景。他朝旁邊的酒樓望去，層層竹簾後頭不知道有幾雙眼睛在盯著自己。

穆瀾一定在京城。穆家班早不賣藝了，她還會來碼頭嗎？林一川收回搜索的目光，對燕聲說，「還記得穆家班賣藝時怎麼吆喝的嗎？」

「少爺，真、真要賣藝啊？」燕聲心虛地左瞄右看。他寧肯去當苦力。

「穆瀾從小走江湖賣藝。少爺我想知道賣藝是什麼感覺，給少爺喊場子助威！」

林一川緊了緊腰帶，突然翻起了筋斗。

天空與大地在眼前交替轉動，往事走馬燈似地湧上心頭。

許多沒有留心的小事，分外清晰地出現在腦中。

燕聲呆呆地看著，難過地紅了眼睛。他以手圈口，嘶啞著嗓子喊了起來，「初登寶地，微末技藝求大夥賞碗飯吃。一口氣能翻三百個筋斗，絕無虛言！各位老少爺們，叔伯兄弟，看得好，賞兩大子。看著無趣，捧個人場。小人在此謝過了！」

沒有行頭，也無鑼聲。初初只有人好奇地看上兩眼，漸漸的有人停住腳步。直到有人叫了聲，「哎喲喂，都翻了二百個了！」

「真的？」

「我無事數著玩，不知不覺就數到二百了。」

「看看去！」

不知不覺，四周已圍滿了人。

燕聲大聲數著數，「二百二十三、二百二十四……」

好奇的看客跟著數數，數到三百時，叫好聲轟然響起。第一枚銅錢扔到地上，叮噹的聲響敲在燕聲心裡，喜悅中帶著絲絲酸楚，他的聲音越發大了起來。

叫好聲漸漸響成一片，銅錢落地的聲音時而如急雨，燕聲的聲音卻弱了，他喃喃說著，「少爺，可以了，不要再翻了。」

林一川沒有停，他像是不會疲倦的木頭人似地一個接一個地繼續翻著筋斗。

「謝謝各位父老鄉親！明兒我們再接著……」

一個聲音打斷了燕聲的話，「喲，從前揚州首富林家的大公子翻筋斗賣藝掙飯錢，這可新鮮啊！快五百個了啊？繼續，不要停，翻到八百個，爺賞你十兩銀子！」

燕聲怒而抬頭。

林一鳴和譚弈擠進了人群。林一鳴手裡托著十兩的大銀錠，隨著林一川的筋斗上下拋著玩，「五百九十三、五百九十四，不錯嘛！」

「少爺！」燕聲衝林一川喊了聲。

「好生計著數！」林一川突然開口，「十兩銀子的賞錢不少呢。」

「哈哈！」林一鳴大笑，「本公子說話算話，翻到八百這十兩銀子就賞你了。」

「少爺！燕聲求您別做了。」燕聲跪了下去，眼淚滴在地上。怎麼能要林一鳴的賞錢呢？那是把少爺趕出家門的仇人！

「六百零二、六百零三……」林一川自己喊起了數。

喘息聲讓燕聲淚如泉湧，他跳起來衝過去抱住林一川，兩人同時摔倒在地上。

「燕聲！」林一川大怒。

燕聲仰起臉哽咽著，「少爺，燕聲有力氣、有武藝，能幹活！咱們不賣藝。」

賣藝的感覺就是這樣嗎？穆瀾賣藝時，也會有人在旁邊嘲笑她嗎？怪不得一開始她對自己就有著淡淡的敵意。他現在不是有錢人家的少爺了，她可知道？林一川疲倦地閉上眼睛，天地不再旋轉。他輕聲說道：「少爺也累了，不翻筋斗了。」

「我以為離開林家你有多能耐呢？還是只能跑到碼頭來混下九流！林一川，我大伯的臉都被你丟盡了。你現在的樣子真讓我失望。」望著躺地上喘息的林一川，林一鳴奇怪地湧出一股憤怒來，就像林一川丟了他的臉似的。

譚弈從他手裡拿過銀錠扔到林一川腳下，「磕個頭謝賞，這銀子還是你的。」

燕聲緊張地望著林一川，生怕他為了十兩銀子向譚弈和林一鳴下跪。

林一川喘息停當，從地上站起來，彎腰撿拾起地上的銅板，當兩人不存在。

一隻腳踢了過來，將林一川面前的銅板掃開了。

見林一川站直腰，林一鳴嚇了一跳，飛快地躲到譚弈身後，討嫌地探出臉來，「你來打我呀！」

林一川直視著譚弈的臉，「指著個小丑跳來跳去，有意思嗎？」

譚弈的眼神無比認真，「有意思。你可以憤怒，可以發火，可以揍我們呀！」

不是揚州首富繼承人的林一川敢嗎？敢在京城打東廠督主的義子嗎？

話音剛落，林一川的拳頭已經出現在譚弈眼前，他下意識地後退躲閃，誰知身後還站著林一鳴。譚弈只來得及偏開頭，林一川的拳頭揍在他的腮幫上，一拳將譚弈連同身後的林一鳴打翻在地。

譚弈捂著臉，往外吐了口帶血的唾沫，有點不敢相信自己真的被林一川揍了。

「犯賤，找打。」林一川眼神微凌，輕蔑地望著地上的兩人，「燕聲，走了！」

燕聲心裡痛快起來，飛快地收攏地上的銅板，昂著頭跟在林一川身後。

「譚兄，這就讓他們走了？」林一鳴不甘心，自己又不敢追上去。

「當然不能這樣算了。他會非常後悔打了我一拳。」譚弈冷笑。

揍了自己，他們在京城還能待下去嗎？

第六十章　彼此的等待

倒春寒終於來了，天空飄著雨雪，落在地上化為了泥濘的水漬。山裡的天更為陰寒，山風呼嘯，像小刀子似地扎透了單薄的夾衫，把寒冷直釘進人的骨頭裡。

林一川清楚地記得，去年此時，靈光寺風和日麗、春光明媚，踏春的遊客絡繹不絕。今天的靈光寺幾乎沒有遊客，五百羅漢壁只有他與燕聲二人。他伸手撫摸著面前的羅漢，飄落的雨雪沾滿了掌心，沁涼溼潤。

他把額頭抵在羅漢上，眼淚湧了出來。

在祠堂裡聽到林大親口說自己是父親抱養的，他沒有驚懼。父親親口承認他不是親兒子，他沒有傷心。就連父親再沒有醒來，他也沒有哭過。抱著靈牌送葬，他不過紅了眼睛。

誰教父親躲著自己，都不肯醒來呢？林一川覺得自己該恨父親的。就這樣輕輕鬆鬆地撒手走了，憑什麼他以為自己就能接受他的安排？可是他仍然想念著父親，想念著過去父子倆相依為命的每一天。

感覺到冰冷的淚水從臉上奔洩而下，林一川甚至生出一種驚奇的感覺來。他想不起來上一次落淚是什麼時候，大概那時他還是不省事的孩童。

燕聲整個人都傻了。他的少爺是在哭嗎？

林一川擺了擺手。

燕聲懂了。

他退到一側的小門外，聽著山風吹來一陣壓抑的哭聲，心都要碎了。他趴在牆上也哭了起來，「少爺您哭吧。誰沒有哭過啊？您為什麼不能哭？哭過就好了……燕聲一輩子都會陪著您的。」

他狠狠地擦去臉上的眼淚，握緊了手裡的劍。燕聲盯著後院的院門想，他家少爺想哭的時候，誰敢進五百羅漢壁打擾他家少爺，就得先從他身上踏過去。

五百羅漢沉默地從絕壁上注視著林一川。天地間只有他一個人了。林一川終於放開心防，額頭抵著羅漢，把所有的委屈哭了出來。

他不是爹的親骨肉，他又是誰？

他心裡一直在對自己說不要去在意、不要去想，可誰又能不想呢？

他從來沒有懷疑過林大老爺不是親爹，然而林大的證詞坐實了東廠的證言，由不得林一川不去深想。

那是林大，選擇撞壁自盡到黃泉去侍候父親的忠心老僕。

林一川清楚地記得大年二十四，林大拎著兩條自家做的醬肉來過老宅，走的時候沒有像平時那樣笑咪咪地看自己。林大哭過，當時他以為林大是因為父親活不了幾天才哭，並沒有放在心上。此時回想，林大一輩子無兒無女，東廠拿什麼去威脅他？他開口作證，只能是受父親指使。

父親早知道了二叔與東廠勾結，知道自己死後也保不住他，乾脆揭了底，讓他脫離林家，脫離東廠的控制。

他是那樣疼自己，讓林家敗了也不足惜。

父親的安排讓林一川心都碎了。

哭聲漸弱時，絕壁之頂跳下來一個人。雪白的披風在風裡飄蕩，像空中落下的一片雪，輕盈無聲。

「有人告訴我，去年你在絕壁頂上不眠不休凍了兩晚，只為了還一枚殘缺的雲子給我。」穆瀾走到他身邊，「所以，我也在這裡等了你兩天。」

林一川渾身一震，沒有轉過身來。

高大的身軀散發出拒人於千里之外的氣息。他背對著自己，是害怕讓自己看到他滿面淚痕、狼狽不堪？穆瀾偏偏要揭他的短，揶揄道：「呀，剛才我沒聽錯吧？林一川你是在哭嗎？」

不戳穿自己要死啊？林一川怒不可遏地轉身瞪視著她。

「瞪著我做什麼？去年咱們倆在靈光寺打了一架，今天是不是也想和我再打一架？不過好像每次咱們倆打架，你都被我收拾了。」

在腦中出現過無數次的如畫容顏讓林一川瞬間失神，而那新葉似的眉微微上挑起一個挑釁的神情真是可惡！

他沒想到再次見到穆瀾會是在自己最軟弱、最狼狽、最不想見到她的時候，她可惡得讓他連轉過身都沒有勇氣，所有的思念與柔情被她的言語打擊得消散於無形。

他真的很想揍她。真以為他打不過她？林一川握緊了拳頭。

「我請你喝酒，敢不敢來？」穆瀾在他猶豫是否出手時先開了口，腳尖一點，朝著絕壁上方攀沿而上。

林一川悻悻地看著她的身影越來越小，拳頭漸漸鬆開。他喃喃說道：「誰說我不敢？」手掌在羅漢頭頂一拍，躍向了高處。

轉眼間，兩人已登上絕壁。

絕壁頂上用竹竿和牛皮撐起了一個小小的窩棚，做得精巧，乍一看還以為是塊山岩。

穆瀾彎腰坐了進去，拿出一個酒葫蘆來。

為了等自己，她在這裡待了兩天？回想去年和雁行睡在絕壁頂上等穆瀾時的情形，林一川嘀咕了句，「算妳還有良心。」心裡生出一片暖意、一點兒期待。

葫蘆裡的酒太烈，林一川猝不及防被辣得捂著嘴咳嗽，火辣的酒從胃裡開始燒，不消片刻，渾身都暖和了。

許久沒有喝過酒了，他還真有點想喝。林一川大口喝著酒，穆瀾也不勸，拎出個包袱打開，拿了一包油炸花生米、一包滷肉給他佐酒。

小小的窩棚，安靜的絕壁之巔，心裡愛慕的女人陪著他飲酒，林一川悶在心裡的話極自然地說了出來，「今天是我生辰。」

真巧。穆瀾揚了揚眉，替自己倒了杯酒舉杯賀他，「否極泰來！」

林一川飲盡，「在揚州，每年今天，我爹會悄悄陪我吃碗壽麵。三天後才會大宴賓客，遍邀親朋為我慶生。我爹說，生辰八字不能讓人知曉，免得被人算命改變。其實呢，他也不知道我是哪天生的，估計著撿到我時，也就剛出生兩、三天。那時他來靈光寺踏春，為求子來摸五百羅漢。下山時，在山溝裡撿到了我。他覺得是菩薩把我送給他的，就抱了我回去當他的兒子。」

雨雪下得更急，才過午時，天空陰沉如夜。穆瀾的眼睛亮了，她盯著林一川想看出點兒什麼來。

「不相信吧？我爹生前從來沒有和我說過。他過世後，留了一封信給我。信裡寫的。」林一川認真地說道：「我真不在乎是不是抱養的，我就認他這一個爹。我根本不想去找十九年前將我遺棄在山溝裡的親生父母。小穆，妳信嗎？」

也許找到了也不見得是件好事。如同她一般，找回了記憶，就找回了痛苦與仇恨。

她和他是不同的。林一川有個愛他如命的養父，穆胭脂收養她不過是利用罷了。穆瀾的後肩隱隱疼痛。穆胭脂那一刀斬斷了她所有的親情。

穆瀾再敬林一川，「你運氣比我好。」

「從揚州首富能繼承家業的大公子到身無分文的窮光蛋，東廠眼中的落水狗。一夜之間，沒了父親，沒了家產，沒了家族，成了無根之萍，我這叫運氣好？」林一川自嘲道。

穆瀾上下打量他，目光被他腰間的荷包吸引了，「東廠為什麼還盯著你？」

林一川實話實說，「因為他們不相信我真的把家業全部交出來了。」

「那你真的全部交出來了嗎？你家假山底下那個祕庫也交出去了？」

「妳覺得呢？」

兩人對視半刻，穆瀾指著他的荷包笑了，「至少我知道你並非身無分文。」

那荷包略鼓的形狀如此熟悉，穆瀾隱約猜到了。

林一川解下荷包，將那錠二兩碎銀倒在掌心。

果然……穆瀾垂下了眼睛。

「如果我擁有它就不算是身無分文。」

一語雙關，眼中情深。

他想擁有的不僅僅是掌心裡的這二兩碎銀。

吃了那麼多苦頭，他也沒捨得花這二兩銀子。穆瀾心弦被輕輕撥動了下，她有些艱難地說道：「畢竟是銀子。一路上餐風露宿，買燒餅也能吃好些天的。」

察覺到她神色的變化，林一川鼓足勇氣道：「小穆，妳為何來靈光寺等我？是因為擔心，因為思念，因為她心裡也有他嗎？

林一川不知道，他去國子監時，她便看到他了。穿著單薄的夾衫，形銷骨立，鬍子拉碴，簡直像變了一個人。記憶中的林一川纖塵不染，愛潔如命。穆瀾的目光掃過林一川夾衫下襬濺上的泥點，竟生出一絲心疼。

京中眼線太多，她本不該冒險出來見他。在靈光寺等了他兩天，穆瀾並不後悔。

她看似輕鬆地調笑道：「好歹我也賺過你不少銀子，窮一時不會窮一世，我這叫眼光放得長遠。將來你發達了，定會記得我雪中送過炭，多好的事啊。」

話裡的意思多少還是透露出她的關心，林一川知足了。不過，穆瀾的消息也太準確靈敏，難道她一直在暗中盯著自己，「妳知道我被丁鈴趕走的事？」

「丁鈴的嘴巴和他的鈴鐺一樣響。」穆瀾說了句俏皮話，「恨不得人人都知道他對你仁至義盡。不過是當初在國子監幫他查了案，幫你請郎中開藥，請你吃飯，結果被身無分文的林大公子順竿就爬，賴上了。林大公子變成了無賴，只能將你趕走唄。」

嗯，很好。無賴，賴上了他。林一川心想，丁鈴難道不知道自己也很會記仇嗎？他記下了。

「身無分文，沒錢住店，只能找寺廟棲身。我想了想，京郊靈光寺你來過，就來這裡碰碰運氣。沒想到等了兩天，你才來。」

「身無分文，跑到碼頭賣藝去了。」林一川頗有些得意。

如他所願，穆瀾那雙清靈的眼睛瞪得大了。林一川哈哈大笑，「怎麼，只准妳走江湖賣藝，我就不行？」

穆瀾看著他，也大笑起來，「林一川，你肯定惹禍了！」

猜這麼準？林一川抿緊了嘴。

穆瀾擺出一副老江湖的譜教訓他，「你以為走江湖賣藝，身手好就行了？碼頭上三教九流，都有地盤的。初來乍到，瞅著塊空地就能賣藝掙銀子？遇到惡霸挑刺砸場子那是常有的事，你能忍？」

「確實……不能忍。所以我把挑刺砸場子的惡霸打了。」林一川用手指點了點臉頰，「一拳揍在這裡，差點沒打落他半副牙齒。」

穆瀾又一陣大笑。

「我打的那個惡霸叫譚弈。」

穆瀾笑聲頓止。

「怕了？」林一川玩味地看著她變了臉色。

譚弈絕不可能罷休，找到林一川是遲早的事。她來等林一川也許等來的是更大的危險。

「你知道東廠正在找我，所以我得在譚弈和東廠的人來找你麻煩之前離開。」

穆瀾坦誠地說道：「我不覺得你揍譚弈是件明智的事情，如果你還想在京城重新立足的話。」

「大丈夫有所為，有所不為，打就打了。我已經失去了太多東西，不能再窩囊地活著吧？」

「說得，真好。」

一句話勾起了穆瀾的心事。她也失去了太多的東西。她是可以改頭換面過日子，可是她做不到。

「盡快離開京城吧！」

「妳離開京城吧！」

幾乎異口同聲。

他想做的事，不希望涉及到她。她想做的事，也不願意被林一川看見。彼此的眼中都藏著自己的祕密。

還是穆瀾先開口，「你知道我是為了查我爹的事留在京城。你呢？你的理由是什麼？」

林一川望向京城的方向，「天下名商彙集京都。我想行商立業，京城機會多一些。」

穆瀾不信，「京城是東廠的地盤，你揍了譚弈一拳，以後你在京城擺個豆腐攤都會被砸得稀爛。」

「那就想辦法不讓他砸囉！」林一川半開玩笑地說著，想了想又道：「也許，還是想找一找我的父母家人，哪怕不相認都行。」

「我記起幼時回憶，找到松樹胡同時，也如你一般想法。」穆瀾不想再說下去。她拿出了那枚藍寶石戒指遞給林一川，「你爹說過，這是林家的信物，可以隨意提取林家櫃上的金銀。我想你現在需要這個。」

「在這裡等我了兩天，就為了把這枚信物給我？」

「不僅這個。」

林一川的心又提到了喉嚨，緊張地看著她。

穆瀾並沒有說出他想聽的話，她拿出一個荷包，「不止這枚戒指，還有這些，這些年我攢下的積蓄。將來你若賺了錢，記得連本帶息還我。」

愛財如命的穆瀾，想盡辦法從自己手裡摳銀子的穆瀾，在他身無分文的時候把她所有的積蓄都給了他。林一川接過荷包緊緊捏在手心。他不相信，穆瀾心裡沒有自己，「如今，我已經沒有什麼可以被拖累的了。」

他已經離開了林家，孤身一人，他不怕被穆瀾拖累。如果她一再拒絕自己是因為不想連累他的話，林一川希望穆瀾明白，他願意陪她涉險。

林一川相信穆瀾明白他的意思。

穆瀾仍然裝著不懂，將戒指放進他手中，「沒有拖累好。反正林家你最在意的人已經去了，林二老爺又投了東廠，離開林家正是天高任鳥飛，海闊憑魚躍。」

她終究還是迴避他的心意。林一川心中暗嘆，他握住穆瀾的手，輕輕地將戒指合攏在她掌中，「林家家主現在是林二老爺。這個信物已經廢了，提不出一兩金銀。但它仍然是我的信物。如若有一天，妳心裡有了我，就戴上它，我就懂了。」

戒指硌著掌心，也彷彿硌著穆瀾的心，有著淺淺的疼痛。她要走的路九死一生，情愛離她太過遙遠。她沉默許久，收好了戒指，「我該走了！」

山風凜冽，她走向了絕壁臨懸崖的一面。

此一別，也許很長時間再也不方便見面。林一川叫住了她，「小穆，以後我怎麼聯繫妳？」

而穆瀾清楚，以後，怕是再也見不到了。她轉過身來，回眸一笑。

她的笑容一如既往的燦爛，瞬間耀亮了陰霾的天空。和以往不同，那雙清亮至極的眸子極為柔和地看著他，又帶著一絲別離的意味。林一川的心緊了緊，下意識地伸手去拉她。而穆瀾已踏出懸崖，素白的披風在風雪中展開，如鳥翅一般托著她飄向霧氣瀰漫的山谷。

明知穆瀾輕功好，林一川仍然被眼前的一幕驚得屏住呼吸。他站在絕壁之巔，看著那片素白消失在眼中。他的手按住狂跳不已的心，喃喃說道：「我怎麼覺得再也見不到妳了似的。」

●○●

進入三月，整座京城的目光都只盯著一件事。世嘉帝親政三年，終於大開宮門選秀。

皇帝年輕，儒雅俊秀，性情溫和，后位虛懸，後宮無妃。他就像是散發著誘人氣息的蜜糖，令舉國上下的閨中女子趨之若鶩。

很多人都記得十三年前先帝在位時，宮裡最後一次的選秀。先帝病重，多少人家生怕將女兒送進火炕，街上搶新郎的事層出不窮。而今年，多少人家恨不得賣房賣地也要把女兒塞進采女名單中。當然，不論是想從名冊上刷下來，還是添上一個名字，都餵肥了宮裡奔赴各州選秀的採選使。

三月初八，欽天監算出來的日子極好。春天溫暖的陽光鋪滿了大地，被二月寒風逼得窩在家裡的百姓走出了家門，將通往宮城的街道擠了個水洩不通。

長長的車馬隊伍載著各地赴京的采女們，駛向那座金碧輝煌的宮殿。

車輪如同轉動的命運之輪，誰都不知道眼前經過的車中是否就坐著將來的皇后，或是受寵的妃嬪。正因如此，京城的百姓們發揮著天子腳下信息靈通的優勢，口沫橫飛地評點起京城的名媛、朝中重臣的千金。偶爾聽人說起從眼前經過的車中坐的是北方某位傾人城的佳麗，或是名震江南的閨秀，百姓們的目光熱辣辣地恨不得刺破那一道道車簾，親眼目睹一番。

各種議論聲像蜜蜂同時扇動著翅膀，伴隨著熱切的目光飛進了車中。采女們忐忑不安又激動萬分，還未飛上枝頭，就已經感受了一把萬人矚目帶來的無盡滿足。

彭采玉捏緊手中的帕子，屏住呼吸將轎簾掀開一道縫，街道兩旁密密麻麻看熱鬧的百姓嚇了她一跳。她紅著臉匆匆往前看了一眼，各式各樣的馬車、騾車、轎子一眼望不到頭。她喃喃說道：「有這麼多人啊。」

彭采玉不是美人，容貌最多是中人之姿。采女雲集，讓她心裡沒了底。

穆瀾一身婢女裝扮坐在她下首，新梳的瀏海遮住光潔的額，綰起的雙螺髻讓她顯得有些稚嫩。新葉般挺拔的眉修剪之後，畫成了時下流行的彎月眉。原本屬於穆瀾的爽朗消失了，取而代之的是少女的柔美。

「園子裡的花都美，貴人定也挑花了眼，不如瞅一眼翠竹、青荷來得養眼。」

穆瀾伸手掩住轎簾，倒了杯熱茶遞給彭采玉。

以色侍人者，色衰而愛弛。這個道理彭采玉當然明白，但是誰又不愛貌美之人呢？可不曾聽說皇帝的嬪妃不美。

「姑娘這眉生得好，定得貴人歡喜。」

彭采玉下意識地摸了摸自己的眉，有些不解，「別人都說女人眉如彎月或似遠山更添柔美。奶娘從小就唸叨我的眉毛太濃不夠柔美，想讓我剃了重畫。我的眉真的好看？」

正因眉濃才好修剪。目光掃過彭采玉微微修剪便如新葉般秀美挺拔的眉，穆瀾壓下心裡那股說不清、道不明的情緒，點頭道：「泯然眾人，反而不好。」

和別的采女一樣都畫彎月眉、遠山眉，也不能和別人一樣美，別出心裁反而與眾不同。彭采玉不蠢，抿嘴笑了，「霏霏，也許妳說得對。」

彭采玉的父親曾是蜀中資州縣令。父母在她十歲時過世，她成了孤女。雖有親族照顧，畢竟是寄人籬下，個中滋味一言難盡。因父親的官職，她也能參加選秀。但是族裡的人並不看好她能飛上枝頭，無人肯資助盤纏，甚至打算替她在鄉下說門親事。

對彭采玉來說，進宮參選是她唯一能改變際遇的機會。

記憶中，父親與祭酒大人是同科，交情不錯。父親過世時，祭酒大人不遠千里遣了管事前來弔唁。於是彭采玉大膽寫了封信給陳瀚方，沒過多久，陳瀚方就令人接她進了京，安置在一處別苑中。

跟在彭采玉身邊的只有一個奶娘，於是陳瀚方將扮成婢女霏霏的穆瀾送去侍候她。初見穆瀾時，彭采玉大吃一驚。虧得奶娘見多識廣，私下提點她道：「這是祭酒大人對姑娘的照拂。如果姑娘真能留在宮中，身邊有這等容色的婢女，更容易固寵。」

彭采玉頓悟。

她能攀附的只有祭酒大人這棵大樹。祭酒大人念著父親的情，指了霏霏來侍候自己，定然是可信之人。雖然霏霏生得比自己貌美，可她只是個奴婢，出身太低。自己真心待她，讓她憑著貌美得了寵，如果她將來有大造化，宮裡也能照應自己一二。畢竟，自己並無太大的貪念，只想遠離鄉下老家，不想嫁個粗野的農漢罷了。

接過茶杯，彭采玉努力籠絡著穆瀾，「霏霏，妳待我真好。」

未經世事的少女眼神輕易透露出她的心事，穆瀾並不點破，柔聲說道：「老爺對奴婢有恩，奴婢會盡力幫助姑娘。」

她伸手替彭采玉抿了抿髮鬢的飛絲，看見彭采玉的眉，穆瀾又怔忡起來。

陳瀚方原建議穆瀾用邱氏女的身分進宮，穆瀾拒絕了。她並不想以采女的身分進宮，在選秀場上面對無涯。兩人已然無緣，那重宮妃的身分只會成為無涯的痛苦、穆瀾的桎梏。

正巧彭采玉來信求助，陳瀚方一則可憐同科的孤女，同時也覺得出現了將穆瀾送進宮的機會。

當接來彭采玉後，穆瀾發現她的眉濃，稍做修剪就和自己的眉相似。她說不出親手替彭采玉修眉時的心情，只盼著無涯能因此注意到彭采玉。後宮三千，能因這雙眉不動聲色將無涯引來相見。

如果無涯因為彭采玉的眉關注於她，他對自己的感情又讓穆瀾難受。心思百轉千迴，竟不知哪樣才是最好。

人群裡，林一川將斗笠壓得更低，擋住了英俊的臉。望著長長的車隊，他捏緊了手裡的荷包。

這是穆瀾全部的積蓄，他甚至能認出其中一張銀票是自己給她的。看到采女進宮這一幕，林一川彷彿明白了穆瀾回眸微笑，卻笑而不答的含意。她沒有留後路給自己，所以才把全部積蓄都給了他。

透過車轎，林一川眼前又晃動著穆瀾貪財的模樣，每一次穆瀾從他手中摳銀子的臉都那樣生動可愛。以後，再也見不到了嗎？這個念頭讓林一川心悸，他很想衝出禁軍的阻攔，掀起轎簾，將穆瀾從車裡拉出來。

可惜他不能。

她背負著全家的命，他無力去阻止她，也阻止不了。

他也……無能。

別說他現在不再是揚州林家的繼承人，就算他仍然坐擁金山銀海，此時闖進車隊，也只應了那句話的情形：螳臂當車。

林一川望向遙遠的宮城，陽光下那一抹莊嚴的紅牆刺痛了他的眼睛。他移開目光，看向天空。雲朵在春風的吹拂下緩慢地變幻著形狀……像極了銀杏院淺水池中優雅擺尾的龍魚。

再看遠處的紅色宮牆，卻感覺是用那兩尾鎮宅龍魚的血染出的紅，令他憤怒。

風吹過，淺黃輕衫的下襬起伏不定。如同無涯的心，起起落落。他站在皇城城牆的角樓上，注視著陸續停下的車隊。

這是選秀的前一天，各州府進獻的佳麗都將在皇城進行初審，只有過了初審的采女才有機會走進宮城。

采女們在各自婢女、嬤嬤的服侍下款款下車，由太監引領著踏向了採選的第一關。

穆瀾扶著彭采玉的手，輕巧將一枚青玉戒指戴在她指間，「今晨才收到消息。姑娘莫怕，下面的人不敢為難姑娘。」

彭采玉的眼睛亮了。祭酒大人都為她打點好了。她摩挲著指間的戒指點了點頭，一步三回頭地去了。

初審是由宮裡的太監擔任的。采女們百人一批，太高太短太胖太瘦的，甚至說句話讓內廷太監感覺不舒服，都會被直接從名冊上剔掉送回原籍，連宮城城門都見不到。

內廷太監也不願意得罪人，為防止將有身家背景得罪不得的采女誤刪了名，採選之前早就忙碌著打聽或是收下各種包袱暗中留名了。陳瀚方任國子監祭酒多年，朝中學生無數，彭采玉手中的這枚青玉戒指便是禮部一名官員今晨悄悄囑人送來的。

眾所周知，採選由禮部總領。禮部尚書許德昭是皇帝親舅舅，許德昭於公於私都會將自己人送到皇帝身邊。彭采玉就被那名禮部官員夾在了名冊之中。

穆瀾抬頭看了眼高大的皇城城牆，平靜地回到車中等候。

她並不知道，無涯離她的距離如此近。近到她若喊一嗓子，無涯就能聽見自己的聲音。

無涯只是看了幾眼繁鬧的車馬隊，就移開腳步，轉頭望向采女們集中的地方。他窮盡目力，在姹紫嫣紅、衣香鬢影中努力想尋找到那張令他深深思念的臉。

腳步聲急促地響起，春來擦著汗爬上角樓，喘了兩口氣平復了下，這才上前稟道：「皇上，打過招呼了，只要姓邱的姑娘一律留下。」

無涯按捺著性子沒有向禮部討要各地匯總的采女名冊，不想讓舅舅許德昭過早的注意到自己的心思。此時人已進了皇城，他便忍不住了，「名冊呢？」

春來苦著臉回道：「皇上，全國各地共計七百多名采女，昨天才匯總至禮部。」

無涯瞪了他一眼，「沒抄上一份，還沒查到？」

查是查了，只是不敢說啊。春來被皇帝的目光逼視著，額頭見了汗，硬著頭皮說了實話，「沒查到有邱明堂之女。許是、許是看漏了？」

心疼了疼，酸澀的感覺油然而生。穆瀾沒有參加選秀，她忘記和自己的約定，或者說，她悔約了。無涯閉了閉眼，感覺今年春天來得太遲，吹來的風將他的心吹得涼透了。她不肯相信自己，不信他能給她一個真相。

他睜開眼睛，眼底已是一片怒火，「既然沒有，你去打什麼招呼？難不成要讓朕的後宮全塞滿了姓邱的女子？」

春來頓時語塞，又委屈莫名。這不是才得了消息？之前為防被太監們漏選，才先過去打招呼留人。能怪他嗎？

沒等他想好怎麼回話，無涯已拂袖離開，春來趕緊跟了上去。

春來不太明白。皇上除了對一個冰月姑娘動過心外，什麼時候又喜歡上邱明堂的女兒？不知道秦剛是否知道？他又犯愁，就算秦剛知道，自己也不敢去打聽。喜歡八卦的春來只能再一次遺憾地嘆息。

不過，皇上總算要立后納妃了。後宮多了那麼些美人，皇上大概不會再想著穆公子了吧？春來在這一刻替自己定下目標。將來他要做乾清宮的總管大太監，像素公公那樣，服侍了皇上，再侍候太子、太孫……他彷彿已經看到自己輕掃一眼，所有人都恭敬地彎腰低頭的模樣，眉梢、眼角忍不住全是得意。

「朕看你很是高興？」無涯突然停住，轉頭問了句。

春來來不及收斂笑容，眼珠轉了轉道：「奴婢天生生得討喜了些。」

一股邪火從無涯心頭竄起，他彎下腰輕聲說道：「春來，若是被人知道那些邱姓女子是你放進宮的，朕就讓你天天去刷恭桶，看你是否仍然臉上帶著喜。」

春來撲通跪在地上，想著天不亮起身刷恭桶的滋味，哭喪著臉差點哭出聲來，「奴婢知錯了！」

「錯了就改！」無涯拋下這句話揚長而去。

春來跪坐在地上，好半天才爬起來，默默為邱氏采女們喊了聲冤，奔去吩咐總領篩選審查的太監，邱氏女不能留一個也不准進宮。

後宮與朝堂息息相關，譚誠默許了許家選立自己中意的皇后，只插手幾位嬪妃的人選。許德昭與許太后也沒想著後宮中只有一位皇后是自己人。

年輕而無嬪妃的皇帝太搶手，無數的勢力在這場選秀中暗中博弈，而無涯已經對這場聲勢浩大的選秀失去了興趣。

初審與二審之後，有三百名采女得到了許太后終審的資格。除去一后數妃各種品階的貴人外，其餘的采女都將進入後宮六局任女官或宮女。她們都將是皇帝的女人，能否受寵踏上後宮的妃位只看各人造化。如今各方勢力博弈的重點都聚焦在這些能得到位分的采女中。

回到宮中，許德昭已等候無涯多時。

他是禮部尚書，藉著送名冊的理由，堂而皇之對年輕的皇帝提出了建議。

無涯很認真地聽完，點了點許德昭送來的名冊，溫和地說道：「朕心中有數，辛苦許尚書了。」

自從秦剛帶禁軍以雷霆之勢抄查芝蘭館後，許德昭再見到無涯柔若春風的笑容就心生警惕。

可如今的皇上有什麼呢？有胡牧山那棵牆頭草的內閣？別忘了內閣中還有幾位大學士，並非胡牧山的一言堂。有直隸京畿大營的兵權，有禮親王不偏不倚把持的兵部尚書，有秦剛掌控的禁軍？六部不盡在皇帝的掌控之中，地方總督都不是他的人。江南水師、地方府軍、邊關駐軍他也指揮不動。他在軍方的勢力全部壓縮在皇城周圍，且這個皇城還非鐵打的皇城。許德昭有理由囂張。

他直截了當地挑明了，「皇上，兵部侍郎之女阮心媛溫柔嫻淑，可為皇后。」

無涯咬緊了後槽牙，臉上依舊一片平和，只是話裡帶著些許賭氣似地不滿，「承恩公這是在幫朕拿主意？」

不叫尚書，也不喊舅舅，叫他承恩公？這是在提醒自己，不過是靠著太后光耀了許氏門楣。外戚不可專權？這是他的母族！自己是他唯一的親舅舅！許德昭心裡騰起一片怒火。

是誰將一個黃口小兒扶上皇位？又是誰殫精竭力為你們孤兒寡母穩定朝政？沒有權力，你早被譚誠騎到頭上當傀儡了！皇后不選自己定下的人，難不成便宜譚誠去？

兵部尚書已被革職，現在是禮親王暫代，之後極有可能是阮侍郎接任尚書之位。

兵權何等重要，許德昭無論如何也不放棄拉攏阮侍郎的機會。許德昭毫不退讓，「聽皇上的意思，已有了主意？不妨說來參詳一番。」

這是硬要自己點頭立阮心媛為后了。無涯沉默了會兒，突地嘆了口氣，垂下眼眸幽幽說道：「朕是舅舅看著長大的。年少慕艾，已有了心上人。難道貴為天子，不求千古垂名，想立心上人為后也不能嗎？」

心上人？許德昭來不及得意無涯柔軟了態度，脫口說道：「皇上喜歡上哪家女子？莫不要中了譚誠的奸計！」

無涯垂下的眼眸裡一片冷意。他的姻緣在親舅舅眼中不過是朝堂權力的交換罷了。六部中都有舅舅的人，他為何獨獨對兵部感興趣？想起山西于家寨的大火，再想起侯繼祖夫婦進京時為釣捕珍瓏調動的京畿守衛營，這個問題深想下去，無涯很想問許德昭一句：你一個禮部尚書，一個國舅，想控制兵部做什麼？

無涯沒有問，他抬頭望著許德昭，眼神中只有淡淡的憂傷，「采女三百，皆舉國各地的佳麗。如果遇到了可心的女子，也非立阮侍郎之女為后不可嗎？朕許她妃位如何？」

語氣中甚至透出絲絲哀求之意，但是皇上仍然還是排斥自己相中的皇后。許德昭心裡有些鄙夷年輕的皇帝。不過是明白自己權力不夠，這才放低姿態軟求。立后這種大事能隨意答應他嗎？幼稚！

許德昭以長輩的口吻勸道：「天子事乃國事，皇上若有喜歡的女人，妃……許不了，可封嬪，多加寵愛便是。」

原來除了皇后，連妃位都早已經被定下了。無涯真想大笑三聲。真真欺他軟弱無能嗎？

許久，無涯才將激盪的心情撫平，輕聲答道：「好，容朕考慮。」

許德昭如願以償，「臣，告退。」

行禮，轉身，出殿。腳步輕快。

無涯端坐望著他的背影，唇角隱約有笑容浮現。靜美如蘭，散發著絲絲冷意。

第六十一章　應約而來

「少爺，那兩個小崽子一直跟著咱們！」燕聲低聲提醒著林一川。

兩人在靈光寺沒等到譚弈來尋仇，進了京城，身後一直跟著東廠的眼線。躲避，終究不是辦法。林一川也不想再躲了。

林一川拉了燕聲一把，「甩掉尾巴。」

燕聲興奮了。這麼長時間，少爺對身後的尾巴不聞不問，今天終於要甩掉尾巴了！他頭一低跟在林一川身後擠進了人群。

三個月來，林一川主僕似從來沒有發現過眼線，更別提溜走的事。東廠的眼線已麻木到懶得偽裝，直接綴在兩人身後。他們忘記了，林一川雖然年輕，已經是收服林家南北十六行的少東家，略施小技就輕鬆讓兩人離開了東廠番子的視線。

再次藏身在街角，主僕二人回頭看了一眼，扮成百姓的兩名東廠番子正拚命地撥開行人四處尋找，不由得會心而笑。

林一川帶著燕聲在街巷中穿行，逕自走向了那座京城極有名的酒樓。

「少爺，這是會熙樓啊。」燕聲有些不安，悄悄扯了扯林一川的袖子。

從前少爺可以包下整層會熙樓請同窗吃飯，現在他倆連客棧都住不起，怎麼還敢上會熙樓？

林一川拍了拍腰間的荷包，悄聲說道：「少爺我有銀子。」

二兩銀子找家便宜的客棧住也能住好幾天，買燒餅能買一筐，來會熙樓吃一桌席面就沒了。燕聲嚥了嚥口水，遲疑道：「您不是說，這是、是穆公子給您的那啥……信物？」他突然驚喜，少爺該不會轉了性子，不再惦記穆公子了？燕聲碎碎唸，「花掉好。俗話說能花才能掙。花了那錠銀子，咱們就轉運了！」

林一川聽得直忍笑，上了三樓，「雅間侍候！」

燕聲倒吸一口涼氣。

夥計滿面堆笑地將兩人請了進去。

才關上房門，燕聲就急了，「少爺，會熙樓三層的雅間叫桌最次的席面也要五兩銀子！那二兩銀子不夠使啊！」

沒等林一川開口，裡間走出一人，平凡無奇的臉，卻讓燕聲越看越覺得面熟。他驚叫起來，「林安？你怎麼在這裡？」

林安摸了摸唇上新蓄長的鬍鬚，微笑道：「來請你吃飯，不行嗎？」

指著他，燕聲嘴巴張了又閉，閉了又張。瞧得林一川直樂。

「燕聲，你就安心吃吧！」林安很喜歡燕聲，拉著他入了席。

滿桌珍饈，燕聲瞧著瞧著眼圈就紅了，「林安，你人好，混出頭了還記得舊情，不像雁行，他……」

門被推開，進來個戴著帷帽的男子。燕聲看著他取下帷帽，後半句話忘了，拍案而起，「你來做什麼？」

雁行將帷帽放在旁邊，掀袍入席，「說誰不記舊情來著？林安是會熙樓的東家，我來吃白食唄。」

「林安是會熙樓的東家？」燕聲被他說懵了。

林安接口道：「少爺不方便出面，我替他打理。」

少爺連客棧都住不起，借宿靈光寺吃免費的齋菜，他怎麼還是會熙樓的東家？燕聲想不明白。

林一川有點頭痛怎麼告訴他。

林安接過了話，「燕聲，這一切只是一個局。」

「是啊，就你這傻大個兒蒙在鼓裡。」雁行夾了塊紅燒肉放進燕聲碗裡，沒好氣地說道：「偷偷送吃的還不要，硬要啃沒二兩肉的糊麻雀。滿桌子菜你不饞啊？還不趕緊吃！」

看看自家少爺，再看看林安和雁行，燕聲再傻都明白過來，委屈得不行，「少爺！您、您們……」

林安和聲說道：「燕聲，你高興、生氣都寫在臉上，如果告訴你了，別人也早看出來了。少爺沒有把你當外人，明白嗎？」

燕聲耷拉著腦袋不說話。

「燕聲，不告訴你本來就是計畫中最重要的一環。沒有你，不會有人相信你家少爺落魄到吃烤野味、睡破廟、碼頭賣藝，厚著臉皮吃扔來的饅頭，靠靈光寺布施的齋菜果腹。這一路辛苦你了，我敬你。」

林一川雙手敬酒。

燕聲被針扎了似地跳了起來，「這怎麼使得！我只是沒有想到……」

沒想到這一切都是少爺有意為之，更沒想到，他家愛潔如命的少爺能倒在塵埃裡生活。回想這三個月的日子，燕聲忍不住鼻子發酸。他辛苦，能有少爺辛苦嗎？他腦子笨，少爺沒有告訴他實情，可是少爺卻陪著他一起吃苦，他還抱怨什麼呢？

燕聲綻放出燦爛的笑容，一口飲完了酒，「少爺，我真的沒有露餡壞你的事啊？」

林一川笑了，「沒有！少爺我都忍不住吃了雁行翻山越嶺偷送來的肉餡餅，你還能忍住。燕聲，好樣的！」

燕聲憨厚地咧嘴笑了。一股香氣襲來，他情不自禁張開嘴，雁行夾著一塊紅燒肉塞進他嘴裡，嘴一抿就化，肉汁連同口水咕嚕一聲吞了下去。

「哈哈！」

桌上三人同時大笑起來。

燕聲沒有著惱，只覺得滿心踏實。有雁行和林安在，他終於可以放心了，「少爺，我還是不太明白。為什麼要這樣啊？」

「我爹過世前寫了封書信讓林安轉交給我。他說，二老爺勾結東廠，林家財富的三成股子就是二房付出的代價。這麼多年，嫡長房給族裡添了多少良田當族產，人心不足，將來也用不著顧慮他們。」林一川想起父親的留書，仍然難過萬分。

俗話說跑得了和尚跑不了廟，林家基業在揚州，無論林大老爺和林一川轉走多少資產，擺在明面上的東西都動不了。林大老爺一死，林二老爺勾結東廠，聯絡林氏族人，為了利益，勢必要將林一川趕出林家。林大老爺思來想去，順水推舟證實了林一川是抱養的嗣子。林一川被逼出族，看著悽慘，卻因此甩掉了林氏家族的拖累。

燕聲的眼睛又紅了，「老爺對少爺真好。」

「吃菜！」林一川夾了塊肉放進燕聲碗裡，「現在不生氣瞞著你了吧？」

燕聲使勁搖頭，「是我蠢。少爺知道我有一百多兩銀子的私房，如果我不交出去，也不會連累少爺只能和我走路到京城。雁行，林安，你們也真是的，避開眼線，偷偷塞點兒銀子給我們也好啊！」

三人又一陣大笑。

林一川無奈得很，「路上一直有尾巴盯著咱們，有銀子也不能花。別再和雁行置氣了。」

「你們還好，走哪兒停在哪兒歇，一路有野味吃。我坐船去京城，足足啃了一個月的乾饃，想吃根鹹菜都厚著臉皮向船老大討。哎，這輩子我都不想吃饃饃了。」雁行苦著臉，掰了根滷雞腿大嚼起來，「沒鹽沒味的日子，簡直生不如死！」

原來雁行坐船也過得不好。燕聲氣又消了大半，故意炫耀，「進京前少爺打了頭熊，摘了個蜂巢。蜜汁熊肉好吃得不行，肉脆脆的，帶著焦甜香，比這會熙樓的蜜汁肉脯還好吃呢！」

那頭熊是小爺我殺的！以為你家少爺隨便出去逛一圈就能找到頭熊？雁行斜乜著林一川。林一川回以一笑。

雁行故意嘆了口氣，「哎，說得口水都出來了，下次打頭熊來你烤給我吃。」

「行！」燕聲大方地應了。

輕鬆就哄好了燕聲，轉眼間兩人就和好如初，分享起一路的際遇。

「少爺，計畫有變動？」林安輕聲問道。

照計畫，林一川身無分文離開林家後，會蟄伏在暗中，新成立的商行會慢慢將林家的南北十六行弄垮，將林家的資產蠶食掉，讓東廠白費工夫。林一川到京之後，卻提前發出信號來到會熙樓，林安和雁行都有些意外。

整座京城都在議論哪家姑娘會被立為皇后，林一川想到穆瀾，他不能再等下去了，「從揚州到京城，東廠一直盯著我。不管我和燕聲過得有多慘，身邊的眼線從來沒有消失過。林家南北十六行的流水已經抽空，以二老爺的才能，用不了多久，商行就會周轉不靈。三個月也沒有讓譚誠打消疑心，再拖下去必會被其發現端倪。與其到那時被動地等東廠找上門來，不如主動出擊，砍了大樹免得老鴰叫。」

●○●

一聲春雷乍響，春雨淅瀝嘩啦地落下。

每逢陰雨天，譚誠的心情都不太好。

整個東廠的人都戰戰兢兢，唯恐觸了譚誠的霉頭。無形的肅殺高壓隨著大雨遠遠散開，東廠衙門前的大街空無人跡。對這個能止小兒夜啼的凶險之地，人們能避多遠有多遠，能繞道絕不選擇從東廠大門口經過。

細密的雨被風吹著，像一片片白色的輕紗飄過。衙門外長街的石板地被雨水浸潤出沉悶的深青色。雨水慢慢聚集在屋簷的瓦當上，一點點變得晶瑩飽滿。水滴終於脫離了束縛，從高處飛墜而下，在地面慘烈地摔得粉碎，在地上開出一朵小小的白色水花。

東廠衙門的守衛有些無聊地盯著水花出神，沒完沒了、此起彼伏的水花看得久了，他覺得眼前出現了幻覺。

一雙嶄新的靴子踏上這條街，褐色的鹿皮上用金線繡著虎頭，鬚髮栩栩如生，蠶豆大小的貓兒眼鑲嵌出老虎眼睛。單從靴子的做工看，不難猜出主人的富貴。而他就這樣隨意地踏進雨水中。

來人撐著一柄深紅色的油紙傘，油紙傘遮住了他的臉，能看到撐傘的手修長細膩、骨節均勻，指間戴著一枚藍寶石戒指。

他腳步堅定地走向東廠衙門，在守衛驚奇的目光下站在雨簷下。

一陣風吹過，他身上的披風色澤交替現出深淺的藍、迷離的紫、點點金銀碎光。這是以公孔雀的尾翎揉捻成線，夾以金銀絲織就。

這是什麼人啊？把銀子穿身上嫌別人不知道他有錢？想著自己可憐的月俸，守衛心裡暗罵著，用喝斥聲發洩著心裡的嫉妒，「什麼人？」

收起傘，林一川抬起了頭。

年輕俊美，一身的富貴逼人。守衛又為之一愣。

他微笑道：「還請入內稟告督主，林一川應約而來。」

聽清楚他說的是應約而來，守衛只遲疑了一瞬，態度變得恭敬異常，「公子稍候。」

不過半盞茶的時間，就有小太監前來請林一川進去。

走進傳聞中的東廠，林一川頗有些好奇地四下打量著。可惜這樣的雨天，東廠的人也不喜歡出來走動。一路走來，他竟沒見著幾個人。

小太監領著他進了一個院子，在正堂前停了下來。

門簾掀起，林一川看到了梁信鷗。老熟人了。他笑了笑。

林一川這一身打扮讓梁信鷗暗罵了聲娘。他親自去揚州，親眼看著林一川身無分文、餐風露宿、窮得吃不起饅頭。譚誠的命令他忠實地執行，並不等於他心裡沒有質疑。林一川在靈光寺借宿七、八天，餐餐吃齋茹素。他的人盯得緊，沒發現任何異常，連譚弈都覺得追到寺裡痛打落水狗沒有意思。

等到林一川下山進京，轉眼消失不見。他恨不得再找到人直接扔大牢裡去，沒想到人就主動上了門，不僅如此，還換了身奢侈到令人痛恨的衣裳。梁信鷗覺得自己的臉皮被打得啪啪作響。

多年的經驗告訴他，林一川必有所倚仗。這讓梁信鷗強行按下怒火，客客氣氣地問道：「林公子，你不會是來行刺的吧？」

進東廠行刺？他有這麼蠢？他不是魚裡藏劍的專諸，也不想當圖窮匕現的荊軻。林一川笑著抬起了胳膊。

梁信鷗不客氣地搜著身，指尖傳來上等錦緞柔滑厚實的質感，讓他又壓下了弄死林一川的想法。說起來，林一川與他並無仇恨。在揚州，他也沒有聽從譚弈的建議，使用抓林一川下牢這種極端手段，林一川應該承他的情才對。和誰過不去，不能和銀子過不去。梁信鷗的聲音壓得極低，「今天天氣不好，話說得不好聽，人的心情就更不好。」

林一川朝他點了點頭，表示收到他的提醒。梁信鷗很滿意。

整了整衣襟，林一川走了進去。

通往後園的雕花木門敞著，露出一方寬闊的木廊。譚誠負手正立在廊下，留給林一川略顯單薄的沉默背影。

林一川在譚誠身後三步停住了腳步。

三步，與死神打招呼的距離。

林一川的拳能打死一頭四百斤重的壯牛。三步，足夠他欺近譚誠——至少他從未聽說東廠的這位督主武功高強。

弓馬嫻熟與會武功是兩碼事。一位將軍或許能指揮千軍萬馬，單獨面對一位武林高手，絕無反抗之力。

園子裡的綠樹被雨水洗得油亮乾淨，迎春藤新抽嫩葉，在寒風中綻開了數朵嬌嫩的小黃花。院落恬靜自然，並無埋伏。

殺死譚誠的誘惑讓林一川雙手有點發癢，然而他收攏了五指，緊捏成拳，將這種瘋狂的念頭死死壓回心底。

自東廠看中揚州林家的產業後，雙方在這一年裡打了數次交道，林一川還是第一次見到這位權傾朝野、掌控東廠的大太監。

林一川最早接觸的是死在凝花樓的朴銀鷹。名列十二飛鷹大檔頭的朴銀鷹給了林一川極深的印象：穩重、謹慎、一絲不苟。

接待薛公公的宴席中，朴銀鷹並不入席，僅以茶代酒，巡視各處布置不見絲毫懈怠，完全推翻了林一川對東廠中人只會巧取豪奪、暴戾貪婪的看法。

緊隨而至的梁信鷗心思細膩、狡猾如狐，在林園之中只以言語為劍，半是提點、半是威脅，逼得林一川宰殺了兩尾鎮宅龍魚。事後，林一川還不得不承認，林家養了龍魚就是養了個滅族的禍端。

林一川見過並交過手的第三位飛鷹大檔頭是李玉隼。揚州總督府裡，他劈下那一道如鷹隼般銳利的刀芒讓林一川印象深刻。林一川甚至沒有把握單獨對上李玉隼時能夠全身而退。

這三位東廠大檔頭都有自己的獨到之處，都能獨當一面，而他們都忠心於譚誠。

窺其一斑而見全豹。

哪怕，譚誠離他僅有三步，林一川也不敢貿然動手。更何況，這裡是東廠。殺譚誠，必以命換之，林一川還捨不得自己的性命。

譚誠終於轉過了身，林一川的裝扮似乎在他意料之中，他的眼神沒有從林一川臉上移開半分，「殺氣一現而隱。你恨東廠，恨不得殺了咱家。」

容色清臞，若非略高的眉弓下極有神的眼神，譚誠更像是一個斯文書生。他的語氣舒緩，並沒有給人絲毫壓迫感，然而林一川分明感覺到譚誠的目光直刺他的內心，窺視著他的真實意思。一層冷汗從他後背沁了出來，冷風吹過，林一川險些打了個寒顫。

「有點，還不至於恨到那個地步。」林一川很滿意自己的聲音聽起來如此鎮定。

「哈哈！」譚誠大笑。

笑聲比常人怪異，竟讓人聽不出他的笑是真心的愉悅，還是別的心情。林一川心想，大概是因為身體殘缺的緣故，太監的笑聲都帶著絲絲陰寒之氣。

「起點決定了一個人的見識與風度。」譚誠說道。

這句話是什麼意思？林一川不太明白，保持著沉默。

「居移氣，養移體。甭說揚州知府，就算是江浙總督見著你也是客客氣氣。是以面對咱家，你亦能平常待之。難得。」

頗有幾分高處不勝寒，連平常對話之人都無的感慨。

林一川仔細處在譚誠的位置想。譚誠已是一人之下、萬人之上，偏那一人羽翼未豐，朝中重臣公卿心中再恨，面上也只能客氣。下面的人戰戰兢兢，能和譚誠自然說話的人確實找不出幾個來。身體殘缺，心如常人，譚誠當然也會寂寞。他心思微動，或許自己還能充當填補這麼個能與之交談的角色。

說話間，譚誠已收回觀園中風景的目光，轉身步入了內堂。林一川跟了過去。

「坐吧。」

譚誠平和的態度超出林一川的想像，他沒有惶恐，極自然地坐在下首。

小太監奉了熱茶過來，譚誠慢條斯理地啜了口茶道：「咱家記得去年你爹已經應允投靠東廠，為何又反悔？」

「一川年輕，血熱，並非反悔，實乃不忿。」

生於豪富之家，經商有天分，上天太過嬌寵。因為年輕熱血易衝動，是以不忿東廠高高在上的姿態，攀上錦衣衛想反抗。

林家總要在朝中找點兒靠山，東廠、錦衣衛對林家來說都一樣。厭惡東廠，錦衣衛的名聲也沒好到哪兒去。這個解釋譚誠接受了。

「咱家不記得，與你有約。年輕人，膽子很大。」

「我迫不得已自請出族，放棄了繼承權。如果無用，東廠就不會一路跟隨，盯著我不放了。一川思忖著，督主應另有期許，所以應約而來。」

不卑不亢。明明已到窮途末路，仍然高昂著頭。譚誠覺得林一川真的很有意思，他打量了片刻，「咱家為何對你竟有一見如故之感？」

幾乎沒有人像林一川，初次見面就能和他隨意聊天。不僅如此，他對林一川還生出了一絲熟悉的感覺，這讓譚誠分外詫異。

林一川機敏地答道：「許是一川與督主有緣。」

這個回答再次逗笑了譚誠，他沒有糾纏這個問題，話鋒一轉道：「阿弈是我的義子。你打了他，我這個當爹的，總不好不護短。你給個說法？」

如果說任由處置，就失了風骨。如果不認錯，譚誠明白表示要護著自己的乾兒子。林一川沉默了會兒道：「再來一回，我照打不誤。」

哐噹！

譚誠手中的茶盞扔到林一川腳下，摔得粉碎。

就像是訊號，四名番子執刀衝進來，立在門口虎視眈眈，只等譚誠一聲令下，就要拿了林一川。

「年輕、熱血，不是什麼壞事。只是有時候壞了事，想要悔改已無機會。」沒有看到林一川的慌亂之色，譚誠揮了揮手，番子無聲退下。

等小太監躬著身進來收拾乾淨，譚誠想了想道：「你向阿弈磕個頭賠禮，這事就揭過去了。」

林一川堅定地搖了搖頭，「他有本事，我讓他打回來。」

譚誠緩緩說道：「我讓你跪，你也不肯嗎？」

迎著譚誠的目光，林一川再次搖頭。

譚誠眼瞳微縮，眸子裡寒意閃爍。

林一川淡然說道：「您不缺使喚的狗。」

很有意思的年輕人。譚誠沒有說話，空氣就此凝固。

林一川渾身毛孔都收縮起來，他感覺到了危險與殺意。人的直覺說不清、道不明，甚至沒有緣由，但他就是感覺到了。這一刻，譚誠想殺他。

努力不讓自己露出絲毫破綻，不在譚誠面前流露怯意，但林一川知道，他已經在譚誠的注視中緊張得心撲通狂跳。

就在林一川差點繃不住的時候，譚誠開口道：「沒有林家基業支撐，你不過只是個有經商天分的人才。天下人才何其之多，心甘情願做咱家的狗，咱家為何要用你？」

他一開口，緊繃的空氣慢慢鬆弛了。林一川似在思考如何回答，暗暗地調整著，直到他確信自己一開口不會讓譚誠看出破綻，這才回道：「不是每個人才的爹都是林家大老爺。」

譚誠哈哈大笑。

笑聲透過門簾傳了出去，站在院子裡的梁信鷗愕然，下意識地抬頭看了看天。天並未放晴，雨下得更密。這樣的天氣，能讓督主展顏大笑，林一川當真是個人才。

內堂中，譚誠正笑看著林一川，「看來你真的給林二老爺留了個空殼子。」

林一川拂了拂衣袍，沉水緞的質感極好，毫無一絲褶子，「就算是空殼，那也是金子打的。」

林家的南北十六家商行，無數的店鋪、田莊，也是一筆驚人的財富了。

譚誠笑問道：「為何還要裝出一副窮困潦倒的模樣？」

林一川老實回道：「樹大招風。沒有靠山，無疑是一個小孩抱著塊金磚，誰都能搶走。可不也沒瞞過督主？您若信了，也不會讓東廠的人一直盯著我。老實說，這三個月來，我實在受夠了，有錢不能花的滋味，不如沒錢。」

費盡心思逃了，沒逃脫，所以轉回東廠衙門，認輸，投誠！

如果把林二老爺現在掌控的財富喻為一層空殼，那麼林一川手中的財富就令人咂舌了。皇帝不差餓兵，東廠也要養人養狗，譚誠當然需要錢。

似乎林一川所有的行為都符合常理，他沒有道理拒之門外。

「既然知道你身藏巨富，進了東廠由不得你不吐出來，咱家不需要和你談條件。」

「錢是死的。有人會經營，才能錢生錢、利滾利。」林一川早料到了這種可能，左右看了看，拎起茶壺走到譚誠面前，穩穩地續著茶水，「好比這碗茶，總有飲盡的時候，總要有人細心侍候著往裡續水。」

他把茶壺輕輕擱在旁邊，端起了這盞茶，掀袍跪在譚誠面前。

重新續入熱水的茶盞冒著熱氣，林一川的手穩穩舉著茶，不高不矮，正是譚誠伸手可拿的位置。

譚誠沒有言語，透過縹緲的水霧看著他。

他彷彿才發現林一川有著極其俊秀的眉眼。想起京中女子對許玉堂和譚弈的評語，譚誠又想到了俊美溫潤的年輕皇帝，他似乎看到了另一個能與之比肩的美男子。

這一沉思顯然時間過長，好在林一川習武，手中的茶盞仍然端得穩當。只是茶水漸漸地涼了，林一川的心也漸沉了下去。譚誠仍然不會接受他？

他手中驀然一輕。譚誠取走了茶盞，淺啜了一口。

林一川沒有料到，竟有些發愣。他的反應消除了譚誠的些許疑心，眼裡的冷漠化開了，「怎麼還愣著？」

「一川叩見督主。」林一川深吸一口氣，眼睛閉了閉再睜開，掌心貼地，以額觸地，行了認主的大禮。

「阿弈是咱家的義子，相當於你半個主子。此時咱家讓你跪他致歉，你可跪得？」譚誠老話重提。

林一川抬頭挺直了腰，依然倔強，「任他打罵，絕不還手。屬下……只跪督主！」

數息之後，譚誠爆發出今天的第三次大笑，「起來吧。」

林一川微鬆了一口氣，算是過了最難的頭一關。

此時，雨不知不覺停了，大風將堆積在京城上空的陰雲悉數吹散，天空有了幾分舒朗的模樣。

梁信鷗聽著裡面的笑聲，望著突變的天色，生出些許唏噓感嘆。自朴銀鷹死後，東廠十二飛鷹大檔頭就少了一位。看來，今天又湊齊了。

●○●

宮城彷彿也被春天的雷雨影響，並不平靜。

早朝時分，年輕的皇帝毫無預警地突然下了一道聖旨：此次採選，一后數妃皆從五品以下家世的采女中出。五品以上人家的采女全部遣返歸家。即日起昭告全國。

朝野震動。

散朝之後，胡牧山走出大殿，瞥見許德昭沉著臉站在漢白玉欄杆旁，一看就是在候著自己。他拂了拂袍角，含笑走了過去，「承恩公。」

聽著這聲承恩公，許德昭就覺得自己成了上門的贅婿，憋屈得緊。

皇帝突然下達的旨意自然受到百官勸阻，年輕的皇帝心意已決，態度溫和如初，面對進諫反對的官員，體貼而幽默。

「眾卿都想把女兒嫁與朕，實乃一片忠心。然，朕卻不捨眾卿辭官，讓朕坐在這空空的大殿之中真成了寡人。」

官員們被皇帝說糊塗了。什麼時候有著女兒進宮，就得辭官的說法？

不等官員們想好如何奏對，皇帝繼續說道：「朕讀史書，歷朝歷代都有外戚權大、禍亂朝綱之事。如眾卿愛朕，願送女入宮，相信也能體恤朕的苦衷，上表辭官避嫌。」

想讓女兒進宮為后為妃，皇帝也不反對。為避免外戚干政，就請辭官避嫌吧。

皇帝占了先機，先用話堵死了官員們的進諫，誰好意思這時候站出來對皇帝說：我家女兒要做嬪妃，我還要當個有實權的外戚。

朝堂上正站著最有權的外戚，禮部尚書，承恩公許德昭。他被百官的目光刺得老臉火辣辣的，心頭惱意頓生。許德昭抬頭望向高坐金殿之上的皇帝。舅甥倆的目光在空中無形相遇，皇帝幽深的目光讓許德昭瞬間恍然大悟。

前些天皇帝的軟弱退步不過是麻痺他罷了，想好了應對然後才在今天早朝時突然下旨。當時自己有多麼得意，今天皇帝就有多麼滿意。如果不是在這早朝大殿之上，許德昭真想指著皇帝的鼻子罵一聲，「裝得好一副乖巧模樣！」

無涯並沒有和許德昭以目光為刀劍，拚個高低。他是皇帝，他的目光當然要比許德昭看的人更多、看得更遠。

他很快就將目光轉向大殿之上的朝臣，甚是為難地說道：「禮部呈上來的名冊之中，內閣學士家的千金有三位，六部尚書、侍郎家的千金有七位。地方州府、總督家的閨秀也有十來個。勳貴家的姑娘也有七、八個。而朕這後宮的主位不過一后八妃九嬪，位分有高低，朕手中這碗水無論如何也端不平，更不願意看到眾愛卿傷了和氣，因此有此旨意。」

官員們被說得一愣。這麼多勳貴高官家的閨秀，如何排位？後宮主位是有數的。憑什麼你家閨女冊封八妃九嬪，我的女兒就只能當個美人、才人對你曲膝？老夫的官位還比你高，難不成將來還要因為女兒的位分低了就對你低三下四？

低品階的官員細細思量也暗暗叫苦。如果皇帝存心打亂朝中秩序，冊立自己的閨女為妃，上司的女兒為嬪。明明位分更高，卻要因為自己這個做爹的品階低了，對人低頭不成？

將百官眾態收入眼中，無涯放鬆了姿態，戲謔道：「將來朕的後宮佳麗們爭風吃醋打起來，諸位愛卿因拳拳愛女之心吵鬧著讓朕雨露均霑。後宮不安，朝堂不寧，教朕還能躲到哪裡去？」

態度異常鮮明：你們能夠不理會朕的家事，朕就接納你們的女兒進宮為妃。朝堂與後宮向來息息相關，誰敢應承下皇帝的要求？

百官無言以對。

許德昭突然發現，明明門下、中書、六部都有自己人，他卻無法當著滿朝文武的面站出來把冊立之事攬上身。立誰為后，冊誰為妃嬪，終究有個位分高低的問題。得罪了人，就等於讓政敵白撿便宜。當初恨不得皇帝的後宮都是自己人的女兒，現在卻恨報上去的人名太多了，所以，他再惱火，也只能忿忿地閉嘴。

胡牧山這位內閣首輔大人又一次發揮了牆頭草的精神，像一只連接木器的楔子，準確地在大殿安靜的瞬間出列，帶頭表明了內閣的態度。翰林院又有幾個老不死的清流緊隨而出，三呼皇上英明，終讓皇帝得了逞。

許德昭恨皇帝對自己虛與委蛇，更恨的人是胡牧山。他已經想明白了，若無胡牧山在背後撐著，皇帝不見得會有直接下旨的底氣。

想當初胡牧山在自己面前如何低聲下氣，口呼大人，許德昭不羞辱他一番，著實氣不過。是以退朝之後，他特意在殿前等著。

此時胡牧山口呼承恩公，明顯是用早朝的事譏諷於他。

許德昭陰陰地盯著胡牧山道：「終年打雁，反被雁啄了眼。胡首輔好本事！」

「沒本事也做不得帝師，當不了首輔啊。」胡牧山感嘆道。

他怎麼以前不知道胡牧山臉皮這樣厚？許德昭聽著他自吹就來氣。若不是自己與譚誠相爭，能把這個首輔的位子爭來給胡牧山？原以為風吹牆頭草，兩邊倒，沒想到胡牧山最終倒向的竟然是年輕的皇帝。

「首輔大人可看仔細了，想要再站上牆頭觀風向可就難了！」

胡牧山微笑道：「牆頭那點兒土也就夠長出一叢狗尾巴草。胡某不才，還指望在腳下這方沃土中長高一點兒、壯實一點兒。」

許德昭譏諷道：「莫要事到臨頭才發現，你所選擇的地方不過只有一層浮土，扎不下根，到頭來無處容身。」

胡牧山「呀」了聲道：「聽承恩公這麼一講，本官甚是惶恐。看來只能努力四處挖點兒土，免得枯死了。」

四處能挖什麼土？這是明告訴自己，要撬他的牆角、搶他的地盤！許德昭恨極，「朝中五品以上官員哪家沒有閨女參加採選，胡首輔得罪的可不是老夫一個人！」

望著許德昭氣呼呼離開的背影，胡牧山搖了搖頭，喃喃說道：「選誰不選誰，都要得罪人，不如統統不入選。皇上這招甚是高明啊。」

懟上胡牧山，他的厚臉皮讓許德昭一拳落了空。與譚誠的相會，更令許德昭憤怒。

依然是那條空寂無人的窄巷，依然是在初春時節，只不過下轎走過來的譚誠身邊還跟了一個俊朗挺拔的年輕人。

許德昭微微蹙眉。他與譚誠交談時，從來沒有東廠的人能踏近三丈之內，包括譚誠寵愛的義子譚弈。

跟隨著譚誠走近的年輕男子讓許德昭很不高興，他很討厭對方的眼睛，眼瞳的色澤似比尋常人更深，幽幽望不到底。彷彿最近在哪兒見過，竟有一絲熟悉感。

「生意上的事，咱家是外行。」

譚誠的話打斷了許德昭的思緒。他朝林一川說道：「咱家新收了名大檔頭，將來與承恩公府的生意往來都交給林一川打理了。」

林一川上前半步，抬臂揖首，態度恭敬又不見謙卑，「一川見過大人。」

與譚誠的生意……許德昭的眼神閃了閃，對林一川這個名字並不陌生，只是並無更多了解。他不置可否地點了點頭。

林一川再次向譚誠抱拳行禮，「屬下告退。」

沒有多餘的話，更沒有過多打量許德昭，俐落地轉身退回到數丈開外，站在譚誠的轎子旁靜靜地站著。

許德昭瞥了眼譚誠，「你放心？」

「讓你放心的朴銀鷹死了，咱家就放心了。」譚誠淡淡說道。

許德昭被嗆得無言以對。

朴銀鷹最早是許德昭的人，為處理兩人之間的生意與往來，進東廠做了大檔頭。因一隻翡翠玉馬被譚誠發現他暗中成了皇帝的人，借了珍瓏之手將他除去。

許德昭不想再提朴銀鷹，將今天的怒意發作了出來，「督主眼瞧著皇上任意妄為在朝堂上不發一詞，難不成你甘心將來的後宮妃嬪中沒有自己人？你可別忘了，太監能依附的只有這座皇宮。」

譚誠背負在身後的手握緊成拳。當面被罵太監是無根之人，對譚誠來說，就是最大的羞辱。哪怕怒極，譚誠的養氣功夫也沒讓他顯露分毫情緒，語氣依舊淡然，「去年咱家就說過，雛鷹已經迫不及待想飛上藍天。可惜承恩公自視太高，把鷹當成了雞。如今又得一個胡牧山助他肋下生風，可見承恩公的眼力遠不如當年。」

這是去年二月兩人在巷中相會時譚誠的提醒。許德昭自認為是皇帝的親舅舅，在朝中早已架空了皇帝，不僅沒有想辦法折斷皇帝的雙翅，反而想借其之勢和譚誠爭權。

提起胡牧山投向皇帝，許德昭又一陣惱怒，「你就說如今怎麼辦吧？」

譚誠尖聲笑了起來，「咱家雖然討了一個妃、兩個嬪，也沒指望著送去的人皇上會寵愛。如今落了空，咱家也沒覺得可惜。只是承恩公喜歡把雞蛋擺在一個籃子裡，難怪會如此心浮氣躁。」

許德昭眼瞳收縮。這麼說譚誠推薦的並非全是高官之女。

「說起來，咱家是無根之人，不懂男女情愛很正常。承恩公妻妾成群，怎不懂男人的心思？」譚誠自嘲的話中含著無盡的譏諷，「硬塞給皇上的，再美也失了趣味。何況明知是你我所薦，皇上會寵幸嗎？」

「薦了阮侍郎的千金做皇后拉攏於他，等他心疼女兒獨守空閨時，究竟會謝承恩公舉薦有力，還是恨你將他的獨女推進火坑？再等到他因女兒為后，做不成兵部尚書，仕途之路斷絕，親家興許就成了仇敵。咱們這位皇上聰明得很，知道如何以後宮控制朝堂。不過，慶幸的是，宮裡頭還有一位太后娘娘能作主。咱家言盡於此，告辭。」

許德昭在無人的巷子裡站了許久，回府之後便稱病，將選秀的一併事務悉數扔給了禮部侍郎，放任不管。

●○●

在這場皇帝與眾臣的博奕中，唯一得利的人是許太后。她絕不希望皇后出身名門，成為後宮之主。她才四十出頭，正是年富力強、精力旺盛的年紀。靜居慈安宮，和心如死水的老太妃們一樣跪著菩薩，唸著佛經度過餘生，那該多麼寂寞。雨過天晴，御花園的花爭先恐後結蕾綻放，心情大好的許太后下了懿旨，在園中辦了賞春宴。

所有人心裡都清楚，賞春宴賞的不是御花園的春色，而是藉機讓年輕的皇帝賞一賞由許太后終選定下的十八位佳麗。

宮人們的態度無比謙卑，好奇地猜測著，這些出身不高的采女誰會魚躍龍門，成為未來的皇后？

出身不高的采女中，仍然有自己人。許太后在心裡默想著兄長許德昭遞來的名單，目光從姑娘們臉上掠過，落在右邊末桌的一位姑娘身上。

自從聽無涯提過之後，許太后就上了心。她暗中囑人遠赴邱明堂老家探訪，沒想到真找到了邱明堂的妻兒。邱田氏在三年前過世。守孝三年，耽擱了邱瑩的婚事。許太后將十八歲的邱瑩接到了京城，直到今天才讓她入園赴宴。

邱明堂死後，邱瑩隨母親回了老家生活，從來沒有離開過河南，她也根本不認得無涯。無涯究竟打哪兒喜歡上這位姑娘的？許太后萬分疑惑。

難道是出於對杜之仙尊崇，想替過世的杜之仙補償邱明堂一案的心思？不論如何，心疼兒子的許太后也不想違了兒子的心意，後宮多一位妃子也不是多大的事情。只是，以邱瑩的姿質委實配不上皇后之位。就算自己能輕易掌控她，這樣的皇后也難以服眾。許太后想，等皇帝見到邱瑩後，她要好好和他談一談了。

春宴上，姑娘們坐得端莊，以最淑女的姿態欣賞著歌舞。各自心頭另有一番思量。

彭采玉坐在最末一桌下首，與邱瑩同桌。面對這一席繁華，她如墜夢中。

聖旨篩下那些高官之女時，彭采玉幸運地贏了一半的對手；又因陳瀚方那位禮部學生的暗中動作，她又幸運地被許太后誤認為是許德昭推薦的人，成了能入園赴春宴的十八位佳麗之一。

自從父母過世之後，她回到老家依附族人生活。原本想著進宮後哪怕留下來做個宮女，也比在老家嫁個農漢強。如今在其他采女們羨慕的目光中走進了御花園，與太后、太妃們坐在一起，哪怕是十八位佳麗中位分最低的，她也一躍成為了宮裡的貴人。

恍惚的時間太久，又有歌舞助興，彭采玉竟然沒聽到皇帝到來的聲音。直到衣袖被邱瑩輕輕扯了扯，她才回過神來。

猛然一抬頭，她看到了一張謫仙般的臉。他是……皇上？一股血直湧上面頰，彭采玉手忙腳亂都不知道自己是怎麼行完禮的。

無涯擺了擺手，示意姑娘們免禮，讓歌舞繼續。他走了幾步，忍不住回過頭看了彭采玉一眼。末座的那位姑娘紅著臉低頭坐著，分明就是一張極陌生的臉。他心裡一陣黯然。

采女中並無邱明堂之女。無涯自嘲地想，他怎麼仍然還抱著一絲幻想？

「皇上。」許太后偏過臉，示意他看邱瑩，低聲笑道：「邱家的那個女孩邱瑩，母后給你接來了。」

無涯大吃一驚，險些站了起來。

兒子的表現讓許太后得意地笑了笑，又有些憂慮。兒子分明對邱瑩進宮極為上心。她意有所指，「你仔細瞧瞧。」

順著許太后的示意望過去，無涯的目光顯得有些茫然。左邊一排全是陌生的臉，難道母后說的是那個眉如新葉的姑娘？她的眉和穆瀾的眉太相似，乍一看幾乎令他閃了神。

「認出來了吧？」許太后試探著問道。

「母后，您瞞得倒緊。」無涯似是而非地回著話。他嘴裡有些發苦，沒想到母后竟然找到了邱明堂的親生女兒，還偷偷接進了宮。他心裡突然激動起來，難道是因為這樣，穆瀾才無法用邱氏女的身分進宮選秀？也許她沒有悔約！如今她在什麼地方？無涯一時間竟有些坐不住了。

落在許太后眼中，卻覺得兒子太過在意邱瑩。她暗暗嘆了口氣。邱瑩隨母返鄉後，家道中落，靠著幾畝良田過活，完全就是個鄉下村姑。這樣的女子無論如何也不能成為皇后。

「無涯，宴後送母后回宮可好？」許太后望著眼前這十八位佳麗，想著朝中的人脈關係，決定和兒子好好聊一聊如何定下這些女子將來的位分。

無涯聽著就站起了身來，「母后既然乏了，朕送您回宮吧。」

許太后愕然。

然而無涯開了口，許太后還是從善如流地起了身。

不知母子倆回宮後如何商議，第二天賜封的旨意就下了。

令眾人驚愕的是，聖旨一共冊封了十七位女子。沒有皇后，也沒有妃，連一位嬪都沒有。位分最高的是一位婕妤、一位昭儀，剩下的都是美人和才人。

曉得皇帝的容貌不輸許玉堂和譚弈，是那位曾經在街頭引人追逐觀看的謫仙般男子後，京城的深門大宅中不知有多少位千金哭鬧折騰著要進宮當宮女，比之當年禮親王的郡主苦追杜之仙還要來得猛烈瘋狂，愁得官員、勛貴們被家中的夫人揪斷了無數根鬍鬚。

因此皇帝的這道聖旨讓五品以上的官員、勛貴們竟沒來由地覺得熨貼。那些身分平庸、出身低微的女子封了後宮高位，被送回家中的女兒們如何自處？

只是百官們仍然覺得此次選秀，沒有選出一位皇后不太妥當。卻似約好了一樣，沒有官員進諫。

大概人心生來長得不平，自家女兒沒那福分，何苦便宜了別家女子？

轉念又想，皇上想讓這些女子從低品階開始，以此磨練心性，擇出皇后人選，那就如此吧。哪一個官員不是從低品階做起，朝著內閣奮鬥一生的？

或許這次參加選秀的高官女子太多，皇上一碗水實在擱不平。等到明年，不以選秀之名送女兒進宮，皇上也沒說不可以。

一后八妃九嬪，不是都還空著嗎？

旨意同時也帶給了勛貴、官員們希望。

於是，朝堂中因為選秀掀起的波瀾如同浪潮拍在礁石上，勢頭雖猛，卻終碎成一地泡沫，了無痕跡。

選秀的大戲由此落了幕。

第六十二章　深宮危機

彭采玉輕一腳、淺一腳踏進永和宮的偏殿。妝鏡中的自己頭戴九翟冠，身著鞠衣，陌生而華麗。

「昭儀，彭昭儀。」她喃喃唸著。彭采玉從將被族人說親給農漢到成為皇帝的女人，不過數月時間。在十八位佳麗中位分排在第二，又是另一重驚喜。

美人以上的品階就能從家中帶一名服侍的婢女進宮。穆瀾險險邁過了宮廷的門檻，隨彭采玉一起來到了永和宮。

冊立的後宮女子不少，但位分都低。六品翰林院侍讀家的千金才藝美貌雙全，封了婕妤，住進了儲秀宮。永和宮裡只有彭采玉一人居住。更多的美人與才人仍擠住在一起。由於身分只是昭儀，所以彭采玉住進了偏殿。

這裡，穆瀾來過。核桃以冰月的身分進宮之後，就住在這裡。舊地重來，她和彭采玉一樣感慨萬分。

她已經不需要再揣度。彭采玉能封昭儀，住進永和宮，都是無涯的意思。

只因為彭采玉的眉修剪得和自己一樣，無涯就如此。穆瀾不敢想下去，無涯的深情沉重得讓她喘不過氣來。

他會很快來見彭采玉，仔細瞧她的眉。那麼，自己很快就能見到他了？收拾起情緒，穆瀾認真扮演著貼身侍女的角色。她走到彭采玉身旁，服侍她卸妝。

彭采玉伸手攔住了她，「霏霏，讓我再看一會兒，我覺得像在夢裡。」在極短的時間裡，生活發生的劇烈變化難免讓人生出不知所措的情緒。彭采玉久久凝視著鏡中的自己，直到真的相信，鏡中神態端莊大方的人就是自己：一個前縣令的孤女，一個被祭酒大人接到京城後才有實心金釵插戴的窮姑娘。

她的手摸到了鬢旁，慢慢抽出一枚金鑲珍珠的掩鬢。握在手中，珍珠冰涼圓潤，金子沉甸甸的，終於讓她有了實質的感覺。

「母親過世之後，只有奶娘陪著我。三叔待我已經極好，過年的時候也買了對銀丁香的耳塞，有米粒大小，背著三嬸塞給我。」彭采玉眼淚嘩的淌了下來，「母親偷偷留了一套金頭面給我，說是替我準備的嫁妝。那些年一點一點地讓奶娘絞了，換成銀錢……寄人籬下，衣裳短了，自己買布鑲個滾邊又能穿一年。嘴饞了，想吃碗米粉都要自己花錢。等到及笄，沒有嫁妝，只有曾是縣令女兒的身分。三嬸說這身分不值一文錢，能找個有幾畝田的鄉下殷實人家，就對得起我爹娘的囑託了。我讓奶娘去打聽，對方給了十兩銀子的聘禮……」

她受不了那樣的屈辱，懷著萬分之一的希望寄了一封信給陳瀚方。

穆瀾也是走江湖賣藝長大的，窮的時候荷包比臉還乾淨，幾文錢吃碗餛飩就開心得不得了。她心裡明白彭采玉的苦楚，輕聲安慰道：「娘娘如今進了宮，封了昭儀。」

是啊，她已經是昭儀娘娘了。她的年俸有幾百兩銀。拿著十兩銀子聘禮的鄉下漢子再也娶不到她了。彭采玉破涕為笑，「讓妳見笑了。」

在御花園和皇帝無意中目光相撞的情景驀然出現在腦海中。他生得真美，教她看直了眼。彭采玉「呀」了聲，暈生雙頰。

她進了宮，封了昭儀，這麼說，她很快就會服侍皇上了？

彭采玉捉住穆瀾的手，忐忑不安，「霏霏，我的容貌還不及皇上……我長得不夠美，皇上會喜歡我嗎？」

畢竟還是個十六歲的少女，從前全部的希望是擺脫寄人籬下的生活，不願嫁給嬸娘嘴裡的農漢。現在進了宮，所有的情感和生活都將依附那個宮裡唯一的男人。穆瀾完全能理解彭采玉的心思，但是對方的問題穆瀾無法回答。她已經完成了和彭采玉的交易：助她進宮。無涯的感情，穆瀾無法作主。

她委婉地說道：「娘娘，如今這後宮之中，您僅次於郭婕妤，已是極矚目的一位。我家大人已經竭力相助了。」

陳瀚方憐惜同科留下的孤女無依無靠，接了她進京，請了名師在別苑教她禮儀，還助她進宮當上了昭儀。他卻不能，也無法再幫著她去贏得一位帝王的心。

彭采玉愣了愣，馬上就明白過來。她敢寫信給陳瀚方，就不是個柔弱認輸的性子，「我明白，在這後宮要靠我自己努力。」

這深宮裡，得了位分的年輕少女已經有十幾個了。一后八妃九嬪尚空著位置，如果和無涯之間沒有隔著滿門血仇，如果她也成了其中之一……穆瀾無法想像自己和彭采玉一樣，走進後宮爭寵的戰場。不是爭不過，而是不屑為之。總不能拿出珍瓏刺客的手段去除掉情敵吧？如果兩個人之間的情感需要靠和別的女人爭鬥來維繫，又有什麼意思？

「彭昭儀接旨！」

外頭傳來太監異於常人的聲音。

彭昭儀才進宮，皇上當晚就要寵幸。傳旨的太監很詫異彭昭儀最多只能稱得上清秀的容貌，心裡犯著嘀咕，但態度無比和氣。他細細吩咐交代各種事情，最後柔聲提醒道：「戌中時分，承恩車會來接娘娘，莫要誤了時辰。」

承歡之地不會在永和宮，今晚不會見到無涯。穆瀾鬆了一口氣。

她心頭警醒，暗暗問自己怎麼會是這般反應。在拿到父親留書之後，她明明已經下定決心，進宮就是為了與無涯兵刃相見，為何此時竟然盼著見面不要來得太快？

服侍彭采玉香湯沐浴，換上軟薄長裙，少女曼妙的身段在輕紗薄綢中若隱若現。穆瀾後知後覺地反應過來，今晚彭采玉將被響著鈴鐺的承恩車接去被無涯臨幸。

上妝時，她用螺黛掃過彭采玉的眉。看著她粉嫩中帶著紅暈的臉頰，露出無限嬌羞之色，她的心軟了。

「娘娘，今晚您已令眾人矚目。無論如何，娘娘在人前都要注意儀態。」

穆瀾的話將沉浸在幸福幻想中的彭采玉喊醒了。容貌平凡，得封昭儀已出盡鋒頭，又越過了那位婕妤，頭一個被臨幸。她擰緊帕子，心裡忐忑不安。她終是心智堅定之人，靜坐了會兒開口道：「霏霏，妳提醒得對，我太過忘形了。」

送走彭采玉，穆瀾坐在燈影的暗處。她苦笑著想，她話裡的真實意思並非彭采玉所想，她只是不想讓彭采玉今晚因傷心而失態。

因為，無涯頭一個臨幸彭采玉，最大的可能只是想再仔細看看她的眉毛罷了。

重重帷帳被侍寢的女官帶著宮女們無聲挽起，燈影幢幢，照亮了跪伏在床前的女子身影。

隔著最後一重輕紗，無涯比了個手勢，服侍的宮人躬身退下了，將空間留給了他和彭采玉。

彭采玉跪在厚厚的地毯上，心如擂鼓。皇帝的腳步就停在那一重紗帳之後，她甚至能感覺到他的目光如有實質般落在自己身上。

然而皇帝站的時間太長了。他為何遲遲不過來？彭采玉好奇地悄悄抬起頭。

無涯正掀開了帷帳，如同在御花園中一樣，兩人的目光撞在一起。

彭采玉像受驚的兔子，飛快地低下頭。

一眼，只需一眼，無涯就確定跪在自己腳下的女子有著和穆瀾一樣的美麗眉毛。像大樹在春日舒展筋骨抽出的新葉，像雨後竹枝上被洗淨的清新綠葉，極有精神。

「起來吧。」

「是。」

彭采玉盈盈起身，不知所措地揉捏著腰間的衣帶，再不敢抬頭與皇帝對視。

無涯靜靜地看著她，轉身坐下了，「朕還有奏摺要看。飲了這碗羹，妳先就寢，不用等朕。」

「是。」

彭采玉這才注意到一旁的桌上放著兩碗宵夜。甜羹散發著熱氣，彭采玉端起碗又偷偷睃了皇帝一眼。

橙黃的燈光勾勒出一張線條極優美的臉，無涯優雅的吃相讓彭采玉看得出神。注意到她的目光，無涯和聲問道：「怎麼不吃？」

彭采玉回了神，幾乎把臉埋進了碗裡，幾口便喝完了甜羹。

「朕看著妳睡。」

皇上竟然要先看著自己睡下，再去批閱奏摺。這是何等的寵幸！

彭采玉渾身輕飄飄的，都不知道自己如何上的床，最後的印象停留在皇帝站在床前，溫和地注視著自己。

看著彭采玉陷入昏睡，無涯輕吁了口氣，「方太醫給的藥果然有效。」

他在床沿坐下，隨手撿起彭采玉的手帕覆在她臉上，只露出飽滿的額頭與那兩道眉。

在無涯眼中，那兩道精神的眉毛下是穆瀾清亮如秋水的眼眸、精緻如畫的容顏。少年的爽朗、英氣，笑容燦爛照亮了他久在深宮陰雲密布的心。

「那時，朕以為喜歡上一個少年。」

以為喜歡上一個少年，所以痛苦掙扎過。

然後知曉她是女子，擔心戳穿兩人身分後再不能平等相對，相戀也帶著憂傷。

直到了解她的身世，橫亙在兩人之間的是他的父皇、她全家人的性命，相愛亦伴隨著無奈難過與苦澀。

深宮安靜，直到此時無涯才卸掉了所有的防備，「如果可以，我寧肯不認得妳。」

不相識，就不會相戀。不相戀，就不會相思。

相思是毒，無涯卻尋不到解藥。

穆瀾沒有進宮，而他必須選秀立妃。

賜封的旨意一下，他感覺是自己在揮刀斬斷了穆瀾最後進宮的路。

「我沒有想到，邱明堂的女兒尚在世間，是我的錯。」無涯想起春宴上被母后突然帶來的邱瑩，苦笑起來，「我給了她兩個選擇，給她擇門好親事，或是留在宮裡。她去了尚衣局，說手中有活過得踏實。我會囑人照顧她。」

無涯對穆瀾不是沒有怨，「如果是因為邱瑩的存在，讓妳無法冒名頂替進宮，為何要消失？為什麼不來找我？穆瀾，妳究竟是無法進宮，還是不願意和我在一起？我要聽妳親口告訴我。」

可是他上哪兒找她？他坐擁江山，卻被這座宮城禁錮著腳步。無涯將臉埋進手中，「妳不會再來了。哪怕我沒有立后立妃封嬪，妳都不會進宮了。」掌心漸漸溼潤，他深深呼吸，想拚命控制著自己，卻無能為力。

只有未熄滅的宮燈沉默地看見年輕的皇帝在深夜裡獨自落淚。

良久他才抬起頭，微紅著眼睛望向睡著的彭采玉，手指顫抖著輕觸她的眉，緩慢地勾勒著。心事如潰堤之水在這無人的寢宮噴湧而出，「我都明白的。不給池家一個交代，不查明當年的真相，妳永遠無法和我一起。那是妳的父母、親人，妳過不了那道坎，也沒辦法邁過去。可是，妳能不能先來我的身邊？我的父皇就該飲下那碗虎狼之藥嗎？不是我做的事，為何要讓我來背負？逝者已矣，我們為什麼不能一起攜手往前看？」

無人答他。

手指觸著彭采玉的眉，彷彿穆瀾就在眼前，無涯的語聲漸柔，「這次選秀沒有見到妳，我真不知道怎麼辦。那麼多勛貴高官之女，一個也不敢冊立。我不想冊立，也不敢冊立。她們不是我心之所愛，所以不想要。更擔心冊立之後，她們尊貴的身分帶來無盡的煩惱。妳看，我還是做到了。人人都說皇帝有三宮六院七十二嬪妃，前朝至今，並非如此，僅有皇后相伴的皇帝不止一個。我只想娶妳。」

熟睡中的彭采玉毫無反應。

無涯的手指一顫，從她的眉上收了回來。他俯身低頭看著，彷彿那兩道眉是世間最美的風景，令他難以移開目光。

「再相似，也不是妳。」

他輕聲一嘆，拿開手帕，看了眼彭采玉陌生的容顏，然後轉身離開。

這一夜，御書房的燭火垂淚不停。

「娘娘，該起身了。」

女官的聲音從極遠的地方傳來，漸漸近了。彭采玉嚶嚀了聲，茫然地睜開眼睛。

明黃的帳子、寬大的床讓她想起自己睡在何處。她扭頭四望，不見皇帝的身影，嚇得臉色大變。她竟然睡著了！彭采玉強自鎮定著，忐忑不安地被宮女們服侍著起身，一步三回頭離開。

天還黑著，承恩車的鈴鐺悠悠在宮巷中響起，將頭一位承恩的彭昭儀送回了永和宮。

流水般的賞賜被送了來，永和宮宮人們齊聲道賀，讓彭采玉應接不暇。直忙到天色微明，終於能安靜坐下，彭采玉才將穆瀾拉進內室。

見她神色慌亂，穆瀾暗暗嘆息，「昨晚可有什麼不妥？」

彭采玉拚命地搖頭，沮喪極了，「我、我一個人竟然睡著了！一覺睡到被女官叫醒。我沒有侍奉皇上。妳說，皇上還送來這麼多賞賜，是好還是壞啊？」

「娘娘不知不覺就睡著了？一個人睡到被女官叫起？」穆瀾眼裡閃過古怪的情緒。無涯，他該不會看著彭采玉看了一晚上吧？

彭采玉重重地點了點頭。

只為了一雙相似的眉，無涯令彭采玉昏睡了整晚，看了整晚。一抹突如其來的疼痛從穆瀾的心間席捲而來。

想過為彭采玉修剪出相似的眉會引起無涯注意，然而這一刻從彭采玉嘴裡知曉，穆瀾卻很想哭。

「霏霏，有什麼不對嗎？」見穆瀾擰緊了眉，彭采玉不由得有些緊張。

穆瀾微喘了一口氣，擠出一絲笑來，「沒有，皇上若不滿意，就不會有這麼多賞賜了。」

彭采玉高興起來，「我也是這樣想的。」

希冀的光在她眼中閃爍。下一次承恩，她一定會好好侍奉皇上。

這一刻，穆瀾只盼著無涯早點來。來得遲了，她怕自己會承受不住心被凌遲的痛楚。

誠如穆瀾所言，冊封昭儀，皇帝的第一次寵幸讓彭采玉成了後宮所有人談論的話題。她在侍寢時扔下皇帝一覺睡到天亮，無可避免成了一個笑話，卻不是沒有好處的。第二天向許太后請安時，貴人們投來的目光少了幾分刀劍之意。

許太后心裡清楚，彭采玉是孤女，送她進宮的人是禮部的一名低階官員。這名官員和彭采玉的父親有交情，憐惜孤女。當許德昭所薦的高官之女被聖旨刷下去之後，彭采玉意外成了許家可用之人。

能為許家所用，又是孤女。許太后很滿意彭采玉，不動聲色為她爭來了昭儀的位分。皇帝很自然地接受，並第一個寵幸，讓許太后對彭采玉格外看重。

以為會受到許太后責備，許太后卻殷殷教導勉勵，稱她是太可愛的小姑娘。彭采玉毫不掩飾自己對許太后的孺慕，許太后很是欣慰，雙方皆大歡喜。

相對於彭采玉的幸運，郭婕妤日子就難過了。

在進宮的頭一批貴人中，郭婕妤位分最高。她年方十七，容貌清麗，素有才名，父親是清貴的翰林，人們覺得這才是皇帝應該喜歡的女人。然而，皇帝第一個寵幸的人不是她，對郭婕妤來說，這是種無言的羞辱。

當皇帝第二天下朝後駕臨儲秀宮，太過年輕的郭婕妤沒忍住，哭了個山崩地裂。性情溫和的皇帝並沒有因此惱怒不喜，而是在儲秀宮中與郭婕妤下棋消磨了一整天，直至掌燈時分才離開。

郭婕妤的眼淚教會無涯從另一個角度去思考問題。

年輕的皇帝從後宮女子身上感覺到前所未有的存在感，他好像突然開了竅，不再像從前那樣專注於政務，今天約人賞花，明天聽人彈琴，新晉的貴人一個也沒有冷落。

文武百官皆心照不宣，會心而笑。皇帝正值血氣方剛的年紀，很正常不是？且從上一代起，皇家子嗣單薄，綿延子嗣是年輕皇帝肩頭的重任。至於政務，有內閣，有朝臣，足矣。

彷彿又回到了皇帝親政之前，許德昭和譚誠分外滿意，美中不足的是胡牧山統領的內閣隱隱有了鼎立之勢。

皇帝流連後宮，彭采玉再沒有得到召見。

彭采玉最初的激動在等待的時間裡漸漸平息，又化為無限的惶恐。自己這是失寵了嗎？才十六歲的嬌嫩容顏已染上了憔悴之意。

「就好比十幾盤沒吃過的菜同時擺上桌，每盤菜不夾一筷子嘗嘗，怎知自己喜歡吃哪道菜？」穆瀾淺顯直白的比喻給彭采玉聽。

彭采玉「噗」的被她逗笑了，「霏霏，妳真是個妙人。只可惜身分低微，還是個奴身。不過妳這般美麗，終有出頭之日。本宮不會虧待妳。」

她羨慕地看著穆瀾的臉，想起了奶娘的話。現在皇帝的新鮮感還沒過就將霏霏推出去固寵，是否太早了點兒？

皇宮讓人迅速地成長，短短半個月，彭采玉已經自然地自稱本宮了。女人的本能讓她很快就學會了爭寵的心機。

穆瀾沒有接話，轉開了話題，「奴婢去打聽打聽？」

算著時間已經過了半個月，皇帝每天召見一位新貴人，也該轉完一輪了。彭采玉頓時露出期盼之色，小聲叮囑道：「本宮進宮時間不長，被人知曉倒成了笑話。妳小心一點兒，哪怕打聽不到消息，也沒有關係。」

「奴婢省得。遇到人就說為娘娘折幾枝花插瓶。」

彭采玉滿意地笑了，「機靈點兒。」

在許太后面前，彭采玉沒有提起陳瀚方半個字，這是進宮前陳瀚方親口向她交代的。時至今天，她終於明白自己的好運來自哪裡。在她嘴裡，禮部那名官員取代陳瀚方成了她感激的長輩。彭采玉敏感地察覺到，聽完之後，許太后待自己更親切了。

她對陳瀚方的感激又深了幾分，只是出於女子獨特的心態，她對美貌機靈的婢女霏霏始終懷有戒心。

或許祭酒大人更相信憑藉霏霏的美麗更能贏得皇上的寵愛。彭采玉想得長遠。她很擔心一旦將霏霏推到皇帝面前，一躍龍門成了寵妃，自己會不會被祭酒大人拋棄。

陳瀚方和穆瀾沒有料到的這個念頭，讓彭采玉決定握緊許太后伸出的手。

出了偏殿，外面陽光極好，穆瀾沿著宮門往御花園行去。找個舒服自在的地方晒太陽睡懶覺也好過留在永和宮裡。

她的耳力異於常人，輕鬆避開宮人繞進了御花園。

核桃曾經盪過的鞦韆還在，穆瀾停住了腳步。

那時無涯認出了假扮侍衛的她，故意踏上鞦韆架，他越盪越高，張開雙臂滿面笑容地從高處跳了下來，結果接住他的人是秦剛。無涯的臉比臭豆腐還臭。

穆瀾回憶著，忍俊不禁綻開笑容。

「如果我是妳，我絕不會站在這麼空曠的地方任人打量。」

後背沒來由地緊繃，穆瀾沒有回頭，她望著空蕩蕩的鞦韆，脣邊的笑容更濃，

「原來妳藏在宮裡。」

她轉過身，拉著鞦韆坐了上去，兩條腿輕輕晃著，看起來就像是貪玩的宮女。鞦韆後的樹林中，一位宮人正彎腰清掃著落葉。三、四十歲的年紀，一張極陌生的臉。

穆瀾腳尖點地，鞦韆輕輕蕩漾，神態悠閒。

穆胭脂將落葉掃進竹簸箕中，捶了捶佝僂的腰，微微直起了身。

以二人的耳力，心裡都清楚，附近空寂無人。

「流水何太急，深宮盡日閒。殷勤謝紅葉，好去到人間。」穆胭脂杵著掃帚悠悠吟道：「這深宮裡的宮人太多，總有活到現在的。」

陳皇后雖死，宮裡總有忠心於她的宮人。陳氏家族傾滅，朝中總有與陳家有故之人。穆胭脂能扮成宮人藏於深宮也不足為奇。

「還記得在梅村時，我對妳說過的話？」

相伴十年，穆胭脂不需要多說什麼，穆瀾就聽懂了，「記得。」

無涯在靈光寺摔落潭水之中，染上風寒，穆胭脂令人在藥中下了大量的人參，想以補令他體虛。穆瀾將藥潑了，另煎藥治好了無涯。那時穆胭脂戴著面具扮成面具師父在樹林中出現，告訴穆瀾。

「妳會後悔救他。」

穆胭脂望向她，縱然易了容，眼神卻沒有改變，「妳有接近他最好的機會。」

接近無涯最好的機會。什麼機會？自然是殺了他的機會。

穆瀾莞爾，「我為什麼要聽妳的？以為我還是妳的珍瓏刺客嗎？」

為一姓的私仇殺死皇帝，江山無主，天下震盪；北方的異族虎視眈眈，得到揮兵南下入主中原的時機。穆瀾沒有穆胭脂那麼自私，她更不想當穆胭脂手中的棋子。

穆胭脂沒有生氣，提著掃帚、挎著簸箕蹣跚離開，「看來妳沒有記住我說過的話。」

鞦韆微盪，穆瀾陷入了沉默。

在梅村樹林中，化身面具師父的穆胭脂還說過一句話。

「……妳再壞我的事，我不會對妳留情。」

以為穆瀾知曉了池家血案，恢復女裝進宮是想復仇，穆瀾卻拒絕行刺無涯。那麼，穆胭脂就要自己找機會下手了。她再一次警告穆瀾別再救無涯。

御花園的人不多，偶爾也能看到如穆瀾一樣的宮女在園中剪花。遠處的亭閣中隱隱能看到衣飾華麗的貴人出來遊玩，是想在早朝之後偶遇皇帝，還是真的賞景就不得而知了。穆瀾避開了人多的地方，看到小徑一側怒放著一叢連翹。明黃色的連翹極其燦爛，彷彿感覺不到這深宮中流露出的殺機。

她機械地剪著花枝，琢磨著無涯的處境、穆胭脂的手段，直到小徑的另一頭傳來了腳步聲。穆瀾皺了皺眉，這是今天第二次出神時沒有覺察到四周的環境。許久不做刺客，她的敏感降低了。身在宮廷之中，並不是件好事。穆瀾邊想邊收拾好花籃，緩步往另一頭行去。

不想讓人察覺到絲毫異樣，穆瀾走得並不快，步履從容。

來人的聲音被風吹進了她耳中。

「……一川，這皇家的花園可比得過號稱江南第一園的林園？」

極強的克制力才讓穆瀾沒有因為吃驚而回頭。

一川。

她所熟悉、認識的，只有一個林一川。

轉過小徑，穆瀾閃身藏於一株粗壯的羅漢松後，緩步行來的兩人令她詫異。走在林一川身前半步的男子頭戴泥金紗帽，腰束玉帶，身著遍繡雲紋的圓領曳撒。能隨意步入御花園，閒適如同自家園子的人沒有別人，只能是譚誠。

穆瀾想起靈光寺絕壁之顛與林一川的對話。

她擔憂揍了譚弈，林一川在京城擺個豆腐攤都會被東廠砸得稀爛。而林一川則回她——

「那就想辦法不讓他砸囉！」

當時她以為僅是一句玩笑話，並未放在心上。如今林一川竟然站在譚誠身邊。這，就是他所說的「想辦法不讓他砸」的真實含義？

穆瀾絕不相信林一川會真的投靠東廠，成為譚誠腳下的一條狗。但是譚誠指使林二老爺發難，將林一川趕出林家，他為什麼還會信任林一川，將人帶在身邊？

或許，一個是入虎穴想得虎子；一個則是順水推舟，虛網以待。

林一川是在與虎謀皮。

穆瀾覺得命運甚是神奇。她在意的兩個男人同時處於這座深宮之中，同時伴隨著危險，難不成還要她選擇一個去救？

「林園雖美，卻無皇家大氣雍容。」林一川的回答中規中矩，話鋒一轉，就有了幾分鋒利，「再說，林園已經不是屬下的家了。」

譚誠微笑道：「只要你願意，隨時都可以回去。」

只要你為咱家所用，想拿回林園不過是一句話的事。

林大老爺當初被梁信鷗威脅，除了為保住林家資產外，也是不忍讓林氏族人因為嫡長房被東廠抄家滅門，所以順水推舟讓林一川擺脫了林氏家族。如今林一川又怎肯再將上千條族人的性命背在自己身上？他搖了搖頭道：「將來屬下定能再建一座更美的林園。」

「咱家拭目以待。」譚誠笑道。

就在他回頭對林一川說話的瞬間，花叢藤蔓的背後一抹黑影直擊譚誠的腦袋。黑影速度奇快，出現的瞬間，絲絲的破風聲才傳來。

譚誠背對著，林一川看得清清楚楚，猶豫與出手幾乎是同時發生。他往前踏出半步，身體側轉，就將譚誠擋在身後。

他手掌拍了出去，目光卻緊盯著花叢之後，「什麼人？」

一擊不中，花叢後沒有了動靜。

與此同時，小徑上響起了東西落地的聲響。

譚誠低頭看去，青石板砌成的石徑上躺著一枚黑色的棋子。他彎腰拾了起來，翻過棋子的另一面，刻著兩個熟悉的字：珍瓏。

笑容從譚誠脣邊浮現，「搜！」

林一川遲疑了下，他一離開，譚誠身邊就沒有人了。見譚誠點了點頭，他才朝著花叢後面躍過去。

藏身在羅漢松後的穆瀾在林一川拍飛那枚棋子後，果斷地轉身離開。她還是不太習慣穿裙子，滋啦一聲，裙子被樹枝勾住扯破了。暗罵了聲「倒楣」，穆瀾挽起裙角，直奔向圍牆，提著花籃輕巧翻出園子。

她剛離開，大批禁軍與東廠的番子合力圍住御花園。

林一川站在花叢之後，看到泥地裡一雙淺淺的鞋印。腳不大，是個女人。他的心沒來由地緊了緊，會是穆瀾嗎？他下意識地站在腳印上。

「有什麼發現？」隔著花叢，譚誠開口問道。

腳下用力，將那雙腳印碾得面目全非，林一川遺憾地搖頭，「沒有，人已經跑了。」

「能這麼容易追到就不是珍瓏了。」譚誠拿起那枚棋子對著陽光看著，「咱家不信她還能飛出宮城去！來人，傳令搜宮！」

穆瀾以為自己不會救譚誠，所以才出手擊殺嗎？林一川心亂如麻。他有些後悔，如果他繼續猶豫，不拍落那枚棋子，譚誠或許已經死去。但是，他不相信譚誠對自己毫無防備。或許，這只是譚誠的一次試探呢？

譚誠在御花園遇刺激起了東廠強烈的反應，也引起了禁軍和錦衣衛的重視。梁信鷗接信後火速趕到宮中，和丁鈴撞上了。

曾有過心結的師兄弟兩人似乎將這次搜查又當成一次比試，互相一拱手，都沒帶下屬，令人守在園外，鑽進了花園。

梁信鷗在樹叢中拈起了幾縷糾纏的細線，青色的線，大概寸許長。他用手指搓了搓，和氣的團臉上露出了笑容。

與此相比，丁鈴正站在林一川站過的花叢後，看起來一無所獲。

兩人再碰面時，梁信鷗攤開手掌，亮出了找到的細線，「宮女們今春新換的裙子。」

丁鈴眼皮也沒眨，「封園前進園的宮人、內侍一共二十四人，以及入園賞春的三名美人、一名才人現在都被圈禁在涼亭處。」

梁信鷗搖了搖頭，「小師弟退步了。能被樹枝勾破裙子，定是走得匆忙。咱們要找的人不在園子裡。」

當他是白痴嗎？丁鈴翻了個白眼，「看來師弟要先找到那名逃走的宮女才能扳回一城了。走！」

帶著下屬離開，丁鈴想把林一川從東緝事廠衙門裡揪出來揍一頓。他追刺客，有必要用腳在地上狠碾嗎？只能說明林一川認識這個刺客。丁鈴沒辦法和梁信鷗分享這個信息，他隱隱覺得林一川走投無路投靠譚誠另有隱情。

只是在梁信鷗面前丟了臉，丁鈴與秦剛會合，開始搜宮。

此時，彭采玉並不知曉御花園中發生的事情。在穆瀾以剪花插瓶為藉口去打探皇帝的消息時，無涯來到了永和宮。

彭采玉滿臉羞紅，手緊緊捏著帕子，大氣也不敢喘，垂下的眼睛只瞅到皇帝衣裳上彩繡的金龍，感覺到他的呼吸撲在臉上，帶著龍涎香的味道，令她眩暈。略帶涼意的手指從她的眉間劃過，頭頂響起無涯溫和的聲音。

「妳這眉略修剪一番就好。朕拿著螺黛竟不知從何下手。」

說著，無涯坐正了身，隨手將一枚螺黛放在妝鏡旁。

彭采玉眼波流轉。皇帝那張謫仙般清美的臉近在眼前，她再一次看得移不開眼去，下意識地接話道：「奶娘常說我這眉太過濃黑，不如剃掉用螺黛畫更柔美。皇上若想畫眉，臣妾便剃掉好了。」

一點兒火星在無涯眼底迸射而出，他用手指勾起了彭采玉的下巴，柔聲問道：「那為何沒有剃掉？」

兩人離得這樣近，彭采玉不敢直視他的眼睛，聲如蚊蚋，「臣妾貌不如人，便不想泯然眾人，也畫時興的彎月、遠山……」

無涯鬆了手，笑道：「朕看得厭了，倒是極喜歡妳這天然不畫的眉。」

彭采玉驚喜交加，摸著眉毛道：「原來皇上真的喜歡臣妾這眉毛，以後臣妾便不改了。」

「妳的奴婢倒是手巧，給妳修的眉極讓朕喜歡。賞！」

皇帝叫了賞，被賞的奴婢就得前來謝恩。

彭采玉便吩咐宮人道：「叫霏霏來謝恩。」

霏霏？無涯眉頭微動，蹙起一道極淺的褶子，像是心抽痛了一下，瞬息間就消散了。

門簾挑起，進來一個宮女打扮的女子。她低著頭，進門就跪下磕頭，「奴婢謝皇上賞賜。」

多麼熟悉的聲音啊！無涯盯著數步外跪伏於地的她，喉間驀然乾澀腫脹。他愣愣地看著她。長長的黑髮隨著她的彎腰披散在單薄的肩背之上，背影婀娜。他腦中卻浮現出她的臉，扮成冰月時濃妝豔極的臉，洗淨鉛華素雅如翠蘭的臉。無涯貪婪地看著她。離他這樣近，只要他站起身，走兩步，就觸手可及。他用盡了全力才控制住自己，目光卻怎麼也無法從穆瀾身上移開。

皇帝久久的凝視讓彭采玉心生不悅，她有些嫉妒地看著穆瀾，心情複雜至極，不由得脫口說道：「下去吧。」

穆瀾沒有動，反而抬起了頭，「奴婢還有一事要回稟娘娘。」

那張臉猝不及防出現在無涯眼前，清楚得能看清她腮旁被陽光照亮的毫毛。他情不自禁地抓緊椅子的扶手。

薄薄的瀏海下是兩彎畫出的如月淺眉，玲瓏秀氣的鼻子、淡粉色的唇，用了宮粉掃出淺淺腮紅。她的臉幾乎再也看不出曾屬於穆瀾的英氣俊秀，渾身上下流露出少女的嫵媚秀美，難以讓人把她和一個男人聯想到一處。無涯綻開了笑容。她真是聰明。她完全改變了自己，卻替彭昭儀修剪出相似的眉，不動聲色地告訴他：她來了。

她沒有棄約，她進宮來了！

他柔柔地看著她，心裡無限喜悅。

「沒有看見皇上在這裡？有什麼事回頭再稟。」彭采玉嫉妒了，恨不得穆瀾馬上從自己眼前消失。

穆瀾有話對自己說，無涯自然不會放她離開，「無妨，萬一是緊要事呢？說吧。」

「奴婢奉命去剪花枝時，遠遠瞧著御花園來了許多禁軍，於是就折了回來。」

彭采玉沒好氣地想，剪花插瓶本來就是藉口，皇帝已經來了，是否剪了花枝插瓶有什麼大不了的，還要特意回稟。她不耐煩地說道：「本宮知道了，下去吧。」

「是，奴婢告退。」穆瀾起身，低著頭退了出去。

御花園出事了？無涯馬上反應過來，喚了春來進來，「去看看。」

不用去打聽了。搜宮找刺客，先要保護好皇帝。皇帝在永和宮，秦剛和丁鈴第一時間來了這裡，梁信鷗自然也來了。

「珍瓏刺客出現在御花園，行刺譚公公未果逃走。禁軍、錦衣衛和東廠正在搜宮。秦大人、丁大人和梁大人都在外面，請皇上移駕回宮。」春來稟道。

「有刺客？」彭采玉嚇得哆嗦了下，可憐兮兮地望著無涯。有皇上在，永和宮就是最安全的地方。皇上要回宮，刺客來了永和宮怎麼辦？

「叫他們進來回話。」想起剛才穆瀾的話，無涯已經能確定，譚誠遇刺和穆瀾有關。既然是譚誠遇刺，三方搜宮，自己更不能離開永和宮。

「是。」

趁著人還沒有進來，無涯盯著彭采玉道：「永和宮今天無人外出，記住朕的話。」

彭采玉心頭一緊，後知後覺地反應過來。怪不得霏霏剛才堅持回稟，是她叫了霏霏去御花園折花，而譚公公在園子裡遇刺……她拍著胸口直點頭，「幸虧霏霏去得遲了，沒有進園子。」

「記住朕的話。譚誠是東廠督主，妳若被牽連進去，朕也保不住妳。」無涯冷聲說道。

「臣妾記住了。」彭采玉顫聲回道。

秦剛、丁鈴和梁信鷗同時進來。見過禮後，秦剛簡短地將御花園的事稟了，「如今刺客還沒有找到，還請皇上移駕回宮。」

擊向譚誠的是一枚刻有「珍瓏」字樣的棋子，無涯心頭微緊。穆瀾究竟知道多少珍瓏的事情？他一直認為穆胭脂收養穆瀾只是為自己的寡婦身分做掩飾，穆瀾對穆胭脂和珍瓏並不知情。然而事實讓無涯不得不承認，那是他一廂情願的想法。

如此，他更不能離開永和宮。

「刺客就藏在宮裡。如果珍瓏的目標是朕，移駕回宮，誰又能保證刺客沒有躲在乾清宮？朕就在這裡，清宮之後再回。」

三人頓時語塞。

請走皇帝，當然是為了方便搜查永和宮。乾清宮守衛森嚴，刺客如果躲在乾清宮，早就對皇帝下手了。

梁信鷗躬身說道：「皇上，永和宮不如乾清宮安全。」

無涯不置可否，「朕下了早朝就進了永和宮，並未發現此處有任何異樣。遵旨意辦吧。」

無涯為永和宮作保，梁信鷗心思只轉轉就道：「既然皇上不肯移駕回宮，容臣等先查永和宮，以防刺客混入宮中，對皇上不利。」

「梁大檔頭該不是想連朕都盤查一番吧？或是想把朕身邊的人都拿去東廠盤問？」無涯冷冷說道。

懷疑刺客與皇帝有關，其心可誅！查皇帝身邊的人，就是和大內禁軍過不去。秦剛怒目而視。

督主遇刺，就算是查了皇帝身邊的人又能怎樣？但梁信鷗卻作不得這個主。他躬身請罪，「臣不敢。」

無涯喝斥道：「下去！」

三人行禮後默默地退了出去。

「本官要留在永和宮保護皇上，搜查刺客之事就拜託二位了。」秦剛將兩人送至宮門，領著禁軍將永和宮守得嚴嚴實實。

「梁大人，宮中房舍眾多，不如分手查之。你意下如何？」丁鈴並不想和梁信鷗一起查案。

梁信鷗同樣也無興趣。兩人各帶東廠番子和錦衣衛分頭行事。

將人遣走之後，無涯按捺住性子吩咐傳膳。飯後照例午睡，彭采玉飲完春來親自端進來的茶後，又一次陷入了沉睡。

窗戶放下了細竹簾將最強烈的陽光濾掉了，屬於春天的明媚隱隱約約透進來，屋裡的光線像是一匹抖散的柔軟絲綢。

黃色龍袍上浮著一層光，讓穆瀾想起今晨看到的連翹，一蓬一蓬爭先恐後，美得燦爛。

無涯眼裡無限的歡喜倏地刺痛了穆瀾，讓她無法再與之直視。

「今天在御花園刺殺譚誠的人是妳？我嚇了一跳，特意留在永和宮裡掩護妳。」無涯愉悅地說道。

穆瀾搖了搖頭，「不是我。我見著有人行刺，馬上就回來了。」

射出那枚棋子的人卻是穆胭脂。是機會太好，還是想向譚誠示威，穆瀾就不得而知了。留下來的人定會受到盤查，她雖改換女裝，但如梁信鷗這種心細如髮的人，定會因她的容貌與「穆瀾」相似生疑。一個宮女，被東廠懷疑，很難再被放出去，她不能冒險。

「是珍瓏裡的人？或是……穆胭脂？」無涯試探地問道。

「看手法是穆胭脂。」

穆瀾的話讓無涯鬆了一口氣。如果穆瀾與珍瓏有關，受穆胭脂的指使就不會說出她來了。穆胭脂潛進宮中，她想刺殺的人不僅僅是譚誠吧？望著眼前亭亭玉立的穆瀾，無涯將珍瓏與穆胭脂拋到腦後，「譚誠遇刺，正在搜宮。妳留在永和宮，當心一點兒。過來，讓我瞧瞧妳的新模樣！真像變了個人似的。」

再沒有旁人在側，無涯微笑地朝穆瀾伸出手。

他的手在陽光下，白玉般無瑕。穆瀾後退一步，站在了陰影之中。

就像是陽光與黑暗，涇渭分明。

「我說過，我只想娶妳。」以為穆瀾在意他新冊封的十七位貴人，無涯有些黯然，依舊勇敢地開口，「我是皇帝，我有我的無奈，但我至今沒有臨幸過她們中的任何一人。我在等妳。」

穆瀾沒有說話。

「那晚我第一次見到彭采玉，我摸著她的眉毛，摸到了眉茬，很淺。我當時就在想，她那與妳一樣的眉定是有人故意修剪出來的。而那個人，只會是妳。只有妳知，我有多喜愛妳的眉。我知道所有人都盯著她，我只能忍著，每天召見不同的女子，以示雨露均霑。直忍到今天才來永和宮找妳。穆瀾，妳能理解我嗎？」

穆瀾如果選擇要與他並肩，她就不能再用普通男人的標準來要求他。

她和他的想法南轅北轍。他滿心歡喜，以為她是為他進宮。她的心一片悽然，她冒險進宮只為了求一個公道，而這個公道是隔在她與無涯之間的深壑，難以逾越。

一滴淚從穆瀾眼中墜落，她緩緩跪在無涯面前。

「妳這是做什麼？」無涯皺起了眉，伸出的手拉住她的胳膊，「這裡沒有外人……」

穆瀾的手堅定地蓋在他手上，輕輕撥開，「皇上，民女池霏霏有冤情上訴！我爹只是遵先帝旨意開出藥方，他從未謀害過先帝。」

無涯沉默地注視著她，心裡的失望越來越濃烈。可他應該理解她的，她不可能隔著池家滿門的性命與自己談情說愛。他嘆了口氣，「妳起來，別和我這樣生分。我答應過妳，定會給妳一個交代。」

穆瀾沒有動。

無涯蹲下了身，輕聲說道：「我也很想知道，如果妳爹是冤枉的，為何我父皇會飲下那碗虎狼之藥？穆瀾，妳講點兒道理。妳全家因我父皇而死。可是父皇也死在那一碗藥裡。他是我的親爹。素公公死了，當年真相如何，總是要查一查才知道的。妳跪我又有什麼用呢？起來吧，咱們一起查，可好？」

「我爹寫下了真相。」穆瀾從懷中拿出書信遞到無涯手中。

無涯疑惑地接過信。字是工整的館閣體，密密記在綿實的宣紙上。無涯一目十行看完，額頭已是一片冷汗。薄薄的宣紙從他手中飄落，落在地毯上如此刺目。

「不可能，母后怎麼可能做這種事。朕還有一個弟弟？不，不可能。」

任何人都難以相信。無涯的反應並不出穆瀾意外。她撿起地上的信，站了起來。

明明春陽溫暖，穆瀾的話卻讓無涯生出陣陣寒意來。

「數年之後，先帝病重。我爹為先帝診治，夜宿乾清宮。那晚先帝痰症發作，險之又險才緩過了氣。他自知時日無多，竟唸叨起陳皇后來，自覺對陳皇后過於涼薄。家父一片忠心，一時沒有忍住告訴先帝，陳皇后死後，他冒險留在坤寧宮中為陳皇后接生。皇子命大，竟然還活著。」

「陳皇后所懷妖孽怪胎的事實讓先帝痛苦萬分，他已無力起臥，說話都難以成句。先帝令家父為他開一碗回春湯，家父遵旨照辦。飲下這碗湯藥，先帝強聚精神，如同常人。而藥效過後，就此駕崩。」

說到這裡，穆瀾低聲咆哮，「太后以我爹私自為先帝開虎狼之藥為名，令東廠抄斬我全家！十九年前，于紅梅墜井身亡。十九年後，梅于氏於靈光寺被殺。山西于家寨被大火焚燒為一片白地！蘇沐因看到凶手行凶，在國子監被花匠老岳滅口！這一切都是許氏為了掩蓋當年暗害誣陷陳皇后所致。這就是真相！」

她的雙瞳中燒著熊熊烈焰，令無涯五臟俱焚。他握緊了拳，看著穆瀾將那封信放在自己旁邊。

她喘著氣，卻沒有再說話，只用那雙眼睛看著他。

這就是真相嗎？可這真相為何讓他難以接受？無涯望著穆瀾，眼神渙散。他想起那個熱鬧的端午，穿著獅子戲服的穆瀾舉著獅子頭從人群中擠過。獅子頭撞在他身上，穆瀾笑嘻嘻向他賠著禮，驕傲地讓他瞧好了，她定能奪得頭彩去。

他想起她擺著地攤，賣著考試包過符，被自己逮了個正著。

她帶他逛青樓，冒險換上女裝，只為讓他知曉，他喜歡的並不是少年。

無涯用手掩住了臉，悄悄將湧上來的淚意拭乾，「所以……其實妳沒有用邱瑩的身分進宮，並不是因為邱瑩還活在人間，妳根本就沒想過來我的身邊。」

他的滿心歡喜、他的思念，都是他一廂情願。

「妳找到了妳父親的留書，所以才會消失是嗎？」

穆瀾走到窗邊，望著窗外明媚的春光，緩緩說道：「六歲之前我沒有記憶。當你告訴我穆胭脂不是我親生母親時，我從她嘴裡知道了我的身世。我踏進松樹胡同，近鄉情怯。我告訴我自己，只偷偷去看上一眼。看池家人和和睦睦，知曉我的家人尚過得好便罷。」

「反正這麼多年，我沒有兒時的記憶，對池家人沒有半點感覺。我走到門口，看到了一座廢宅。野草叢生，一片荒涼……我找回了記憶。那天是我六歲生日，我躲在書房等爹回來為我慶生。我以為我睡著了，作了個夢。」

穆瀾頓了頓，再一次從記憶中翻出了那個惡夢，「我親眼看到東廠的番子一刀斬下了我爹的頭，咚的一聲摔在地上，滾向我。我嚇得縮進櫃子裡，拚命告訴自己，我是在做夢。一覺睡醒，爹就回來了。我醒了，家裡漆黑一片。我連滾帶爬跑出書房……站在一大片屍首中。我的母親在我腳邊，我的奶娘在我身旁。就連我兒時的玩伴，幾歲大的核桃都沒有活下來。」

她轉過身笑了，笑得淒涼無比，「無涯，你告訴我，我如何還能來你身邊？是你的親生母親為了皇權謀劃了這一切。是她下的懿旨，抄斬了我全家。」

她說話的時候，無涯全身僵硬地聽著。他腦中嗡嗡作響。穆瀾的遭遇讓他心疼，真的心疼，可是他無能為力。

「現在你告訴我，你會給我一個交代。你如何給我一個交代？」穆瀾終於將無涯不願去想的事攤開擺在他面前。

沉默了許久，無涯緩緩說道：「我為池院正平反昭雪。那碗藥，是素公公餵我父皇飲下。」

只有這樣，才不會揭開當年的祕事，也能讓池家再不背負謀逆之罪。

穆瀾笑出了聲來，譏諷道：「素公公是先帝離世那晚唯一的知情人。他為何寧死都不說出真相？他是為了你。為了他心目中的好皇帝你！把罪推到護你到死的素公公身上，為我爹平反昭雪，這就是你給我的交代？你的母后，當今的太后就能繼續享受無盡的榮光？」

「穆瀾，我母后當年也是哀痛父皇離世，這才下旨抄斬池家滿門。至於她與陳皇后之間的事情，做為兒子，我沒有向她問罪的權利。皇權本是鮮血凝成，或許當初陳皇后順利產子，我與那只比我小兩歲的兄弟早就為了皇位兵刃相見。」

她早就想到了，她想討的公道無涯給不了。

「如果殺許德昭，廢太后為庶人，是先帝遺詔呢？」

無涯渾身一震，「妳說什麼？」

穆瀾冷冷說道：「先帝飲回春湯，不是想聽家父講如何醫術了得，助死去的陳皇后生下皇子的傳奇故事。強聚片刻精神，只為了寫下一紙衣帶詔！」

衣帶詔！

曹操迎奉漢獻帝造都許縣，軟禁獻帝。獻帝以血寫詔藏於衣帶之中帶出宮去，史書所稱衣帶詔事件。這是連陳瀚方都不知曉的祕密，穆瀾坦白地告訴了無涯。

父皇竟然留下了衣帶詔！

「在哪裡？我要親眼看看。」

「藏在國子監，御書樓中。」穆瀾嘆了口氣道：「無涯，每個人都有不同的立場，你我都無法讓對方同意自己的觀點。那麼，就讓先帝來評判吧。他是你的親爹，對你寵愛有加。我想，他有這個資格吧？」

父皇的遺詔……要他滅了母族，將自己的母后送進冷宮。許德昭他可以殺，他本就該死。可是母后呢？腦中閃現出許太后寵溺的眼神，無涯心頭大慟。

而逼他這樣做的人，是他最愛的女人。無涯站了起來，他朝外走去，背影孤單落寞，「讓朕想一想。」

第六十三章　復仇的棋

偌大的宮殿被翻了個遍，沒有找到刺客，禁軍只管守護好宮裡的主子們。彷彿又回到當初珍瓏連續刺殺東廠七人時，錦衣衛隔岸觀火——不同的是，無人敢當面嘲諷。遇刺的人不是小番子或某個公公，而是司禮監掌印大太監，東廠督主譚誠。

東廠的氣氛如緊繃的弦，不發洩一通容易內傷。

當天進了御花園的三位美人、一位才人，以及二十四位宮人、內侍直接被番子們押進了東廠。

天色已暗，東廠大堂外寬敞的院子裡點燃了火盆，火光映得譚誠的臉明暗變幻。

梁信鷗細細將搜宮的經過稟完，掃了眼瑟縮跪伏在院中的人，低聲說道：「不是這些人。定是穆胭脂早在宮裡布下的棋子。逃出花園，如沙沉河……」

「行刺咱家，膽子不小。」譚誠打斷了他的話，極平靜地開了口，「敢做，就要付出代價。都殺了。」

他轉身走回大堂。

梁信鷗張著的嘴尚未閉上。

林一川迅速轉過身，跟在譚誠身邊，耳中仍迴盪著那句「都殺了」。他聽得分明，這些人根本與珍瓏無關。甚至還有三位美人、一位才人，皇帝的女人，譚誠輕飄飄地全殺了。他深深呼吸，望著走在自己身前兩步開外的譚誠，想動手的衝動又在心中蠢蠢欲動。

譚誠驀然停住腳步回頭，望向林一川的臉上帶著一絲笑，「一川跟著進來，是不忍看？」

那雙鷹隼般的眼睛似乎又看穿了林一川的內心。在譚誠面前，林一川選擇實話實說，「不習慣。」

求饒與哭叫聲極短，譚誠一聲令下，四周的番子揮刀就砍，羸弱的女人、內侍幾無反抗之力。

在那片哭叫聲中，譚誠悠閒地坐下來，望向几上的棋枰，那枚刻著「珍瓏」的黑棋就夾在他指間，「明明梁大檔頭已經查明了這些人的身分。他們中斷無珍瓏刺客，咱家為何要殺了他們呢？」

梁信鷗也跟了進來，垂手站在譚誠身前，認真聆聽。

「一川，你說說看。」

林一川想了想道：「暫時沒找到刺客，督主和東廠需要震懾珍瓏，警告那些欲對督主不利的人。」

「很簡單。」譚誠沒有評論他的回答對與錯，直截了當地說道：「因為皇上今天不聽話。」

所以三個美人、一個才人，皇帝的女人，他想殺就殺了。

梁信鷗撲通跪了下去，「屬下無能，給督主丟臉了。」

「起來吧，不怪你。是咱們的皇上以為自個兒翅膀硬了，敲打他一下罷了。」

譚誠將棋子放在棋枰上，吩咐道：「宮裡頭都盯緊了，一個一個篩。人在宮裡，就跑不掉。」

他順手將吃掉的棋子撿了出來，吩咐林一川道：「戶部開春給軍隊新製夏衣，訂單給了咱家。你去做吧。莫要以次充好，少賺一點兒也無妨。」

「是。」林一川應了。

他與梁信鷗同時離開，剛在衙門口分手，兩匹馬咴咴叫著停在面前。

林一鳴眼睛亮了，「林一川！」

譚弈躍下馬，將韁繩扔給守衛，惡狠狠地望著林一川。

「督主曾經讓我跪地向你賠罪。我答應他，任你打罵，絕不還手。你現在要動手嗎？」林一川慢吞吞地說道。

這算什麼？鄙視自己打不過他嗎？譚弈大怒，「誰需要你讓？」

「那我就不讓了？」林一川也不想當人樁任由譚弈發洩。

譚弈一拳揍過去，「你以為我打不過你？」

「啪」的一聲，與當初雁行一掌拍封住燕聲拳頭的招式一樣，林一川的手掌也拍在譚弈的拳頭上，含勁一吐。

譚弈噌噌後退兩步，在他作勢撲過來之前，林一川朝衙門裡努嘴，「你不是聽到督主遇刺的消息才從國子監趕過來的嗎？」

與林一川在東廠大門口打一架重要，還是進去看望義父重要，譚弈曉得輕重，指著林一川點了點，扭頭進了衙門。

林一川衝林一鳴瞪了眼，嚇得林一鳴連滾帶爬往東廠衙門裡跑去。

「小爺我當了十幾年紈褲，還治不了兩個小爬蟲？」林一川下巴揚起，負著雙手，悠悠閒閒地步進旁邊的巷子。

大概是離東廠太近，這條巷子沒有人經過，僅有幾戶人家入夜之後關門閉戶，連燈火都吹熄了。極淡的夜色籠罩著小巷，林一川的身影幾乎與夜色融成一體。

一隻手從黑暗中伸出來扯住他的胳膊，將林一川拉了過去。

被人用胳膊肘抵在牆上，林一川輕輕笑了起來，居高臨下地望著眼前的人調侃道：「丁大人，你個子矮了些，踮著腳累不累啊？」

沒想到林一川嘴裡迸出這句話來，矮了他半頭的丁鈴氣白了臉，「你給本官老實交代，今天御花園行刺的人是誰？你與珍瓏有何關係？」

「呀。」林一川詫異極了，撥開丁鈴的手道：「丁大人竟然懷疑我？怎不向東廠告發我？」

「老子看笑話還來不及呢，幫東廠找刺客，吃多撐著沒事幹？」丁鈴氣咻咻地說完，小眼睛轉得靈活至極，「可是本官卻不想被蒙在鼓裡。你若不說，我就寫封匿名信投進東廠。」

他用腳踢了踢林一川的靴子，「不是想替對方遮掩腳印，你使勁蹭那塊泥地做什麼？」

「笑話，我在御花園的地上站了站，就成了幫凶？」林一川打死不認帳。

丁鈴湊近他道：「反正本官是絕不會相信你投靠東廠。你說，如果當初本官收留了你，你不是走投無路，還會投靠東廠嗎？」

林一川「哈」了聲道：「想當初是誰冒死把你從山西背回京城的？一碗止瀉的草藥、一頓飯就把我和燕聲趕出了門，還四處造謠說小爺要賴你家不走了。丁小眼，還有比你更小氣的人嗎？」

「你叫本官什、什麼？」丁鈴努力瞪大眼睛。

惹得林一川噗嗤笑了，「丁大人，父母生的，眼睛小瞪也瞪不大。沒事我就走了。」

丁鈴看似拿他沒辦法，在林一川走出兩步後，他突然說道：「本官去年走了趟邊城。關外的韃子偷襲了戶部押運棉衣的隊伍。今春邊城外有三個寨子被屠了，本官見到一個沒死的人，他躲在捉野獸的坑裡，說屠村的人是咱們的軍隊。」

林一川回過頭，「丁大人和我說這些做什麼？還想讓我幫你查案？」

「聽說戶部給軍隊做的夏衣訂單被東廠拿走了。譚誠收下你，不就是讓你替他賺錢嗎？」丁鈴從黑暗中走出來，「本官想讓你在這批夏衣上做點兒記號。」

林一川當沒聽見，扭頭就走。

丁鈴咬牙，「會的，你一定會幫本官的。」

彷彿是種習慣，陳瀚方在送穆瀾進宮之後，每天入夜後又登上了御書樓。待的時間不長，但已經是他的習慣。

他能做的已經做完了，剩下的只能看穆瀾自己了。

自從看到穆瀾換上女裝之後，陳瀚方依稀有些明白，穆瀾進宮討要「公道」倚仗的是什麼。

他懂得感情，正因如此，十九年來，他翻遍了國子監所有的雜書，拆了細察，再親手裝訂好。

能看的書，陳瀚方已經查閱過了。今夜他坐在頂層書案後，竟有些惘然。目光觸及書案上那方舊硯盒，陳瀚方目光柔和起來。他輕輕撫摸著泛黃的竹面低語道：「紅梅，是我無能。從前不能想辦法讓妳出宮，現在也只能聽天由命。」

眼中淚影浮現。殺死于紅梅的人是許太后，穩居九龍寶座上的是她的親生兒子。

「公道？」陳瀚方微嘲地扯了扯嘴角，「一個男人能為一個女人治親娘的罪？更何況那不是普通男人，是皇帝。」

心中的憤懣讓陳瀚方打開了硯盒，望著那方舊硯，小心地注入了一點兒水，研了磨。

他提筆欲書，手腕突然抖了抖，濃墨滴落在雪白的宣紙上。

這方硯是當年進京赴考時，于紅梅買來送他的，一直擺在他的案頭。硯總有磨穿的時候，這些年也只是放在硯盒之中擺在案頭。平時他使用的已是各種名硯。陳瀚方放下筆，拿起了硯臺的蓋子，上面雕著一枝梅。

遙知不是雪，為有暗香來。說的是梅。難道……指的是這只硯？

陳瀚方的手忍不住顫抖起來，他挽起衣袖，將那方硯臺拿了出來。硯臺是實心，自然藏不了物事。拿出硯臺，陳瀚方細細研究著硯盒。竹木編製的硯盒，上下兩層，上層放硯，下層擱筆。裡面的筆，他一直捨不得用。兩管竹身的筆依舊照原樣放著。陳瀚方拿起筆，用力扯甩筆頭，看到裡面的東西，他一時激盪，緊握著筆身邊哭邊笑。

「十九年啊！紅梅，十九年啊！」

眾裡尋他千百度，驀然回首，那人卻在燈火闌珊處。苦苦尋找了十九年，卻發現它就在身邊，就在他眼皮底下，陳瀚方激動地捶胸，「我怎麼這麼蠢、這麼蠢！」

他大口大口地喘著氣，手抖得不行。他定了定神，從筆身中扯出一條絲帕。帕子的一角還繡著朵紅梅，上面寥寥數句話令陳瀚方跌坐在椅子上，伏案痛哭，「如果早讓我看到！如果早讓我找到！姑姑傻了，那孩子……早找不回了。」

如果早勘破詩中意義，就有皇子在手。彼時陳皇后雖死，但陳氏家族在朝中根深葉茂。若能讓皇帝認回這個兒子，發動學生文臣，以嫡皇子的身分，今天坐在龍椅上的人未必就是許氏之子，報仇何難？

春風在夜裡極為溫柔地吹進來，陳瀚方拿著那張絲帕失神痛悔之時，燈光下已多了道黑影。

他手中有劍，指向陳瀚方，「把東西給我。」

陳瀚方捏緊了那方帕子，十年的祭酒讓他官威不小，「你是何人？」

那人嘆了口氣道：「祭酒大人，我是誰不重要，關鍵是我手中有劍，你的命都快保不住了，還死捏著那東西做什麼？那不是你能拿得住的。」

如果是張紙條，陳瀚方肯定一口吞了。

他突然伸出手，將絲帕懸於燭臺之上，「我沒有武功，只是離燭臺近了些。」

風吹著絲帕飄動不定，黑衣人似沒想到陳瀚方敢毀了那條絲帕。

兩人一時間對峙起來。陳瀚方舉著的胳膊漸漸痠了，衣袖的顫抖表明他已堅持不了多久。

「陳大人，如果你燒了它，在下馬上就走，不傷你分毫。」黑衣人像是想明白了，輕鬆地將劍插進負於後背的劍鞘之中。

陳瀚方不由得愣了愣，身體情不自禁地放鬆了一絲。就這一絲，燭火的火苗倏地舔上絲帕，轉瞬間燃起一團火苗。

兩人都沒想到這麼快，竟眼睜睜看著那條絲帕化為飛灰，簌簌飄落。

「再會。」黑衣人雙手抬起，斯文地抱拳成禮。一個鷂子翻身，從窗戶中翻了出去。

陳瀚方目瞪口呆，癱坐在椅子上。

他冷靜了會兒，似想起什麼，拿了硯盒匆匆提燈下樓。

離開御書樓後，陳瀚方回頭看了一眼。那地方他再也不用去了。就在這時，風吹開雲層，露出慘白的月光，一股青煙從御書樓飄了起來。陳瀚方以為自己看花了眼，是雲朵飄過。

一蓬火焰極其突兀地耀亮他的雙眼，陳瀚方打了個寒顫，手裡提著的燈籠落在地上。

「走水了！走水了！」

銅鑼聲驚破了夜，也驚得陳瀚方跌坐在地上。他哆嗦著，從懷中摸出一根竹管，吹燃了火摺子。

倏地尖鳴聲中，一枚紅色的信號直刺天際。他沙沙地笑了起來，笑出了眼淚，「男人，他不是普通的男人！」

遙遠的皇宮之中，高高的鼓樓上，無涯面無表情地望向國子監的方向。

那邊的天空隱隱透著一絲詭異的紅。

與此同時，永和宮屋頂之上，穆瀾倚靠著翹起的飛簷，也望向國子監的方向。看到天邊那一閃而逝的紅色亮點，穆瀾打了個呵欠，似呵欠惹來了淚，她抹了把臉，無聲躍下樓。

「親眼所見？」

「嗯。」

「辛苦了。」

「許德昭安插的花匠待了十年，禁軍盯了兩年，沒想到在御書樓頂才睡了幾晚，竟然讓屬下撞見了。還好，陳瀚方燒了于紅梅留下的東西。否則糾纏下去，明天樓上就多了兩具焦屍。屬下的運氣真的很不錯。」

錦衣衛堂內的燈光一宵未熄。花白頭髮的龔鐵負手在堂中踱著步，歲月在他臉上刻下道道深痕，就像他的心事，不知藏了多少年。

窗外不時何時飄落起綿綿細雨，他走到窗邊問道：「你確定陳瀚方找到的是于紅梅留下的？」

雁行極無形象地靠坐在椅子上，蹺著二郎腿，正將一塊點心塞進嘴裡，「捶胸哭喊著『紅梅紅梅，十九年啊，我怎麼這麼蠢啊？』那塊絲帕的一角還繡著朵紅梅。我眼睛沒瞎。」

龔鐵回轉身，指著他道：「瞧你那德懶樣，坐好回話！」

雁行充耳不聞，還不忘往嘴裡再填一塊點心，「您生的兒子像您唄。」

「混帳東西！」龔鐵罵完，見雁行半點不怕自己，無奈地說道：「火是誰放的？」

「還能有誰？守御書樓的禁軍唄！近水樓臺好放火！」

龔鐵陷入了沉思，「會是許德昭？」

雁行嗤笑了聲，「許德昭要放火，早在他的人發現陳瀚方行為古怪就放了。他心心念念想知道于紅梅留下了什麼祕密，不親眼看到，放火燒了御書樓，他也不會放心。」

除了許德昭，能調遣禁軍的人……龔鐵深吸了一口氣，「難道是皇上？」

「胡牧山這棵牆頭草亮明陣營之後，許德昭知道的，皇上自然也就知道了。兩年前，皇上親政之初將禁軍遣去守衛御書樓，守樓的禁軍聽皇上的話，放個火沒什麼大不了。」

雁行坐直了，正色道：「穆瀾隨彭昭儀進宮，而那位禮部的大人卻是陳瀚方的學生。順著這條線，錦衣衛本意是想盯著陳瀚方，查看他是否也是珍瓏中人，今晚卻無意中見他找到于紅梅留書。他燒了也好，這事就當咱們不知道。至於皇上為什麼今晚火燒御書樓，或許是因為于紅梅的事牽涉到太后。久等陳瀚方找不到，乾脆一把火燒了，讓祕密永遠埋葬在火中。」

「皇上溫和正直，隱忍有謀，是位值得守護的明君。你說呢？」

「可是皇上放火卻沒有告訴咱們。」雁行站起了身道：「伴君如伴虎。除掉譚誠，將珍瓏幕後的瓏主抓了，您還是辭官歸隱的好。卸磨殺驢聽過吧？不過您也甭擔心，就算您死了，誰都不知道您的外室還為您生了個兒子，龔家的香火斷不了！丁鈴該來了，我走了。」

●　○　●

國子監御書樓藏書萬冊，一夜燒毀讓文臣們痛心疾首。

京畿衙門已接手火場，卻被錦衣衛趕了出來。龔鐵親自上了朝，「錦衣衛查明，昨天晚上，負責看守國子監御書樓的謝百戶照例進樓巡視。他應該是不慎摔了一跤，手中燈籠摔落，引發了火災。謝百戶摔得昏迷過去，等他醒來時，火勢已無法撲滅，他也因此沒能逃生，葬身火場之中。」

一跤摔出一場大火，罪責卻隨著謝百戶喪命無從追索，朝堂上一片唏噓。

「著工部重建御書樓。撥專銀從民間收集書籍以充實御書樓。傳朕旨意，各地書院藏書所在之地入夜之後，不得有明火。」

百官高呼萬歲英明的聲音中，許德昭在冷笑。

這世間的事情最怕一個巧字。好巧不巧，那個倒楣摔暈在御書樓裡的禁軍，就是他安插在禁軍中監視陳瀚方的謝百戶。

他望向皇帝之下的第一人，內閣首輔胡牧山。胡牧山的口形說出四個字：蜉蝣撼樹。

謝百戶是蜉蝣，誰是參天大樹？許德昭覺得不可思議。見胡牧山竟然一副「不用謝我提醒」的神色，他差點氣暈過去。

下朝之後，許德昭進宮探望許太后。

春來花盛，每天都有無數新鮮的花枝送來，許太后正在寢宮中教彭采玉插花。見許德昭到來，彭采玉懂事地向許太后福了福，藉口去園子裡再尋幾枝開得好的桃花，緩步退了出去。

還未走出門，許德昭迫不及待的聲音透過垂下的紗帳傳進了她耳中。

「皇上令人放火燒了御書樓。」

彭采玉的腳步停了停。皇上為何會放火燒御書樓？

少女心性讓她對皇帝的所有事情充滿好奇，她左右睃了眼，宮女們遠遠立在門口侍候，許太后身邊的梅青一早出去辦事。她悄悄藏在帳子後面。

「可惜陳瀚方早走了一步……」許德昭有些遺憾，「娘娘，皇上應該早就從胡牧山嘴裡知曉了陳瀚方行為古怪的事。他一直沒有動靜，為何昨晚會突然令禁軍放火？」

不僅如此，還特意殺死了自己的眼線。年輕的皇帝是想警告自己嗎？還是說皇帝已經隱約知曉當年的事情？

「燒得好。照哀家的意思，早就該一把火燒了，你偏好奇那賤婢留了什麼東西給陳瀚方。」

寥寥幾句對話讓彭采玉的心都快蹦出來了，她不敢再偷聽下去，快步離開。

承恩公對祭酒大人沒能葬身火海分外遺憾，而太后更恨不得祭酒大人死。皇上火燒御書樓，難道也想要燒死祭酒大人？

難怪進宮之前，祭酒大人一再叮囑，莫要讓人知曉送她進宮的人是他。還有那個令人驚豔的婢女霏霏，她的舉止與聰明，怎麼看也不像是個普通人。一進宮就刻意露臉，讓皇上移不開眼去。

如果被查出送她進宮的人是祭酒大人，她會是什麼下場？彭采玉白著一張臉在御花園外停住腳步。

她心情複雜地掃了眼隨行服侍的宮婢。她沒有帶穆瀾隨行，是因為陳瀚方意味深長地告訴過她，明珠藏於匣，時候不到，不宜過早顯露光芒。奶娘和她都以為藏著霏霏，是為了將來失寵時推霏霏出來固寵。

那天霏霏去打聽皇上的消息，藉口去園子裡剪花，結果譚公公就遇了刺……皇上、太后和承恩公似乎都想讓祭酒大人死，而自己卻是他送進宮中的。這件事只需深查，她就一定瞞不住。彭采玉越想越害怕，再沒有心情逛園子剪桃花，帶著宮婢急步趕回了永和宮。

彭采玉照例去給許太后請安，永和宮很清靜。

剛下朝，皇帝就來了永和宮等候彭昭儀。貴人們的第二輪雨露均霑才輪到一半，皇帝又想起了彭昭儀。主子受寵，奴婢們的日子也會水漲船高。永和宮人們的臉上浮著喜色。皇帝吩咐不用去太后處打擾彭昭儀盡孝，宮人們只得小心服侍著。

無涯坐在寢殿中，擺出品茶等人的模樣。隨口點了「讓那個手巧得了賞的宮人前來服侍」，穆瀾托著茶在眾人豔羨的目光中去了。

行到門口，春來總算見到她的真容，一吸氣，嘴巴張得比雞蛋還大。他機械地打起簾子，激動得心被油潑了似的，滋啦作響。

老天爺呢，皇上這麼急趕來永和宮，原來這裡有個長得像穆瀾的姑娘！那鼻子、那嘴巴，可不是一模一樣嗎？只差彭昭儀那樣的眉毛……春來懂了。看看昭儀的眉，再看看霏霏的嘴鼻可不就湊出來了？春來猥瑣地偷笑著。皇上豔福不淺哪，想一個來了一雙，這事可得在秦剛面前顯擺顯擺了。

垂下的竹簾擋去了眾人的視線。無涯出神地看穆瀾為自己沏茶。隨著她的動作，細細的手腕從窄袖裡露出。無涯想起當初正是握著她的手，心裡生了疑。可恨方太醫老眼昏花，竟然沒探出她的性別。

她的手指搭在青色的瓷上，明明不夠纖秀，卻勾得無涯伸手去握。

「皇上當心。」像是怕他被燙著，穆瀾輕巧避開了。

穆瀾很好奇。他以為自己在深宮之中消息不夠靈通嗎？昨晚燒了御書樓，今天就這般大剌剌地來了永和宮。或許是試探，試探自己在宮裡的力量？

「太后甚是喜歡彭昭儀，請安之後都會留她用膳。」無涯顯然沒有睡好，臉色有些蒼白。他近乎哀求地望著穆瀾，「就像在天香樓那樣，在我做出決定之前，我不是皇帝，妳也不是穆瀾，可好？」

對無涯來說，這幾天太過煎熬。每次相見，他都感覺和穆瀾在一起的時光又短了幾分。能避開耳目與穆瀾難得獨處，他真的很想像從前一樣，拋開兩人各自的堅持與難處，享受片刻溫情。

「嗯，我不是穆瀾。」

無涯激動地站起來。

穆瀾穩穩地往杯子裡倒完茶，那雙清亮的眼眸中是滿滿的嘲諷，「我是池霏霏。」

無涯的心被狠狠地捏了一把，痠痛難忍，「那是我的親娘！穆瀾。許德昭結黨營私，我正在搜羅他的證據，絕不會輕饒於他。至於太后，我可送她去別宮休養。

我不可能將十九年前的事情昭告天下。妳站在我的角度為我想一想！」

如果遵先帝遺詔，廢太后為庶人，身為人子的他如何自處？將當年太后謀害先帝元后母子的事公諸於世，他這個皇帝又如何坐穩江山？

「讓我站在你的角度去想？」穆瀾放下茶壺，略顯詫異，「那讓我想一想，如果我是你，我該怎麼辦呢？」

無涯舔了舔脣，有些緊張地看著她。

穆瀾的手放在他的胸口，無涯的心在她掌心怦怦直跳，她的聲音低了下去，「我會……先放一把火燒了御書樓！」

心臟咚咚咚地加速了跳動，無涯握住她的手，「原來，妳已經知道了。」

她身邊自然有他的眼線。但身處深宮之中，她的消息又從何而來？

穆瀾只是淺淺地笑著。

「昭儀娘娘回宮！」春來盡職地報著信。

可惜沉浸在如果和秦剛八卦中的春來報信報得遲了，彭采玉已經站在了門口。透過竹簾，她看到無涯與穆瀾的手正分開。無涯專注的凝視，穆瀾的笑容讓彭采玉心如刀絞。

她怎麼敢！怎麼敢在她的寢宮裡勾引皇上！

穆瀾後退了幾步，垂手站著。

彭采玉踏進門來，努力讓自己笑，「臣妾回得遲了。皇上恕罪！」

「平身。」

無涯虛扶著彭采玉起身，目光卻望向穆瀾。
她正緩步退出去。隔著彭采玉，四目相望，無涯的隱痛悉數藏於眼底，穆瀾眼中一片冷然。

●○●

隔了兩天，穆瀾清晨送彭采玉出宮去給許太后請安。彭采玉下了臺階停住腳步，瞇縫眼看著初升的朝陽，想起了一件事來。她回轉身望著廊下的穆瀾笑道，「這幾天園子裡的櫻花應該開了。霏霏，妳速去折幾枝。本宮路上走慢一點兒，等妳送來。」

「是。」

穆瀾也正想去趟御花園。這些天穆胭脂一點兒動靜都沒有。一擊不中，卻驚了譚誠，宮裡的禁軍防備也隨之加強。無涯再來永和宮時，侍衛明顯增多了不少。穆胭脂為何要冒險出手？用的還是珍瓏的棋子？穆瀾百思不得其解。她相信穆胭脂找過自己一次，還會再找她，畢竟最能接近無涯的人是自己。

拿了花剪和竹籃，穆瀾匆匆去了園子。

四月暮春，園子裡的花品種更多，比初春更為豔麗。鞦韆架子已完全被綠藤纏繞，開著粉白與淺紫的牽牛。

核桃現在應該過得很好吧？穆瀾彷彿又看到核桃高高地盪起鞦韆，裙袂翻飛，似要飛出宮牆去。離了這些是非，總是好的。

她繞過鞦韆走進了樹林。穆胭脂曾經清掃落葉的樹林正是一片櫻花林，粉色的重瓣花朵嬌嬌嫩嫩地綻放著。風吹過，花瓣如雨飄蕩，鋪了滿地。

穆瀾瞅著半開的花枝剪下，琢磨著送了花是不是該一同跟著彭采玉去向許太后請安。宮裡隱藏的高手太多，無涯布在永和宮外看似保護她的人卻成了障礙。幾次晚上她欲夜探坤寧宮都有打草驚蛇的危險，半道折了回來。

林外有人聲傳來，穆瀾瞅了眼籃子裡的花枝，並不想和來人碰面。她提著花籃轉身就走。

春天的風很大，來的女子在林外嬉笑著，放起了風箏。

隱隱聽到宮女歡呼著公主的聲音，穆瀾自然地放緩腳步。宮裡只有一個未嫁的公主：薛錦煙。

張仕釗服誅。一直叫著叔叔的人勾結韃子害了她父母，也不知道那個嬌美的公主有多麼傷心。不過，聽著現在的笑聲，薛錦煙應該走出了陰霾與傷心。這樣想著，穆瀾抬頭望向天空。

碧藍的空中飛著兩隻紙鳶，一隻上面畫著一棵樹，另一隻上面畫著一隻兔子。好奇怪的紙鳶，定是薛錦煙靈機鬼怪的性子折騰出來的。穆瀾搖頭失笑。

「快跑啊！兔子！」

不知為何，那邊的宮女們齊聲喊出這句話。

清脆的聲音像鐘聲，令穆瀾心頭一震。

明明是紙鳶，宮女們不喊飛高一點兒，卻喊著兔子快跑。

穆瀾微瞇起了眼。不論是守株待兔的意思，還是以樹暗示她的姓氏，都意味著薛錦煙不知從哪知曉了消息，冒險前來示警。

宮裡頭知道她身分的人只有無涯和穆胭脂。是無涯嗎？穆瀾立時否定了。她喜歡的無涯還不至於陰險到如此地步，然而燒了御書樓後無涯裝著沒事人似的，又讓穆瀾不敢肯定。會是穆胭脂？讓人抓了自己對她有什麼好處？穆胭脂尚未對無涯出手，穆瀾也沒有攔她的道去救無涯。

彭采玉臨走前的場景在穆瀾腦中重現。難道是故意引她來御花園？

「女人哪。誰能小覷一個女人的嫉妒與報復？」穆瀾苦笑。

彭采玉縱然向許太后稟報穆瀾在譚誠遇刺那天去過御花園，也不至於引來薛錦煙如此示警，這中間定還有她沒想透的事情。

心裡想著事，穆瀾的腳步卻沒有停下。她奔出櫻花林，踏上了那架鞦韆。

鞦韆被她用力蹬起，越盪越高。

身在空中，穆瀾看到御花園外嚴陣以待的禁軍。十來個穿著東廠服飾的高手已經進了園，正朝著櫻花林衝來。

她的身影驀然從樹梢竄了出來，風吹起她的裙子，黑髮飄揚。粉色的宮衣、青色的裙幅，像一朵被風吹散的櫻花，直飛向碧藍的天空。

被番子強行請到涼亭中的薛錦煙失聲驚呼，「我的天哪！」

穆瀾，是扮成了宮女嗎？還是她眼花了？那披散及腰的黑髮，那苗條的身段明明就是個女子！

「不不，穆公子怎麼會是個女子！一定是女扮男裝！」薛錦煙忍不住朝涼亭外奔去。

番子伸手攔住，黑著臉道：「公主還是在亭中待著為好。」

自宮人看見穆瀾走進御花園，禁軍立時悄悄圍住御花園，進入園中的都是東廠精英。誰都沒想到薛錦煙竟然大清早帶著宮女進御花園放紙鳶，好在阻攔及時，沒讓穆瀾擒了薛錦煙為質。番子們心頭緊張萬分，連涼亭的臺階也不許薛錦煙踏下一步。

急得薛錦煙直跺腳，只得伸長了脖子張望著。

幾乎所有攻進園中的東廠高手都看到了鞦韆上的穆瀾，各種聲音此起彼伏地響起。

「放箭！」

「砍索！」

就在兩人搶至鞦韆處揮刀砍下的瞬間，穆瀾蹬離了鞦韆的踏板，像一隻鳥朝著牆外飛躍而去。

她的身姿如此輕盈，瞬間就將入園的東廠高手遠遠地甩在後面。東廠的人面面相覷，一邊朝著穆瀾躍走的方向追過去，只盼著外頭的禁軍能將她攔下。

李玉隼和曹飛鳩氣得直跺腳，「禁軍都是豬啊！放箭！快放箭！」

牆外的禁軍早看傻了眼，眼睜睜地看著穆瀾如仙子一般從頭頂飛過。

「放箭啊！」

反應過來的禁軍朝穆瀾射出了箭矢。

身後的箭矢破空而至，穆瀾大笑著凌空翻身，腳竟然點在一根箭矢之上，在眾人驚豔的目光中直躍過了最近的宮牆。腕間纏成鐲子的銀絲射出，帶著她幾個起落已攀上了附近宮殿的屋頂。速度之快，轉眼間就成了一抹若有似無的影子。

「追！」

精心布置的合圍竟然讓她藉助一架鞦韆逃脫，無論是東廠還是禁軍，臉上都熱辣辣的好不自在。

東廠負責追捕的李玉隼聽到身邊的番子嘀咕著，「珍瓏刺客有那麼好抓嗎？」他狠狠瞪了眼下屬，心想這一次再讓人從他手中逃脫，他還有臉見督主嗎？李玉隼發狠地朝著穆瀾消失的地方追去。

丁鈴得到消息，從另一側兜了過去。他只知道今天圍捕的是珍瓏刺客，卻不知道自己追的人是穆瀾。丁鈴眼睜睜看著穆瀾的身影從不遠處一閃即逝，禁不住破口大罵，「見鬼了！長了翅膀啊？」

此時，無涯正在早朝中。秦剛急得像熱鍋上的螞蟻。

禁軍調動，與東廠聯手在宮中圍捕刺客。秦剛想到這件事的後果，心一橫踏進了大殿，「皇上，臣有事稟告。」

正奇怪今天早朝雞毛蒜皮的事情太多，無涯立時感覺到異樣。

「據線報，珍瓏刺客組織的少主藏身在後宮。今晨，禁軍與東廠正聯手圍捕，為皇上和諸位大人的安全著想，請留在殿內。」

一驚之下，百官議論紛紛。無涯噌地站起來，「珍瓏刺客組織的少主？」

秦剛硬著頭皮道：「臣也是方才知曉詳情。聽說是喬裝成彭昭儀的婢女進了宮。」

穆瀾！無涯的心驟然緊張起來。秦剛是禁軍統領，連他都方才知道，那麼是誰調動了禁軍？無涯注意到譚誠並不在殿中，他看了眼神情不變的許德昭，下了旨，「諸位愛卿悉數留在殿內，確認安全之後再出宮。擺駕坤寧宮！」

坤寧宮已是戒備森嚴。無涯夾帶著怒意進來，宮中卻是祥和安寧，飄散著一股茶香。

「臣妾給皇上請安。」彭采玉壯著膽起身行禮。

無涯不耐煩地擺了擺手，將怒意與質問嚥了回去，「譚公公也在啊。」

譚誠起身，略躬了躬身，「老奴見過皇上。」

「免禮。」無涯用了很大的力氣才控制自己的情緒，淡淡問道：「為何朕不知道今晨禁軍和東廠聯手的圍捕行動？究竟是怎麼回事？」

「皇上下朝了？快來嘗嘗剛送來的明前新茶。」許太后一如既往的溫柔可親，招呼著兒子坐下，「禁軍是哀家調動的。皇上政務繁忙，這點兒事哀家和譚公公商議著，就沒讓人去打擾皇上了。」

無涯不敢相信地望著許太后，她彷彿與平時的模樣有些不太一樣了。在無涯印象中，母后只是個後宮女人，從不過問政事，只曉得插花賞景，與太妃們閒聊。最在意的是端午節包什麼餡的粽子……一旦插手政事，果決調禁軍圍捕，無涯就想起池起良的那封信。

信中的許貴妃手段陰狠毒辣，不僅害陳皇后難產，還夜入坤寧宮指使宮女以剝皮狸貓的尾巴誣陷死去的陳皇后。他搖了搖頭，無法將和藹可親的母后與信中的許貴妃重疊在一處。

無涯氣道：「這是小事嗎？秦剛奏報說今天圍捕的是珍瓏刺客組織的少主！」

許太后將茶盞擱下了，閒閒地說道：「既然知道是珍瓏的少主，哀家調禁軍和東廠圍捕不是理所當然的事？皇上為何生氣？是氣哀家調動禁軍沒有告訴你，還是心疼那個美人兒？」

無涯被問得無言以對。為何母后和譚誠聯手抓捕的人不是穆胭脂是穆瀾？是誰洩漏了她的身分？他驀然望向彭采玉，一腔怒火全發作在她身上，「聽說那個珍瓏刺客是妳帶進宮的婢女？」

正因是她帶進宮的，因為霏霏是陳瀚方送來的，她才害怕！皇上、太后和承恩公都想殺了祭酒大人，只有搶先供出他們，自己才有活路啊！

彭采玉撲通跪在地上，瑟縮地顫抖著，「臣妾、臣妾也是被陳祭酒和霏霏蒙蔽欺騙了……臣妾左思右想，實在不敢隱瞞，就把譚公公遇刺那天她也去了御花園的事稟明了太后！」

他明明吩咐過她，不許說出永和宮當天有人去了御花園。這個女人，容貌尋常，仗著修剪出與穆瀾一樣的眉才得封昭儀。她卻害了穆瀾。無涯氣得手腳發顫，「去過御花園就是珍瓏少主？朕看妳分明是嫉妒誣陷！」

彭采玉嚇得直望向許太后。

「皇上。」許太后淡淡地說道：「哀家與譚公公敢調禁軍圍捕她，自然是有證據的。彭昭儀做得很好，若非她報訊，哀家還不知道行刺譚公公的珍瓏少主竟然混進了後宮之中。陳瀚方狼子野心，哀家已下旨擒拿了。

「彭昭儀提供了一條線索。事實上是東廠接到密報，穆胭脂之女穆瀾其實是珍瓏組織的少主，她親自動手殺了東廠七名下屬。穆瀾女扮男裝混進國子監，與皇上結識，引得皇上對其賞識，繼而恢復女兒身，讓皇上對她動了心。」

「皇上，您上當了。您不用說她若要行刺早就能動手的話，珍瓏布局，殺人只是小事。她此番以婢女的身分進宮，是想利用您對她的情意成為後宮之主，志在顛覆江山啊。」譚誠悠悠嘆道。

許太后臉色難看至極。她想起當初兒子說有心儀之人，想立她為后。沒想到穆瀾還假借過邱瑩的身分。如果讓她得逞，將來她的兒子就能接掌江山。許太后一巴掌拍在案几之上，「賤婢！好生毒辣的計謀！」

陳丹沐這個名字和這個人，讓許太后驀然想起十九年前的往事。她竟然養出個貌美如花的女兒勾引自己兒子，想讓她的女兒成為皇后。陳家的女子永遠都是皇后嗎？這是許太后心頭的一根刺，不拔掉它，寢食難安。

以為每個人都貪戀無上的權位嗎？如果不是了解穆瀾，無涯都快被譚誠說服了。他堅持說道：「穆瀾是穆胭脂收養的女兒，她與穆胭脂的珍瓏組織毫不相關。」

「皇上！」許太后動了真怒，「既然是穆胭脂的養女，抓她也是理所當然。至於她是否是珍瓏的少主，抓到人審過便知。」

譚誠笑了笑道：「陳瀚方昨天已經下了東廠大獄，正在審問中，相信他會供出很多事情。」他端起茶盞，啜了一口，「太后娘娘宮中的新茶味道真是不錯。」

許太后聞歌知意，收斂了怒氣，笑道：「譚公公府上難不成還吃不到今春的明前茶？可別打趣哀家了。梅青，給譚公公府上包兩斤送去。」

「老奴謝過太后……」

譚誠擺明自己根本不用理會無涯這個皇帝的意見，而許太后，則在這件事情上絕不願遷就兒子。兩人談笑甚歡，將無涯晾在一旁。

無涯目瞪口呆。素來遷就他、寵他的母親聽不進去他的話！手握東廠權柄的譚誠視他為無物。這一剎那，無涯甚至懷疑自己究竟還是不是當今的皇帝。他狠狠地看了眼彭采玉，轉身就走。

「無涯。」許太后叫住了他，「你還是坐下來品茶等候的好。」

譚誠也笑道：「咱家遣了六位大檔頭出馬，東廠精銳盡出。更何況禁軍已經封了宮城，她跑不了。」

話音剛落，殿外就傳來稟報聲。

禁軍副統領與東廠李玉隼同時踏入殿內。副統領嚥了口唾沫，緊張得額頭全是汗。李玉隼更為了解自家督主，逕自說了出來，「稟督主，珍瓏少主脫圍逃走。」

宮。

副統領趕緊補話，「禁軍已經加強戒備，正在搜宮，她定逃不出宮去。」

無涯提到喉嚨的心落了下去。穆瀾會躲去哪裡？他第一時間想到了自己的乾清宮。

許太后大怒。「傳哀家懿旨，挨著搜！所有宮室，包括皇上與哀家的寢宮，都細細地搜。」

譚誠慢悠悠地問道：「可看清了她的身手？」

李玉隼沉聲稟道：「她與屬下曾經在戶部交過手，輕功卓絕，看身法的確是殺我東廠七人的刺客。」

譚誠揮了揮手，讓兩人下去，目光緩緩移向無涯。一副「事實俱在，皇上您就別再被情愛迷惑」的神色。

無涯呆若木雞。穆瀾，那樣清爽乾淨的少年、嫵媚柔美的女子，會是令東廠恨之入骨的刺客珍瓏？她親手殺過東廠七人？她是夜闖戶部的飛賊？他們說的是穆瀾嗎？

「穆胭脂呢？」他聽到自己乾澀的聲音。

「遲早會抓到她的。」許太后冷冷地說道。

宮中殿堂數千，最適合穆瀾藏身的地方只有冷宮。她躲在一間廢棄的房間中，看著日頭苦笑。還未過午時，也不知道她能否挨過黑夜。

能想到冷宮易藏身的，不止穆瀾。

不到一炷香的時間，被她甩掉的東廠高手和禁軍就衝進了冷宮。嘈雜紛亂的聲音漸漸消失，穆瀾慢慢潛浮上水面，探出臉呼吸。天空在她眼中只有井口那麼大，陽光高懸在空中。

泡在水裡真不舒服。她嘆了口氣，任由身體繼續浮在井中。

宮城戒備森嚴，才入夜就落了鎖。除了禁軍、東廠，錦衣衛也抽調人手加入了搜捕的行列。

送走搜宮的隊伍後，清太妃吩咐宮人關門落鎖，各自回房不得擅出，這才扶著身邊宮人的手回了寢殿歇息。

她坐在炕上，對服侍自己的老宮人嘆息道：「等了快二十年，沒想到您還真用得上這個身分。」

老宮人面容平凡，聲音卻是穆胭脂的，「當年我和姊姊置氣離宮，姊姊難產過世，我便覺得不對。可惜杜之仙卻迂腐不堪，被譚誠利用。當時只是覺得，留個宮人的身分，更容易進宮，如今正好用得上。」

她朝清太妃跪下行了大禮，「這麼些年辛苦妳了。」

「二小姐快快起來吧。」清太妃抹了抹眼角，哽咽道：「若非皇后，小清哪能活到現在？只是每每奉迎許氏，瞧著她依然嬌豔如花，坐享榮華，想著娘娘與陳家的遭遇，心裡就難過不已。」

穆胭脂站起身，恨恨說道：「我也是突然間才想明白。刺殺皇帝有什麼意思？

他既然對穆灡用情至深，被心上人厭棄的痛苦勝過取他性命。許氏不是最得意和皇帝母子情深嗎？她一定會逼著皇帝親自下旨砍了他的心上人，母子自然離心。皇帝不會放過許德昭。那時親兄被兒子殺了，母族被兒子誅了，兒子再不與之親近，許氏的日子才會難過。」

清太妃拭著淚，輕聲說道：「穆灡畢竟被您養大，這般對她是否太過無情？」

穆胭脂冷冷說道：「她只是我復仇的一枚棋子。若無我收養，她或許已經死去。還我一命理所當然。」

第六十四章 自討公道

夜色下的冷宮越發淒涼，如果有宮人看到深井之中爬出一個長髮披散、穿著宮女服飾的女子，關於冷宮有女鬼的傳說不知又會傳誦多少年。

永和宮裡，彭采玉蒙在被子裡瑟瑟發抖。今天在許太后宮中，她聽到了太多不該聽見的東西。她出賣了穆瀾和陳瀚方，卻惹上了連東廠都聞之色變的刺客珍瓏。

雖然許太后護住了她，可是無涯冰冷的眼神讓她絕望。離開坤寧宮時，無涯走到了她身邊，極輕柔地告訴她。

「朕看上的不是妳，想寵愛的人也不是妳，是妳那對眉毛的主人。」

不要緊，沒有皇帝的寵愛不要緊的。彭采玉拚命地告訴自己。她已經進了宮，住進了華麗的宮殿，成為昭儀娘娘。是昭儀啊，每年有俸祿可拿，不用擔心嫁給鄉下農漢過著靠天吃飯的日子。宮裡頭女人那麼多，沒有皇帝的寵愛也一樣能過日子。

可是，她才十六歲啊，還沒被寵幸過，就已經失寵了。彭采玉嚶嚶哭了起來。

一個聲音在她耳邊輕輕響起。

「娘娘在傷心什麼呢？」

彭采玉渾身的雞皮疙瘩冒了出來，她剛想開口大喊，一隻手隔著被子捂住她的嘴。被子往下滑了一點兒，讓她露出了眼睛。

她看到一身黑衣的穆瀾。

穆瀾的長髮被綰成了男人的道髻，顯得異常幹練。她的彎月眉似被水洗掉了，瀏海下的眼睛顯得格外清亮。

彭采玉的眼淚順著眼角滴在穆瀾手上。穆瀾嘆了口氣，匕首擱在彭采玉喉間，鬆開了手。

「妳就算是無眉也這樣美。如果我的眉就是妳的眉……」彭采玉哽咽起來。皇上和霏霏，不，皇上和眼前的珍瓏少主穆瀾早就相識。原來她的眉才是自己精心修剪出來的模樣。怪不得穆瀾說，皇上一定會喜歡那樣的眉。

「妳在家鄉生活不易，為了十兩銀子要被嬸娘嫁給鄉下的農漢。妳不甘心。是陳大人憐惜同科的孤女，接妳進京。這本來就是一筆合理的買賣。妳進宮還當上了昭儀，擺脫了原來的窘境。我藉著妳進宮，從此兩不相欠。」穆瀾冷冷說道：「妳貪心沒關係，妳出賣我也情有可原。可是妳不該出賣祭酒大人。進了東廠如進地獄，妳如何忍心這般對待自己的恩人？」

「你們利用我！你們……」

匕首自彭采玉喉間無情抹過，穆瀾抓起被子蒙在她頭上，「我可以不殺妳。這一刀是替祭酒大人送妳的。」

沒有人想到穆瀾會回永和宮。她潛到殿後的院中，撬開一塊青磚，拿出了早藏在這裡的包袱——杜之仙為她打造的所有裝備。

守衛再森嚴，也沒有十步一哨。穆瀾無聲越過坤寧宮高大的宮牆，在黑暗的掩映下穿過長廊、殿堂，躲過一撥撥巡視的隊伍，靠近了許太后的寢宮。

匕首無聲劃開了春季新蒙上的銀紅色窗紗，她像狸貓般輕盈竄進了殿內。

牆角的羊角宮燈昏暗地照亮一隅，映出軟帳後睡夢中許太后的身影。穆瀾站在陰影之中，看到榻前撐著手肘昏昏欲睡的女官。她知道門外至少有四個當值的宮女、太監。她沒有走出牆角的陰影，而是從背上取下一柄手弩。

扣在弦上的三枝弩箭閃爍著冰冷的幽光。穆瀾抬起胳膊，朝著睡著的許太后毫不猶豫扣響了機括。

錦被突然被掀了起來，無聲擋住弩箭。

「有刺客！」

床上的人尖聲叫了起來，一聽就是個太監。

一擊不中，穆瀾直接從來時的窗戶翻了出去，弩箭再次搭上弓弦，朝著殿頂射出，尾端長長的繩索帶著她直飛上殿頂。

第二箭再次射出，箭頭深入遠處的宮牆，穆瀾從腳下驀然燈火通明的宮殿上空一掠而過。

然而就在她快要滑至宮牆時，牆外另一端的屋脊上閃出一個黑影。弓似滿月，箭似連珠，一箭射斷繩索，第二箭直射穆瀾。

隔著濃濃的夜，穆瀾與穆胭脂的視線仍然撞到一處。穆胭脂驚詫地看到穆瀾臉上露出了笑容，然後消失在視線中。她放下弓，轉身離開。

她射出的連珠箭，將穆瀾逼得摔落在坤寧宮內。

不過瞬息的時間，穆瀾就再無逃走的機會。

火把與燈籠將這一隅照得如同白晝，站在最前面的是以李玉隼為首的東廠六名大檔頭。

「珍瓏少主，候妳多時了！」

穆瀾站定，將背負的包袱放在地上，言語輕慢至極，「又來了六個？這數字很吉利？」

東廠六名大檔頭眼神如淬火一般，「殺我東廠六人，今天妳插翅難飛。」

「不對，是七個。還有一個朴銀鷹。我去得遲了。反正他不死，我也要動手的。」穆瀾露出詫異的神色，「怎的還不動手？我都等不及把你們東廠的鷹當成雞割喉放血了！」

她的囂張令六大檔頭氣得咬牙，有兩人回頭望向了偏殿。

穆瀾的目光也自然移了過去。

偏殿之門大開，禁軍、內侍、宮女們簇擁著許太后、無涯還有薛錦煙立在了臺階之上。

「無涯，你很想回乾清宮是吧？以為她會逃到乾清宮，讓你保護。母后留著你，知道你心裡很難受。如今你親眼看到了，她不會去找你，更不會逃出宮去。她進宮，是來殺哀家！」許太后指向穆瀾，神色從容篤定，「刺殺皇太后，是什麼罪名？」

薛錦煙心虛地站在兩人身後，心亂如麻。她心裡各種猶豫掙扎。無意中偷聽許太后調遣禁軍，製了紙鳶去御花園示警，她究竟是做對了，還是錯了呢？

重重包圍下，穆瀾一身黑衣，沒有絲毫懼色。目光越過圍困自己的東廠番子和禁軍，殿門外那道明黃色的身影如此刺目，令穆瀾渾身的血都在沸騰。

為何都要逼他？無涯遠遠地望著穆瀾，一步步走下臺階，直走到穆瀾身前。

李玉隼挺身攔在他面前，「皇上，不可涉險。」

他不能讓沒有武功的皇帝走近穆瀾身邊，有被劫持的絲毫可能。

無涯停住腳步，疲憊不堪地問道：「以妳的功夫，宮牆攔不住妳……妳為什麼不遠走高飛！」

最後一句話他用盡力氣吼了出來，眼裡浮起淚影。

妳就一定要殺我母后，不給我絲毫轉圜的餘地？

無涯的到來與質問給了穆瀾時間。她扔掉了手弩，盯著無涯，手裡不停地從包袱中取著東西，「以前有人問我，最拿手的武器是什麼？以為我擅長用匕首，因為我總是用它收割東廠閹狗的性命。又以為我最擅長輕功，我逃命的功夫真的不錯。其實我最擅長的武器是槍，百兵之王。」

無涯嘶聲再問，「為什麼！」

他可以殺許德昭，可以送許太后至別宮休養。為什麼她這樣堅持？難道將十九年前的往事公諸於眾，池家滿門就能活過來？為什麼她不能理解他？他可以為她父親昭雪，可以追封賞賜，讓池家人死後擁有無限的榮光。為什麼她不能往前看？為什麼她要在無數雙眼睛的注視下背上刺殺太后這個罪名，讓他連半分為她開脫的機會都找不到。為什麼她逼著他無路可走？

無數個為什麼在無涯胸口撞來撞去，心如被撕裂般疼痛。

包袱中的精鋼管在穆瀾手中咔嚓連接，轉眼成了一桿長槍。

「張仕釗勾結韃子害死了薛神將夫婦。為什麼呢？薛神將被喻為軍中槍神，其實他最早是陳家的家臣，薛家槍本是陳家槍。薛神將不死，許氏如何滅陳氏一族？我師父是陳家二小姐，所以我的槍也是薛家槍。」

穆瀾持槍一擺，雪亮的槍尖點在青石地面上，撞出一顆火星，就像點燃了她的憤怒之火。

「真是可惜。家父對得起他一身醫術，為死後的陳皇后接生下活著的皇子！在那個深夜，親耳聽見當年的許貴妃——如今的許太后是如何害死皇后！」

薛錦煙臉色大變，伸手掩脣，擋住了自己的驚呼聲。穆瀾在說什麼？她是不是聽錯了？

無涯大驚失色。穆瀾竟然當著這麼多人的面，輕輕鬆鬆就說出來了。她知道她在做什麼嗎？無涯瞬間覺得心悸，情不自禁揪住胸襟。

許太后隱藏在內心深處的恐懼終於爆發，她扭頭看向無涯，無涯沉默地站著，臉上只有難過卻並不吃驚。

皇上知道！她的兒子知道卻沒有告訴自己。許太后的傷心與憤怒難以言表，她厲聲喝道：「妖女妖言惑眾，還不趕緊動手！」

李玉隼一刀朝穆瀾砍下。

精鋼的槍聲撞在刀下，火星四濺。穆瀾身影飄忽，槍尖在夜色與火光映照下劃出點點銀色的花，逼得李玉隼步步後退。

「先帝彌留之際，家父不忍隱瞞，告知實情。先帝遺詔：殺許德昭！廢太后為庶人！」穆瀾的聲音在夜空中迴響，震驚了所有人，「火燒御書樓？無涯，你以為先帝遺詔真的藏在御書樓嗎？你這般急著毀去遺詔，是為了保護你的母親，還是害怕遺詔中連你的皇位也一併廢去？」

遺詔沒有藏在御書樓中，她沒有信他。無涯覺得自己真蠢，竟然迫不及待地燒了御書樓。他為何會那樣做？他本是惜書之人，卻狠心將一樓的珍本古籍付之一炬。只因為他信任她，他只想以最小的代價讓事情平息。而她呢？她試他，她夜刺太后，她當著這麼多人的面將埋藏多年的祕密揭了個底！

他沒有回答，背轉了身，頭也不回朝宮門外走去。身後的一切，他不想再看，也不想再聽。寬大的袍袖無力地垂在身側，背影蕭索無力。

春來與秦剛對視一眼，趕緊跟著他去了。

「先帝臨終前，本宮就在他身側，根本沒有什麼遺詔。」許太后沒有阻止無涯離開，她冷聲下令，「抓活的！本宮要讓她不得好死！」

走了好。穆瀾大笑。

她笑自己不到黃河心不死，不撞南牆不回頭。她笑無涯天真，本已是不共戴天之仇，卻還妄想著用愛情令她忘卻仇恨。

他走了，將他許給她的交代拋在身後，將那個連槍手替考都難以忍受的正直無涯一併帶走了。

那是他的親娘，為了他的皇位心狠手辣；也是他的親娘，殺了她全家。

「你問我為什麼不遠走高飛，問我為什麼要逼你至此。因為我要問她！」穆瀾的聲音遠遠傳來。

「許氏，妳真的是傷心先帝駕崩，才遷怒我爹，殺我池家滿門嗎？為何不明正典刑交三司法判？為何東廠進我家門，不問緣由揮刀便砍？為何連我家的一張紙都抄沒得乾乾淨淨？先帝臨終前，妳說妳在他身邊，他對妳說了什麼？讓妳迫不及待下旨追殺我滿門？那份沒有被妳找到的衣帶詔是否是妳夜夜的惡夢！」

指甲深深陷進了掌心，許太后渾身哆嗦著，高聲叫了起來，「殺了她！」

宮門處，無涯扶著牆，身體劇烈地顫抖著。他把手伸給秦剛，啞聲道：「回宮。」

宮牆內，喊殺聲驟起。穆瀾長槍擺動，凶狠地扎進了阻攔的隊伍。槍尖如蛇吻，只取咽喉，一擊便收，片刻間衝至她身邊的禁軍就倒了一地。

扎、刺、點、撥，精鋼長槍在夜與火的照耀下彷彿抖散了一樹雪白梨花。每一朵出現之時，必然帶起一蓬血雨。仗著長槍之強，穆瀾硬生生地將東廠六大檔頭攔在五尺開外。武器碰撞之聲叮噹響個不停，東廠六大檔頭駭然發現在自己的圍攻之中，穆瀾的槍還能有餘力將衝進戰團的禁軍刺翻。

槍彷彿已有靈氣，如臂使指。穆瀾踏著鮮血裹挾著東廠六大檔頭的武器，強悍地朝著許太后所在的方向突進。

薛錦煙呆呆地站著，滿腦子都響著穆瀾的話。許家為了對付陳家，所以害了她的父母。她如痴如醉地看著那桿長槍在穆瀾手中宛若遊龍。這就是父親威震三軍的薛家槍啊！不知不覺間，眼淚已流了一臉。

虎口已經震裂得沒了知覺，鮮血浸透了紅纓，眾人的圍攻與瘋狂舞動的精鋼長槍極速地消耗著穆瀾的力氣。人活一口氣，這口氣撐著她朝許太后所在的方向步步前進。

她要的公道皇帝給不了，她就自己討。

一名後退的禁軍突然被石階絆倒在地，駭然發現自己已退無可退。

隔著人牆，穆瀾和許太后的距離不到三丈。

「娘娘，咱們進去吧。」梅青白著臉，欲扶許太后進殿。

死死盯著穆瀾，許太后似也被激起了傲氣，「哀家就站在這裡！」

她不相信一百禁軍和東廠的六大檔頭聯手都殺不了這個妖女！

已經退無可退，再讓穆瀾持槍靠近，太后就危險了。六大檔頭相互使了個眼神，四人分從四個方位齊攻向穆瀾。

另一名大檔頭搭了個手橋，李玉隼腳尖一點，踏在手橋之上被高高托起。他躍到穆瀾的上方，大喝出聲，凝聚著李玉隼畢生功力的一刀閃耀著匹練般的光朝穆瀾砍去。

此時穆瀾在四人的搶攻下槍勢已絕，整個人被籠罩在刀光之中。她眼睛微瞇，雙手猛地一抖，長槍倏地分成兩截。阻力一小，圍攻的四人情不自禁朝著穆瀾撲來。她狠狠地一踏地面，凌空翻身而上，手中一截圓棍橫擊刀身，另一隻手中的槍尖扎進李玉隼胸口。

兩人同時落地，李玉隼的刀直刺地面，人被穆瀾的槍挑在半空。遠遠望去，就像是穆瀾的個頭平空往上竄了一截。

這是東廠武力最強的李玉隼！東廠的大檔頭們和四周的禁軍被這一幕驚愣了。

哐噹一聲，李玉隼棄了刀，摔倒在地上。他的一隻手緊緊握住槍身，瞪著穆瀾，怎也想不明白她怎麼能躲開自己的刀，她會刺中自己。

突然之間，東廠的大檔頭們從震驚中反應過來，大喝著，「殺！」

所有人朝穆瀾齊攻。

穆瀾只得撒了手，手中半截圓棍舞得虎虎生風。她瞄準不遠處的許太后，圓棍如標槍般脫手飛出。

「啊！」梅青下意識地叫了聲。

許太后嚇得往地上一蹲，那根圓棍直刺進梅青的胸口，濺了許太后滿身鮮血。

見穆瀾失去了最後的武器，五個大檔頭精神大震，衝過去和穆瀾近身打鬥。

燈籠與火光中，許太后鬢髮散亂，裙幅濺血，卻仍被宮人們攙扶著站起來。

真是可惜啊！穆瀾心裡嘆息著，腕中的銀絲射出，纏住殿前的柱子。她用力一扯，身體像紙鳶斜斜飄起，飛向了許太后。

後背傳來一道又一道的涼意，一共三刀劃過她的身體，而穆瀾攀著那根銀絲已經越過了臺階前的禁軍。她反手抽出腰間的匕首，從空中朝近在咫尺的許太后刺去。

這一擊迅疾如閃電，令眾人目瞪口呆。

臺下禁軍的目光隨著穆瀾的飛躍扭過頭望向臺階之上，臺階之上的宮女、內侍早嚇得抖如篩糠，連一聲「護駕」都喊叫不出。

許太后臉上卻沒有多少恐懼之色，她狠狠地盯著穆瀾，越發挺直了背。

穆瀾分外詫異，甚至有些佩服許太后。望著離自己越來越近的許太后，不知怎的，穆瀾卻想起了穆胭脂。差不多的年紀，許太后豔麗如花，穆瀾卻見不著穆胭脂從前傾國傾城的顏色。殺了許太后，她也會死。可是這一刻想起穆胭脂，她心裡並沒有太多的怨恨。

都是可憐人呢。

人是很奇怪的動物。這一瞬，對穆瀾來說似乎特別漫長。兒時的記憶、穆家班的賣藝生活、無涯站在人群中如青竹般清逸的身影，還有林一川，他待她好得讓她無法正視……這一瞬，穆瀾還來不及分清自己究竟在想什麼時，本能讓她將匕首刺向許太后的咽喉。

一抹青色的身影像夜裡飛來的蝙蝠，從殿內閃出，無聲無息地擋在許太后身前。此時，雪亮的匕尖已刺到面前，刺得他眼睛生痛，他閉眼揮袖。

胸口一悶，穆瀾直接閉過氣去。落在地上時，她看清了那個人——譚誠！

她的嘴唇動了動，怎麼也發不出聲音。

穆瀾張大了嘴，像扔上岸的魚，怎麼也呼吸不了。直到一口血「噗」的從嘴裡吐出來，她才聽到自己發出了聲音。她趴在地上嗆咳著，彷彿要把心肺都吐個乾淨。

「找太醫給她治傷，咱家要活的。」譚誠說完，親自扶著顫抖不已的許太后，緩緩往殿內行去。

穆瀾奮力抬起頭，望著譚誠與許太后的背影，譏誚地笑出了聲，「想知道陳皇后的兒子在哪兒是吧？想要先帝遺詔是吧？捨不得我死就給我弄頂轎子來！把牢房收拾乾淨、布置舒服點兒！」

一名大檔頭上前一腳踹在穆瀾身上罵道：「進了東廠大獄，會讓妳舒服的！」

譚誠停住了腳步，「對姑娘家溫柔點兒。照她說的辦。」

東廠的人不由得愣住了。

穆瀾笑至無力，仰天躺著喘息著。

這時許太后握緊了譚誠的手，身體顫抖不已。

安慰地拍了拍她的手，譚誠望向幾名大檔頭，「清場。」

五個大檔頭又是一愣，動作已先於大腦。緊繃的弦才鬆弛下來，禁軍們沒有想到東廠的刀又揮向了自己。

人的屍首。

不到片刻，五名大檔頭渾身浴血站在空寂的殿前，四周躺滿了禁軍和坤寧宮宮

殿前除了東廠五人和穆瀾，還有一個活人。

薛錦煙睜著大大的雙眼跪坐在廊柱下，她彷彿失去了靈魂，沒有叫喊，沒有哭，睜著眼睛呆滯地望著眼前的殺戮。

曹飛鳩走到她身旁蹲下了身，和聲說道：「公主殿下，您要聽話。今晚聽到

的、看到的，一個字都不能說，明白嗎？」

刀尖在她面前滴落著黏稠的鮮血，薛錦煙醒了。她顫抖地點著頭，目光掠過穆

瀾滿是血汙的臉，突然爬起來，提起裙子哭著奔進殿中，「太后……」

寂靜的殿前，大檔頭們提著武器圍在穆瀾身邊，沉默地低頭看著她。

穆瀾眨了眨眼睛，呵呵笑了起來，「我遲早是要死的。你們呢？聽到了驚天的

祕密，太后和你們的督主會放過你們嗎？」

大檔頭們的心中升起陣陣寒意。曹飛鳩上前一腳將穆瀾踢暈過去，長長地吐出

了一口氣，「死到臨頭還想挑撥！」

彷彿一腳踢飛了心間的恐懼，大檔頭們譏誚地笑了起來。

一天一夜了，東廠大獄中的陳瀚方已成了血人。

梁信鷗疲倦地用毛巾敷在前額上。他有時候真不太明白這些讀書人，手無縛雞

之力，怎麼就能熬過東廠的酷刑？

他將毛巾展開，抹了把臉，盯著木架上血肉模糊的陳瀚方道：「宮裡正在圍捕穆瀾，等她落網，你再說就遲了。」

一陣低沉嘶啞的笑聲從陳瀚方嘴裡發了出來，「她進宮就沒打算活著。我說了，你們就會放過我？說與不說有什麼不同？我為何要便宜了你們？」

宮裡的消息還沒有傳來，梁信鷗嘆了口氣道：「早說少受罪，就這點不同。」

少受點兒罪？陳瀚方突然激動起來，四肢無法動彈，掙扎得脖子上的青筋鼓脹，「殺了我啊！你殺了我啊！」

梁信鷗搖了搖頭，知道陳瀚方已到了忍耐的極限，再用刑，就會沒命，「帶他回去。」

他走了出去。刑訊之道講究鬆弛有度，梁信鷗也倦了，打算小睡一會兒回來接著審。

沉沉的腳步聲漸行漸遠，一名藏在陰影中的獄卒抬起了臉。林一川順著地上滴落的血跡，走向陳瀚方的牢房。

東廠這些年氣勢完全壓過錦衣衛不是沒有原因的，譚誠馭下有方，稱得上寬嚴並濟。或許他太過自信，收了林一川當大檔頭，帶東廠精銳進宮圍捕穆瀾的事也沒有迴避他，但終究還是沒有帶林一川進宮。

就算如此，進宮前十二飛鷹大檔頭齊聚正堂時，譚誠也把話講明了，「一川，你功夫不錯，不帶你進宮是怕你為難，也怕最後讓咱家為難。」

一語雙關。

如果一開始就投了譚誠，林一川甚至會覺得心裡甚是熨貼。沒進宮的大檔頭們各有活幹，林一川辦戶部軍衣訂單，梁信鷗審陳瀚方。

走道中，桐油燃起的火光並不明亮，只照亮了眼前一隅。放眼望去，整條走道看不到盡頭似的，像一條通往地獄的冥路。

林一川踟躕了下。這樣冒險值得嗎？一旦被人識破，就功虧一簣。然而禁軍封鎖了宮城，雁行不知所蹤，丁鈴也進了宮。燕聲曾去從前林家餵熟的官員家打探，也沒有絲毫消息。林一川感覺異常不安，他沉默地進了走道。

濃濃的血腥臭味在陰暗的石牢裡難以散開，林一川情不自禁用手指堵住鼻子。一隻老耗子一點兒也不怕人，慢吞吞地從他面前爬過。他鼓著腮幫子呼出一口氣，硬著頭皮從耗子身上跨過去。

陳瀚方單獨關押著。這一排牢房中沒有再關別的囚犯，林一川輕易找到了他。昔日的祭酒大人髮髻散亂，趴在潮溼的稻草上一動不動。

林一川走過他身邊，走到牢房盡頭，這才折了回來，停在柵欄外。他蹲下身體，彈出一枚小石子打在陳瀚方頭上。

陳瀚方的眼珠動了動，看著一雙嶄新的布靴停在柵欄外。

「祭酒大人。我是林一川，還記得我嗎？」

林一川？陳瀚方昏沉的腦中想起了另外一個人。他眼前有著幻覺，彷彿自己還在國子監，與身邊的官員們笑得前仰後合。他囈語著，「寫了滿篇正字，草包也考取了監生。」

聲音細不可聞，林一川豎著耳朵才聽清楚。他不由得苦笑，「我是林一川，不是林一鳴。陳大人，如果您很想死，在下可以幫到您。」

那名禮部的低階官員也被抓進了東廠，陳瀚方送彭采玉進宮的事早被查實。譚誠不知從哪兒知道了穆瀾是珍瓏少主的身分。林一川很好奇，為什麼梁信鷗還審了陳瀚方一天一夜？看情形，如果不是陳瀚方快不行了，梁信鷗還會繼續審下去。他覺得陳瀚方嘴裡的東西一定對譚誠分外重要，也許這個祕密對他救穆瀾有幫助。林一川無法進宮，他需要做最壞的打算，想別的辦法。

他手中捏著小小的碎石。陳瀚方受刑後傷勢過重，用石頭打死他，誰都查不出來。林一川相信，在東廠的酷刑下，陳瀚方會很感謝有人幫他速死。

陳瀚方恍惚地聽著林一川的聲音像是從極遠的地方飄來，絲毫沒有在意。他快死了，陳瀚方感覺自己的身體已經變成了一塊腐肉。

死了也好，這十九年對他來說極為煎熬。對于紅梅的思念，梅于氏被殺帶來的恐懼，那個祕密在夢裡也讓他疲倦不堪地尋找……快結束了。陳瀚方喃喃出聲，「紅梅，等著我。」

林一川詫異地蹙緊眉，壓低聲音道：「于紅梅？」

這三個字讓陳瀚方精神突然振奮起來，他顫抖地伸出滿是血汙的手指，在冰冷的地上一筆一筆地畫著。就像當初他持著她的手，在白色的紙上勾勒出一枝梅花。她歪著頭看他，臉如春桃綻放，層層緋色染紅了面頰，眼裡柔得幾欲滴出水來。

林一川盯著他的手，漸漸看出了他在畫梅花，不由得脫口而出，「遙知不是雪，為有暗香來。」

那是六堂招考時，陳瀚方出的題。當時林一川才從山西查于紅梅回來，胡掐亂編寫了一篇文。此時看到陳瀚方畫梅，就像是一盞燈，瞬間照亮了他的思路。他肯定地說道：「您認得于紅梅。」

這個名字讓陳瀚方的手抖了抖，他繼續專注地畫著。

難道這就是梁信鷗用盡酷刑也想知道的事情？

往事快速在林一川腦中過了一遍。當時查到宮中並無于紅梅這個采女，線索就斷了。穆瀾也從未和他提起過宮裡的事情，所以林一川只曉得于紅梅身上藏著一個祕密，甚至為她的老家于家寨引來了滅頂之災。這個祕密難道陳瀚方知道？

林一川看出陳瀚方已油盡燈枯、精神恍惚了，他快速問道：「陳大人，在下幫著丁鈴查靈光寺一案，去過山西于紅梅老家。她人在宮裡？」

陳瀚方很冷，他好似又回到了二十一年前，頂著鵝毛般的大雪艱難地行走。他凍昏在雪地中時，模糊中看到一角粉色的衣裙，裙邊繡著紅色的梅花。梅花又帶著他來到了靈光寺，遠遠地望著痴傻的梅于氏坐在那一樹紅梅下喃喃唸叨著：「梅花紅了……」

林一川急了，手中的石頭扔過去，打在陳潮方手上。陳瀚方沒有知覺，他哆嗦著摸著那塊石頭，在地上刻了一橫一豎。

他沒有多少時間了。林一川貼著柵欄用力向裡面伸出胳膊，堪堪勾住了陳瀚方的衣袖，「告訴我！」

陳瀚方被迫停止了劃寫。林一川往裡伸著胳膊，手腕從衣袖中滑出，臂上一點紅痣映入陳瀚方眼簾。他的眼睛一點點亮了起來，「你是誰？」

「林一川。寫正字的那個草包林一鳴原來的堂兄。我和大人第一次見面也在靈光寺，還有穆瀾。大人想起在下了？」

瞬間陳瀚方靈臺一片清明，他的身體裡彷彿注滿力量，讓他抓住林一川的手，「揚州首富的大公子林一川。林大老爺過世，林一川因是被抱養的嗣子，自請出族，放棄繼承權。來國子監銷假，令其守孝一年後再歸。」

林一川到國子監銷假，得了東廠暗示，國子監以守孝為理由將他拒之門外。陳瀚方很清楚這件事。

他死死抓著林一川的手，嘶啞地問道：「你不是林大老爺的親子。他從哪兒撿到你的？靈光寺嗎？」

林一川呆了呆，「您怎麼知道？」

望著他，陳瀚方的眼淚涔涔落下，「別說出去，誰都別說。」

他突然鬆了手，撿起石頭狠狠地劃去剛才所畫的痕跡，語無倫次地唸叨著，「我知道了，紅梅，我知道了。不是梅字的起筆……」

握著石塊的手停頓在半空，無力地墜下。陳瀚方趴在地上，眼瞳變得黯然無光，氣息斷無。

「喂！」林一川再次努力伸手去拉他，卻又搆不著了。他又氣又急，眼看獄卒換班的時間將至，梁信鷗說不定馬上又回來，他只得匆匆離去。

隨著他的離開，牢中一片靜寂。片刻後，旁邊的石牆悄然無聲地滑開，梁信鷗正坐在石牆後的房間裡。

他慢悠悠地走出來，桐油燈將他的臉色照得晦暗不明。

低頭看著死去的陳瀚方，梁信鷗彎腰撿起了那塊小石頭喃喃自語，「不是梅字的起筆？」

他端詳著地上散亂的線條，抬頭望向林一川離開的方向，團臉上帶著意味不明的笑，「偷了身舊衣，卻不肯換上別人穿過的臭鞋，大公子果然愛潔如命。」

這一夜極其漫長。

死在坤寧宮的禁軍、宮女與內侍被一輛輛騾車拉走，粗使太監們在黑夜裡沉默地將灑滿鮮血的青磚換掉。新一批宮人在睡夢中被叫醒，進坤寧宮服侍許太后。

譚誠站在許太后寢宮外的圍牆邊，曹飛鳩將箭與繩索收齊了遞給他看，「督主，是被人射斷的。」

接過那枝長長的翎箭，譚誠用手撥著雪白的翎，看著修剪的形狀，輕輕嘆了口氣。

「不知是什麼人幫了咱們。」曹飛鳩很感謝那個射斷繩子的人，否則以穆瀾的輕功，逃出宮去就不好抓了。

穆瀾傷重，就近送去了太醫院診治，今晚力戰的幾個大檔頭帶著李玉隼的屍體回了東廠，只有曹飛鳩留在譚誠身邊。

譚誠淡淡說道：「十一年前你抄池家時一隻雞也沒漏掉，就是漏掉了一個人。」

冷汗嗖地從曹飛鳩後背沁了出來。他低著頭，無話可說。不僅漏掉了一個人，漏掉的竟然還是池起良的閨女。

敲打了曹飛鳩，譚誠吩咐道：「人在宮裡治傷，你去安排吧。咱家要萬無一失。」

「是。」曹飛鳩知道這次自己再辦砸，可能掉的就是腦袋了。

薛錦煙從新來的宮人手中接過藥碗，服侍許太后喝下。

「把燈都點著。」許太后傷心地看了眼新來的宮人，想起被穆瀾殺死的梅青，「臉太陌生了，哀家不習慣。」

安神湯舒緩了許太后的心神，讓她在燈火通明的偏殿中沉沉睡去。

薛錦煙呆坐在錦杌上，一雙手緊緊交握在一起。

她的父母，在她身邊服侍了多年的大喬、小喬，都因為這個婦人而死。

新來的宮人們不敢近前，站在遠遠的門口，而她只要伸手掀起面前的帳子，撲過去，就能掐死睡著的許太后。她的手不聽話地顫抖著，心跳聲敲著她的腦袋都快要爆掉了。

今晚的一切深烙在薛錦煙腦中，她從來沒有如此憎恨懼怕著將她撫養長大的許太后。

終於，她的手伸出去觸到了帳子。

「公主殿下。」

薛錦煙彷彿被燙著了，收回了手，驚恐地望著走進殿內的譚誠。彷彿她所有的心思都暴露在那雙鷹隼般銳利的目光下，薛錦煙哆嗦著起身，乖乖地跟在他的身後。

譚誠親自提燈為她照著腳下的路，「公主十月生辰之後，就嫁給我的孩兒阿弈吧。他從小就愛慕著殿下，原想高中狀元後能站在金殿上求皇上賜婚，是咱家擋了他的狀元之路。阿弈如今在國子監讀書，兩年後就能進六部實習，前程定然極好。」

他停住腳步，微笑道：「咱家老了，竟然吹噓起自己的孩兒。殿下準備秋天的大婚吧，咱家會讓工部盡早將公主府修葺一新。」

她不要嫁給譚弈！薛錦煙的指甲深深掐進了掌心。

譚誠也沒有問她是否願意。

「忘了今晚發生的一切，回去好好睡一覺。」

譚誠的話將薛錦煙好不容易提起的勇氣又打散了。今晚發生的一切讓她打了個寒顫，沮喪地低下頭。

送薛錦煙到她住的殿外，看著新來的宮人上前服侍，譚誠轉身離開。身後的夜風傳來薛錦煙崩潰的哭聲，譚誠彷彿未聞。

宮城高高的城門樓上，無涯望向東方。一顆極亮的星子浮現在天際，這是啟明星，天就快亮了。

風撲在他臉上，他閉眼感受著風的溫度，喃喃自語道：「已是四月芳菲盡時了。」

一頂轎子停在城牆下，小太監打著燈籠為譚誠照明。

秦剛神色複雜地站在甬道盡頭，對譚誠抱拳施禮，「譚公公，皇上想一個人靜一靜。」

譚誠停了下來，看著城牆上那襲明黃的身影。他並未強行過去，「煩請秦統領轉告皇上，三天後穆瀾會被明正典刑。太后的意思是凌遲。」

秦剛悚然一驚。

安靜的凌晨，譚誠的聲音清楚傳到無涯耳中，他閉了閉眼道：「請譚公公過來。」

譚誠微微一笑，從秦剛身邊走過去。

最黑暗的黎明時分，一輛馬車駛進了東廠。

林一川親眼看著番子們從車上抬了穆瀾下來，緊接著從車上下來的人是方太醫。他佝僂著腰，親自背著沉重的醫箱，與穆瀾一起進了譚誠平時休憩的小院。

梁信鷗不知何時到了他身後，「這個女人真不簡單，女扮男裝進國子監不說，她今晚殺了李玉隼。」

「啊？沒弄錯吧？李玉隼都不是她的對手？」林一川胡亂答著，眼睛盯著小院。她受的傷一定很重，至今昏迷不醒。小院的門悄然關上，林一川定了定神，轉過頭好奇地問道：「為什麼不關進牢裡？」
梁信鷗眼神閃了閃，微笑道：「還有比督主身邊更安全的地方？」
這時曹飛鴆一臉倦色走過來，聽到兩人對話，氣咻咻地說道：「這娘兒們要坐轎子，要把牢房布置得舒服一點兒，督主讓照辦。呸！真他媽囂張！老梁，陳瀚方招了沒有？」
「受了一天一夜的刑，扛不住，才死。」梁信鷗負著雙手，也不在意，「反正他招不招供，穆瀾都是他利用彭昭儀送進宮去的，這案子沒有他的口供也照樣能定他的罪。」
「也是。」曹飛鴆贊同道，不過又壞笑起來，「就怕國子監那幫酸腐又鬧將起來，你還是做一份口供有備無患的好。」
梁信鷗對陳瀚方的死不以為然，這讓林一川有些詫異。他回想著譚誠小院的布置，想著救穆瀾的辦法，心不在焉地順著兩人的談話插了句嘴，「譚弈在國子監，還能讓監生們鬧起來給督主難看？」
正說著，譚誠回來了。三人停了嘴，躬身行禮，各自稟告。
梁、曹二人說完，譚誠對陳瀚方的死並不怎麼放在心上，叮囑梁信鷗將消息透出去，免得那些不怕死的文官們盯著東廠鬧事。
林一川正要開口說戶部軍衣的事，譚誠擺了擺手，神色疲倦，「戶部的訂單你看著辦就行了。」
他停了停又道：「人接回了東廠。即日起，無手令擅入後院，殺。」

知道穆瀾就在眼前的小院中，他該怎麼辦呢？林一川目送著譚誠走進已經戒備森嚴的後院，想著心事。

方太醫站在院子裡，抬頭望天，院牆將天空割成了井字型。他撫著花白的鬍鬚想，可能他再也出不去了。

見到譚誠進來，他拱了拱手，平和地說道：「蒙督主和皇上信任，老朽自然盡力治好她。」

「養好傷吧，讓她完完整整受千刀凌遲。」譚誠淡淡回道。

方太醫心頭一緊，頓時憤怒不已。也許，他能幫穆瀾早點死。

譚誠朝著皇宮方向拱了拱手道：「這是太后與皇上的意思，咱家不過遵旨照辦而已。方太醫心疼故人之女，咱家不過請了你來診治她，並未禍及你的全家。」

想起家中的妻子兒孫，方太醫頹然。

第六十五章　獄中

人間四月芳菲盡，北方草原的綠意才覆蓋大地。

謝勝來到邊城已經快半年了，少年的臉被邊塞的寒風吹過，黑臉上吹出了兩頰紅。他生怕邊關將士看輕自己，刻意蓄著鬍鬚，還未及冠的少年瞧上去像三十歲的粗糙爺們。

戶部的頭一批夏制軍衣已經送到了邊城，前所未有的速度令邊城的軍隊詫異不已。領了軍衣換上，謝勝看到衣角上蓋了方藍色的鈐記：林記。他驀然想起曾經同窗同舍的林一川。會是那傢伙嗎？詢問了前來送衣的人，還真是林一川的林記承擔了戶部訂單。謝勝憨厚地笑了，頓時覺得這身夏衣穿在身上極為舒適。

聽說後面的軍衣正在陸續送來，謝勝越發替林一川高興。林家發生的事情還沒傳到邊關，謝勝僅從林一川能接到戶部生意，就覺得那傢伙肯定過得很不錯。

他照例帶了一隊士兵出巡，馬踏出邊塞，草原的風帶著清草的香。謝勝膽子大，出巡的路線總會比別的校尉更深入草原一點兒。

許是心裡渴望遇上前來打草穀的韃子廝殺一番，謝勝又一次有意地帶著下屬朝草原深處走了走，美名其曰：讓馬吃點兒今年新長出的草。

他覺得今天天氣好，運氣更好，離邊城還不到二十里就遇到了韃子。

這隊韃子搶的不是普通的商隊，正好是戶部押運的第二批軍衣。押送的官兵遇到草原鐵騎毫無還手之力，扔下幾具屍體一窩蜂地散了。東西被搶了，命保著就是幸事。韃子也懶得追，逼著車把式們趕了車馬正往草原深處行去。

「殺！」謝勝沒有多餘的話，鐵槍平舉，縱馬就衝了過去。

他看到車馬上的戶部印記，血就湧上了頭。謝勝想的很簡單，殺韃子理所當然。這是同窗林一川的貨，被他遇到了，就一定得搶回來。

他的馬跑得快，一騎絕塵，將屬下都拋到了身後。

領隊的韃子首領詫異地發現身後一騎突兀地跟來，雙腳站蹬立以馬上觀察。看清楚只追來了一名穿著校尉服飾的人，禁不住哈哈大笑，「殺了他！」

兩騎從隊伍中奔出，揮刀衝向謝勝。

謝勝速度未減，平槍戳翻一人，橫槍再挑下馬上一人，不過眨了眨眼睛的時間。首領臉色變了，打了個呼哨，讓車隊停下來。隊中的韃子揮刀迎了上去。

轉眼間，一人一馬衝到車隊前。謝勝不懼對方人多，越戰越勇。韃子小隊不過十來人，還不曾傷到謝勝，就已經被他殺了五、六個。

韃子首領被謝勝砸飛了手裡的彎刀，心裡陣陣發寒，打了個呼哨，扔下車隊徑直帶著剩下的人跑了。

一人之威救下了整個車隊，謝勝露出笑容，「掉轉車頭，跟我回邊城。」

沒有意料之中的歡呼聲，車把式們都以一種奇怪的眼光看著他。

謝勝不耐煩地說道：「都嚇傻了？」

「你叫什麼名字？老子保證不打死你！」丁鈴猛地掀起斗笠，站在車轅上破口大罵。精心安排的局竟然被謝勝攪和了，氣得他將斗笠狠狠地扔到車下。

丁鈴沒認出謝勝，謝勝卻認得他，吃驚地喊道：「丁大人？你怎麼扮成車把式了？」

何止丁鈴，這六輛馬車的車把式全是錦衣衛所扮。

「誰呀你！軍隊巡視的路線有這麼偏嗎？你別告訴老子你剛好迷了路順便攪了老子的好事！」丁鈴還在破口大罵。

隱約感覺到不對勁的謝勝吶吶說道：「我是謝勝。您來國子監察蘇沐案時，咱們倆見過……」

謝勝？林一川的那個室友？那個和他母親膽子大得敢去敲登聞鼓的百勝槍的兒子？丁鈴想起來了，一通邪火被他憋了回去。他又不甘心，拍了拍厚厚的衣包道：「這批貨一定要送給韃子。你在這邊待的時間長，你想個辦法？」

「憑什麼啊？這可是林一川的貨！」謝勝一根筋，不服氣地嚷了起來。

丁鈴嘆了口氣。貨比貨得扔啊！他跳下車，朝謝勝勾著手指頭，悄悄在對方耳邊嘀咕了起來。

軍衣已經入了戶部庫房，正在陸續送往各處的軍隊。林一川新建的林記商行展現的能力令譚誠驚嘆。

令他更吃驚的是這批夏制軍衣的利潤。

「督公請看。」

擺在譚誠面前的夏布一共有四種，一模一樣的顏色，手摸上去的感覺差異很大。譚誠摸了摸布，示意林一川繼續說。

「第一種是最好的細絨棉。第二種是長絨棉。第三種是粗絨棉。第四種是混織的棉布，質感不比細絨棉差，價差卻達三成。去年江南有八成織坊開始織這種混紡棉布。正巧接了戶部的單子，屬下令人在江南採買這種布送至京城，製衣分散到戶，所以一萬件夏衣不到半個月就做好了。」

話說得簡單，中間的過程卻極為繁複，譚誠也沒興趣知道。多了三成銀錢入帳，他當然高興，「你去和戶部結帳吧，下一批軍衣讓戶部先撥銀給你。咱們總不能替朝廷墊銀子。好好做，咱家還等著在你的新林園喝酒賞景。」

「是。」林一川也高興地笑了起來，目光故意瞟向小院的廂房。他不怕讓譚誠知道他很關心穆瀾，對她好奇得不得了。

譚誠的院子守衛森嚴，林一川繞著走了無數圈，也沒發現進院子不會驚動守衛的機會。翻牆偷進不可能了，林一川只能藉著送樣布和銀票的機會正大光明地走進來。

「你和穆瀾是同窗，以前在揚州還有著交情。咱家記得，是杜之仙讓你爹多活了兩年。」譚誠很喜歡林一川這種直白的表達，他平靜地告訴林一川，「她受的是外傷，恢復得不錯。傷好了，就該明正典刑了。這些天珍瓏組織毫無動靜，不想來踢東廠的鐵板，唯一的機會就是闖刑場救人。」

穆瀾又不是豬，養肥了就該被宰了。林一川心裡暗罵著，臉上堆滿了求懇，「屬下想去看看她。不論是衝著以前的交情，還是杜之仙救治家父的恩情，一川都想和她再喝碗送行酒。」

「人非草木，孰能無情。去吧。」譚誠答應了。他想了想道：「你告訴她，原本太后的意思是留著她也沒釣出同黨，這兩天就送她上路。但是皇上說他初見穆瀾時是五月端午，擇了七天後的端午行刑。」

皇帝把行刑的時間定在了端午？只有七天時間！林一川心裡說不出的怪異感覺。他知道譚誠輕易答應，自己也無法帶著穆瀾闖出小院、闖出東廠。或許又是一次試探吧。

他提著小太監送來的酒，走向一側的廂房。

正院離廂房只隔了四、五丈的距離，林一川提著酒罈，腳步有些沉重，心情卻是雀躍的。他很想她。

林一川出去後，譚弈從內堂走了出來，滿臉不甘，「義父，你現在很信任林一川？」

譚誠似乎很喜歡義子話裡的醋勁，微笑道：「林一川從前倔著脖子不低頭，如今沒有林家拖累，坐擁財富卻對咱家屈膝。你覺得他另有所圖是嗎？」

「孩兒不相信他。」譚弈答道。

「咱家也不信。」譚誠悠悠嘆道：「咱家也很好奇，他來咱家身邊，想幹什麼？他又能做什麼？在看清他的意圖前，讓他先為東廠賺些銀子。」

譚弈明白義父的想法，心中仍然不安，「孩兒覺得林一川一定會救穆瀾。」

「除非他想和她一起死在這裡。」譚誠平靜地答道。

廂房一明兩暗。方太醫在明間裡查閱醫書，開方熬藥。見林一川進來，方太醫愣住了。他心裡清楚，從前在國子監是錦衣衛保著林一川。能進譚誠的院子，林一川和東廠又是什麼關係？

「林大檔頭！」站在門口的兩名番子朝他行禮。

他是東廠的大檔頭？方太醫吃驚得差點沒握住手裡的筆。

林一川拎起了酒，一本正經地說道：「方太醫，以前承蒙您多加照顧，如今我是東廠的大檔頭，您有什麼不方便的，我必知恩圖報。今天我是來看穆瀾的……和她喝頓送行酒。」

搖身一變成了東廠大檔頭？方太醫有點看不準林一川了。他朝裡間看了眼，「她好得很快，但是……」本想說穆瀾不適合飲酒，轉念想到林一川說的送行酒，方太醫嘆了口氣，擺了擺手道：「去吧、去吧。」

「穆瀾，我來看妳了！」林一川像尋常看望朋友似的，叫嚷著推開廂房的門。

窗戶都被釘死了，光線從屋頂的兩片明瓦中投射進來，白色的光柱中能看到細小的灰塵飄浮不定。穆瀾就坐在光柱下，伸手和光柱裡的灰塵玩著。

她綰著雙螺髻，一半的長髮軟軟在身後束成一束，全身上下都映在光影之中，美麗極了。林一川的心被重重地撞了下，瞧得如痴如醉。

一個瘦削漢子從陽光照不到的陰影處站起身，雙手抱拳，「林大檔頭。」

林一川被這聲音驚出一身冷汗。這是什麼地方？自己竟然走神了，竟然沒有注意到屋裡還有其他人。

目光從對方身上的大檔頭服飾掃過，他暗想，這是他見過的第五個十二飛鷹大檔頭了。林一川呵呵笑著，將酒放下，還了禮，「小弟我初進東廠，不知兄臺如何稱呼？」

「陳鐵鷹。職司所在，林大檔頭莫要介意。」

「啊，金銀銅鐵四鷹高手，失敬失敬。」

聽說最早譚誠身邊只有四個大檔頭，名中有鷹。後來的大檔頭與之一起湊成了十二之數，沿襲了飛鷹的稱號。林一川暗想，除朴銀鷹外，另外三隻鷹從沒在東廠中見著。看來這三隻鷹是譚誠最信任的人，這段時間也是他們在看守穆瀾。

他抱起酒罈，衝籠中的穆瀾笑，「我與她從前有交情，請她喝碗酒。」

陳鐵鷹不置可否，抱著朴刀坐了回去。

我去！這人怎麼這麼不識趣呢？房間裡多出一個人，這讓我怎麼約會？林一川禁不住暗暗咒罵著。

兩間廂房打通極為寬敞，房間中間放著一只鐵籠子。裡面擺著一張床，銀鉤掛起一副游魚牡丹的粉色紗帳。床後豎著一座山水圖樣的屏風，與尋常人家一樣，定是擱放恭桶之處。靠著柵欄擺著桌椅。天青色圓口大肚瓷中插著粉白嫣紅的玉蘭，看上去像是今天才換的。

還有一套紫砂茶具。

穆瀾坐在裡面唯一的太師椅上，柵欄外也擺著椅子，像是常有人進來與她隔著鐵柵欄飲茶。

她提壺倒了兩杯茶放在桌上，宛若在自家閨房中待客一樣自然，「好久不見。坐。」

林一川在柵欄外的椅子上坐了，伸手進去從桌上拿起茶杯，彷彿沒有看到擋在兩人中間的鐵柵欄。

他上下打量著她，「妳這樣打扮，我差點沒認出妳來。」

穆瀾掩脣微笑，抬手給他看袖子上的繡花，「江南織巧閣的手藝。這裙子漂亮吧？」

林一川不由得感嘆，「我沒見過哪個囚犯日子過得這麼愜意，連囚衣都是江南織巧閣的繡娘做的。」

穆瀾悠悠說道：「從前我娘把我當男人養，我一直盼著有天能穿花衣裳、花裙子。這些天換了無數件新衣裳、新裙子，連髮髻都學會了梳，卻又覺得不如一襲青衫、頭挽道髻自在舒服。過把癮就行了。」

林一川坐下來後才發現陳鐵鷹坐的位置很是巧妙。這籠子裡的東西能當暗器的不少，但就算穆瀾扔完，也打不中陳鐵鷹。而他的視線卻很好，能盯住兩人所有的小動作。林一川無奈，只能朝穆瀾使眼色。

穆瀾看懂了他眼裡的意思。譚誠如此待她，自然是有原因的，可是她不能把這個原因告訴林一川。他是父親十九年前不顧危險從死去的陳皇后腹中接生的生命，既然來到了這個世間，他就該好好活下去。他對先帝、陳皇后並無半分感情，他只認林大老爺一個父親，為什麼還要將他拖進復仇的深淵呢？

「我也從不知道，你竟然投了東廠，還當上了大檔頭。你爹在天之靈曉得了，也要氣得從棺材裡跳出來抽你。」

「商人眼中只有利益。」林一川慢吞吞地和穆瀾閒扯著，暗罵陳鐵鷹坐的角度刁鑽，在桌上寫個字感覺都會被他發現，「不投東廠就投錦衣衛，商人總要抱緊一根粗大腿才能賺銀子。錦衣衛不肯幫我，我當然就投東廠。不說別的，妳犯了事，我這個大檔頭還能進來請妳喝頓送行酒。」

他倒了兩碗酒放在桌上，「聽說妳在宮裡頭大殺四方，把禁軍和東廠高手殺得膽顫心驚。不過，陳瀚方撐不過刑，已經死了。」

穆瀾顯然早猜到了這樣的結果，神色有些悽然。她拿起一碗酒慢慢灑在地上，「陳大人，您先行一步，穆瀾隨後就來。好教您知曉，您想做的事，我在宮裡頭幫您做了。可惜我能力不夠，沒能親手殺了太后。相信天理昭昭，自有報應。」

林一川很想跳起來大聲問穆瀾，陳瀚方和許太后有什麼仇？他是于紅梅的什麼人？于紅梅和許太后又有什麼關係？譚誠如此優待穆瀾，究竟有什麼把柄捏在她手中。

他腦中浮現出獄中與陳瀚方的最後一面。什麼叫不是梅字的起筆？陳瀚方還盯囑他，別把他是從靈光寺被撿回林家的事說出去。為什麼？

「既然是送行酒，有沒有說是什麼時辰送我上路？」穆瀾顯然並沒有和林一川聊陳瀚方的興趣，轉開話題問起了自己的死期。

「皇上定了端午。七天後。」林一川想了想又道：「譚公公讓我轉告妳，太后聽說妳的傷大好了，打算這兩天送妳上路。可皇上說，初次見妳是在端午，行刑的時間就定在端午……只有七天時間了。」

無涯要將行刑時間定在了端午。穆瀾心裡苦澀一片。也行吧，他想讓她活到端午那天，多一天也是好的。她不怕死，卻也想多活。

林一川的眼神為何這般古怪？他為何不說「妳只能活七天」，反而說「只有七天時間了」？

只有七天時間了。這七天，他忙著做什麼？忙著策劃劫刑場嗎？

穆瀾慢悠悠地喝著酒，目光在林一川臉上久久不去。

林一川都快被她弄瘋了。她為何一點兒暗示都不給他？

終於，穆瀾飲完了這碗酒，她站起身，朝林一川大方地抱拳一禮，「從前女扮男裝，占你便宜時居多，如今我身無分文，欠你的銀子也只能欠著了。多謝你的一碗送行酒。我呢，就是一根筋太衝動，也沒留後路給自己，所以才沒有逃走，在宮裡大殺四方。其實現在想想滿後悔的。留得青山在，不怕沒柴燒。早早露了底牌給人看，所以我敗了。」

林一川也知道不能再停留下去，他將穆瀾的話刻在腦中，轉身離開。走到門口，他轉過身問穆瀾，「端午那天妳先見到了我，還是他？」

穆瀾愣了愣，倏地一笑，陰暗的房間霎時變得燦爛明媚，「你。」

林一川心裡又是酸澀又是心疼。明明先見到的人是自己，為何她卻先喜歡了他？可是穆瀾這一笑，燦爛得讓他心疼，不忍再質問、為難她。只有七天。七天時間足夠救走她嗎？

陳鐵鷹睃了他一眼，又收回了目光。他沒有那麼多彎彎腸子，他只需盯著穆瀾，不讓她逃。牢房布置成閨房，他都擔心穆瀾自殺是否太方便了。譚誠卻笑道，她寧肯被人殺死也不肯自殺的。

廂房裡的場景再次回到林一川進來之前，穆瀾望著屋頂的明瓦出神，手伸在光柱之中戲弄著灰塵。陳鐵鷹像一座塑像，呆滯地靜坐在陰暗的角落。

●○●

七天，對蜉蝣來說，是幾個輪迴。

七天，在陌生人眼中，也就是七次太陽升落。

對他們來講，穆瀾是誰不重要，穆瀾要被處以極刑也不是多大的事。或許會在茶餘飯後多一點兒類似於「哎呀媽呀，那女子的人頭『砰』的滾到我腳下，兩隻眼睛還在一眨一眨地哩！」的談資。

在意她的人，已經被這七天的期限逼得快要瘋了。

時間在人們的淡漠或焦慮中悠然走過，離端午已經不到七天了，離穆瀾的生命結束只有兩天。

彷彿老天感覺到京城裡各種情緒堆積得太過複雜，嘩啦啦的一場急雨澆了下來。

正在替無涯結披風帶子的春來愣了愣，扭過頭往外看，「皇上，這麼大的雨……」

無涯自己結好帶子，走出殿門。外頭的雨下得又急又猛，恍惚看去，彷彿一鍋生滾米線從天而降，白色的水線砸起陣陣嗆人的土腥味。

「為太后盡孝，天上下刀子都得去。」無涯面無表情地說道。

春來還想再勸，無涯已不耐煩了，「春來，你不用跟著了。秦剛，隨朕出宮。」轉眼間就被秦剛奪了差使，春來心裡極歡喜這樣的天不用出宮受罪，表面上還得哭喪著臉裝可憐。

無涯走之前想了想，吩咐春來，「錦煙最近心情不太好。她若來尋朕，你讓她在書房看看雜書，別進去打擾她。待朕折了花便回。」

「是。」

送走無涯，春來成了老大，愜意地坐了，接著小宮女遞來的香茶喝著，指揮粗使小太監們打掃御書房。他望著殿外門簾子般的雨嘀咕，「這天氣，公主殿下不會出門吧？」

話音剛落，一頂轎子晃晃悠悠過來了。春來把茶往小宮女手裡一塞，快步過去親自打起簾子。

薛錦煙扶著他的手下了轎，見太監們正在掃塵，心裡有了數，「這麼大的雨，皇上還惦記著今日要去胡首輔家為太后娘娘折花。本宮來得不巧，以為皇上會另尋時間再去。」

「殿下，皇上吩咐過了，您來了看看書打發時間，他折完花就回了。」

趕走御書房裡的灑掃太監，春來親自捧了今年的新茶送去給薛錦煙。

「也罷，我看看書等皇上。不用服侍，都下去吧。」

薛錦煙說著這話，目光控制不了飄向書案。皇上似料準了她會來，還叫她在書房裡等。皇上知道她的來意？他是故意放自己進御書房？他怎麼知道自己會來呢？改一天出宮去為太后折花也不是什麼大事，胡首輔家的辛夷要開到五月去了呢。皇上訂了今天去，下這麼大的雨也沒讓他改變行程。皇上這是在給自己機會？

腦中胡亂想著，薛錦煙已經站在書案前。

正悄悄探頭進來的春來心頭一咯登，見薛錦煙只是看看，一顆心又蕩了回去。心想：姑奶奶您可千萬別動奏摺，否則小人的命就沒了。

薛錦煙沒傻到在御案上用筆寫聖旨，目光盯著殿門，她飛快打開一張空白的五彩卷軸，直接用了大印，然後捲好輕鬆藏進了袖中。

首輔胡牧山府上的辛夷花樹從二月起陸續綻放。

皇帝年年都去他府上折花枝孝敬許太后。今年花開，皇帝提前訂在了今天去胡府。

「皇上就是孝順！下這麼大雨都沒耽擱出宮為娘娘折花。」清太妃調著茶湯，沒有掩飾臉上的羨慕。心裡卻在罵，年年表演這場戲碼，不累嗎？

年年皇帝為許太后折辛夷花這天，坤寧宮總會把兩位太妃請來賞花。許太后就喜歡在無兒無女的太妃面前顯擺皇帝如何孝順自己。今年坤寧宮多了十來位新冊封的貴人，清太妃開口算是引出了話題，貴人們七嘴八舌終於把許太后哄得眉開眼笑。

還有兩天，穆瀾就會被明正典刑。許太后覺得自己已經讓了步，從凌遲改為斬首。無涯雖然沒說什麼，曾經親密的母子都能感覺到彼此之間有了隔閡。但是今天雨下得這麼大，無涯仍然出宮去為自己折花，這讓許太后心裡極為熨貼。

無涯堅持攀著竹梯剪下了幾枝品樣優美的花枝，衣袍被淋了個透溼。胡牧山早在後花園的小書房裡備下了香湯，一行人簇擁著無涯入內沐浴。

服侍無涯泡進熱氣騰騰的澡桶，胡牧山拉上房門退到了外間侍候。

自從胡牧山站在了無涯身邊，曾經他與許德昭密會的密道就廢了，許德昭早棄之不用。然而就在無涯沐浴時，密道的門被推開，走出一個全身藏在斗篷裡的人。

無涯並沒有吃驚，「你很準時。」

「天上下刀子我都會來。」來人脫掉了擋雨的斗篷，露出林一川俊俏的臉。

「以前朕曾經想招攬於你……錯過了。」曾經無涯看中林一川的潛質，卻因為穆瀾討厭起他來。沒想到兜兜轉轉，林一川仍然重新為他所用。

「年初的時候經由我師兄牽線，與皇上在靈光寺一會，定下我投靠譚誠進東廠臥底的計謀。朴銀鷹被發現是皇上的人之後，斷掉的這條線由我接上了。許德昭和譚誠長年供給軍衣，總有一批軍衣會在途中被劫，這批軍衣中藏著違禁的刀鐵等物。許德昭和譚誠長期與韃子交換珠寶、皮毛，整條線和線上的人都理得很清楚，隨時可以收網。皇上，答應您的事我辦到了。」

林一川在澡桶對面坐了下來，撐著下巴望著無涯。

無涯拿過布巾拭乾了水，取著輕袍披上了，「北邊已經傳來消息，那批軍衣已經送到韃子手中。不出兩月，韃子定會假冒我軍，攻打邊城。到時候將計就計，我軍大捷，能保邊關十年太平。另外，譚誠與韃子私通的親筆書信已經被找到了。林一川，朕許你的，你很快就能見到了。朕一定會除掉譚誠。」

林一川現在對這件事不感興趣，「在下能和皇上再談一筆買賣嗎？」

無涯愣了愣。

林一川很認真地說道：「我一直在想，下著傾盆大雨，今天您不出宮的話，我是不是該想辦法進宮。」

「先前就約好了今天，朕不會失約。」無涯微微一笑。

林一川反問道：「因為我是個商人？所以陛下和我講誠信守約？」

無涯想了想道：「是，每個人看重的東西不一樣。你是商人，朕和你談交易，就需要誠信守約。」

「約好今天見面，除了聽一聽我的收穫，談一談皇上的安排……還有兩天，就是端午。皇上，您有什麼安排？」

林一川現在不想和皇帝討論如何對付譚誠，他滿心只有穆瀾。還有兩天就是端午，穆瀾會被送上斷頭臺。今天與無涯的約會對林一川來說極其重要，他不相信穆瀾喜歡的這個男人會真的忍心砍了她的人頭。

他眼中閃爍著希冀與企盼。譚誠已經說得極明白，這段時間沒有人去救穆瀾，是因為她面前擋著東廠這塊鐵板，唯一的機會是刑場。而刑場救人並不會比東廠更容易，功夫再高也抵不過千軍萬馬。林一川把希望寄託在無涯身上，只有他，才最有可能救走穆瀾。

無涯任由溼透的長髮披散在肩頭，緩步行到窗邊。雨形成一道道白色的輕紗從花樹上飄過，雨霧中的粉白花蕾不知有多少被摧殘飄落，「端午，你是想問穆瀾？朕沒有任何安排。」

林一川愣住了。

他所有的希望都寄託在無涯身上，他以為今天來見無涯能聽到一個精心策劃的救人計畫。

「皇上，還有兩天就是端午，穆瀾就要上刑場，她等不到譚誠、許德昭服誅。」林一川再次說道：「您難道想看著她被砍頭？」

「是她自己不想活了。她把路都走絕了，沒有留一條路給朕！」無涯突然憤怒起來，「朕辛苦謀劃了這麼久。她為了池家的公道不顧一切，朕能怎麼辦？譚誠大權在握，太后以孝道相逼，朝臣以罪行相議，要朕發道聖旨免了她的罪？以她犯下的罪……朕赦免她的聖旨連內閣都不會用印！」

林一川也怒了，「就因為皇上在謀劃如何一舉除掉許德昭和譚誠，她來的不是時候，她不該在這節骨眼上報仇，所以，她就該死？想為她家滿門討個公道還要看時間、看皇上的心情？」

無涯盯著他緩緩說道：「你可知，她想討的公道，在朕眼中，並不公道。」

這間書房被胡牧山布置得舒適雅致，花園的風景被窗戶框成了一幅美麗的畫。被林一川從密道中拎來的那盞琉璃燈就放在矮几上，將他的臉鍍上一層極柔和的光。

無涯看著那張輪廓極為俊美的臉，生出了好奇。林一川定是見過穆瀾了，她告訴了林一川多少？

這樣的好奇源於一個男人對女人的心思。

如果穆瀾全部告訴林一川，證明她信任他，也證明她沒那麼愛他。因為那一晚聽見她說話的人，能死的都被滅了口。

如果穆瀾沒有告訴林一川，是兩人之間的交情不足以讓林一川知曉皇家祕辛？還是穆瀾想保護他？

林一川似乎在思考無涯的話。這話聽起來有點費解，但只要略知內情，就很容易理解。因而他抬起頭，很認真地說道：「池家是臣，君要臣死，臣不得不死。就算池院正沒有謀害先帝，穆瀾想為她爹求個公道，這個公道也該是由皇上確認池院正是冤枉的，再為他平反昭雪，而不是讓她進宮去刺殺當初下旨的太后。是以，在皇上眼中，她想討的公道對傷心先帝之死、遷怒池家的太后娘娘來說並不公道，尤其是在太后娘娘並不知道池院正沒有謀害先帝的情況下。我這樣理解皇上的話，對嗎？」

顯然，林一川只知其一，不知真實的內情。

不知情也好，一個白身商賈，皇家的事情不是他應該知道的。無涯彷彿又聽到那晚夜風傳來的質問聲，他痛苦地想驅離穆瀾的聲音，「眾目睽睽下，她在坤寧宮大殺四方，行刺皇太后。朕也不想讓她死，除了劫獄，任何明面上的赦免都不可能。」

林一川的神色變得有些古怪，「或者皇上嘴裡的公道還有另一種解釋。太后是皇上的親娘，而穆瀾只是一個臣女，太后殺她滿門理所當然，她行刺太后，就罪該萬死，無公道可言。」

無涯苦笑。皇家的威嚴自然是一個臣女不能冒犯的，他也無法為穆瀾脫罪。

林一川站了起來，脣角微微翹起，帶著明明白白的疑惑，突然就罵了起來，「穆瀾是頭豬呢，蠢成這樣！她不知道比起高高在上的太后，她只是一隻隨時可以被碾死的螞蟻？她跟著杜之仙讀了幾斗書，連雞蛋碰石頭這樣簡單的道理都不懂。她讀的書都讀進豬腦子去了！您說是吧？皇上。」

一連串的痛罵讓無涯懵了，他下意識地點了點頭。可不是蠢嗎？當著眾人的面犯下刺殺太后的重罪，讓他怎麼維護她？

「她那樣喜歡您，喜歡到明知是太后下旨殺了她全家，她仍然覺得不是您的錯。您那會兒還小呢。怎麼能遷怒您呢？可是她進了宮，皇上可以為池家平反昭雪，給她爹娘追封個官爵、誥命。她為什麼還要擰著性子去殺太后呢？她不知道太后是皇上的親娘嗎？她不知道這樣做就再不可能和喜歡的男人在一起了嗎？您說她怎麼就那麼蠢？」

無涯微微張開了嘴，臉色漸漸變了。

「可是她明明不蠢啊！她那樣的聰明機靈、水晶般心肝的人兒，她怎麼就會去宮裡殺心上人的親娘呢？」一點兒淚影從林一川眼裡浮現，讓他情不自禁地蹙緊了眉毛。他吸了一口氣，平復著心情，然後無情地揭開真相，「原因很簡單。她找到了證據，證明她爹，前太醫院院正池起良一片忠心，沒有謀害過先帝。而太后也並非傷心先帝之死，遷怒池院正，滅池家滿門，為的是尋找先帝遺詔！她那麼貪財怕死，不要命地去刺殺太后，是因為她知道，可能她死了，她都討不回公道！」

無涯眼中閃過冰寒之色，「穆瀾告訴你的？」

林一川凝視著無涯，有些傷心，「我見到她了，可是她什麼都不肯告訴我。譚誠待她好得像自家閨女。那是司禮監掌印大太監，東緝事廠的督主啊。給她買江南織巧閣的衣裳，把囚籠布置得像千金小姐的閨房。為什麼？我眼珠子都快瞪到地上了，她也不肯告訴我，直到我找到了這份先帝遺詔！」

一只荷包出現在林一川手中，他愛惜地摩挲著它，苦笑道：「那傢伙愛錢如命，攢的所有身家都給了我，說我總有一天會用上它。什麼時候我能用上它呢？大概是皇上想鳥盡弓藏的時候吧？穆瀾留給我保命用的。」

他拆開荷包，從襯內扯出一幅薄薄的黃綾，「先帝遺詔，蓋著玉璽，斷無虛假。這份遺詔，能換她一條命嗎？」

無涯的手動了動，又捏成了拳頭，「你不怕朕拿了它反悔？」

林一川隨手將遺詔放在拎來的琉璃燈上。

無涯失口驚呼，「不可……」

「不可？」林一川笑了起來，「皇上，留著它有什麼好？您不惜燒了藏書萬卷的御書樓，不就是想毀了它嗎？我也不想留著它，這哪裡是保命用的，明明是催命符！」

「朕想親眼看看。」無涯緊張地嚥了口唾沫。

「皇上不相信穆瀾告訴您的話，還是不相信這份遺詔是真的？」林一川小心展開了黃綾的一角。

先帝的親筆映入了無涯的眼簾。

……廢許氏為庶人，誅許氏九族……

看見這句話和先帝落筆以及那方鮮紅的玉璽，無涯的呼吸為之一窒。不等他看清整篇遺詔的內容，林一川的手放低了一點兒，火苗倏地竄起，舔上黃綾。眨眼工夫，先帝親筆的遺詔就燒成了一團灰燼。

「遺詔上還寫了什麼？」無涯怒了。

林一川滿臉無辜，「就是感嘆後悔痛惜唄。總之，這世間再沒有先帝遺詔了，太后也可以高枕無憂了。」

應該不止，難道父皇真想廢了自己？無涯心情複雜至極，又覺得林一川說得對，這世間再沒有先帝遺詔了，何必窮究內容讓自己徒生煩惱？

林一川提起了燈，「說好了用這份遺詔換穆瀾一命。怎麼救她，您想您的，我做我的。穆瀾為她的家人做了她該做的事，我只想帶她離開京城。」

無涯開口道：「你和穆瀾都看到了遺詔的內容。」

林一川苦笑著走進密道，「相信我，這是我這輩子最不想看到的東西！」

誰願意被皇帝猜忌成了心頭刺？無涯了然，他仍然說道：「若朕想要反悔，斬草除根呢？」

林一川的聲音從密道裡傳了出來，「等兩天您一定會改變主意的。」

等兩天。在一般人說話的語氣中，或許是指等一段時間、等些時候。但無涯知道，林一川話裡的「等兩天」，一定就是兩天後穆瀾赴刑場的時間。

第六十六章　最後一局

五月初五，吃粽子、賽龍舟、浴艾湯、驅五毒，一年之中極為熱鬧的節日。

初夏的陽光明媚又不灼人，外出遊玩的百姓換上新衣走出家門。

許是前不久坤寧宮死的人太多，許太后決定去什剎海觀競舸，懷念一番她與先帝的初遇。朝陽初升，新冊的貴人們簇擁著許太后的鳳駕歡喜地出了宮。

今天和什剎海同樣熱鬧的地方是午門。

穆瀾女扮男裝犯下欺君之罪、禍亂朝綱，將在午門斬首示眾。

眾多的罪行，只撿了這一條公諸於眾。只一條女扮男裝進國子監當監生，就成了當天茶餘飯後的談資，賽過猜龍舟誰家奪彩的鋒頭。

臨時搭起的斬臺四周擠滿了好奇的百姓，旁邊茶樓、酒肆裡關於這個女子的傳奇故事已經編排了無數的版本供人消遣。

四面敞亮的御花園涼亭中，一枰棋正迎著初升的朝陽緩緩鋪開。

無涯一襲青翠淺袍，披著素白的披風，宛若當初微服初訪揚州時的富家公子哥打扮，指間拈著的一枚白色雲子穩穩落在棋盤中。

對面的胡牧山微笑道：「皇上最早一枚棋落在揚州。」揚州，五月初五祭江大典。他帶著春來與秦剛、帶著上位者的心態來到沸騰盈天的江岸，眉目如畫的少年急著去踩索奪彩，手中的獅子頭套撞到了他。

無涯盯著那枚雲子道：「朕借春獵之機裝病南下揚州，到竹溪里訪杜先生。杜先生與朕手談一局。他那一局棋已下了十年，棋子布在北疆邊塞。他時日無多，請朕替他將這局棋下完。」

城外十里亭，一位膚色黝黑的農漢挑著柴路過，他好奇地看了眼旁邊的一群人。挑著的箱籠上畫著京劇臉譜，有老有少，看起來是打算進京的戲班。他將柴擔換了邊肩膀挑著，朝著城門走去。他交了城門稅剛進城，身後就亂了。

士兵們緊張地叫嚷著「抓欽犯」，他好奇地回頭，看到一只倒地散開的戲箱，路上偶遇的戲班已經和士兵打成一團。農漢嚇了一跳，挑著柴趕緊離開，離城門遠了，這才停下來回頭。

「去年東廠發海捕文書，穆家班的人扮成戲班被認出來了！」

「聽說全是江湖刺客！」

「那麼小的孩子也是刺客啊？」

農漢聽了兩耳朵，更關心自己今天的柴是否能賣個好價錢。他挑起柴走了一程，這才發現身邊站著一個七歲的小乞丐，抹著眼淚一直跟著自己。

他沒有在意，挑柴在前走著，小乞丐抹著淚在後面跟著，一前一後走向正陽門大街。

通州碼頭，從昨天子時起就候在碼頭上的商人們絕望地看著太陽升起。每天透過大運河源源不斷直供京畿所需的貨船一艘也沒有來，油鹽柴米炭肉蛋魚蔬，全斷了。

第一縷朝陽從屋頂的明瓦投進來，形成明亮的光柱。穆瀾換上一襲大袖青衫，俐落地綰了個整齊的道髻。

柵欄內的桌上擺好了豐盛的早膳。

欄外的椅子上坐著譚誠。

他穿著一襲玉蘭白繡雲龍紋的曳撒，腰束玉帶，頭髮束在紗帽之中，精神矍鑠。

放下粥碗，譚誠有些抱歉地說道：「咱家今天要去什剎海陪太后觀龍舟賽，無暇分身，就不去午門送妳了。」

穆瀾夾了個龍眼包子蘸著醋，頭也沒抬，「如果我師父來救我，您不怕錯過她？」

譚誠有些不贊同地說道：「今天很多人都想看看女扮男裝進國子監的人長得如何，妳應該穿裙子的。」

「不方便逃走啊。」穆瀾將熱氣騰騰的包子放進嘴裡，滿嘴肉香，她滿足地嚼著，「不到砍刀落頸那時，我仍盼著能活下去的。您怎麼就不信我師父會來刑場救我呢？好歹我叫了她十年母親。」

「妳這枚棋是用來傷皇上的心，離間他與太后的母子情分。她既然一箭斷了妳的逃生路，怎會來救妳呢？」譚誠憐惜地看著她道：「妳還想拖著咱家，方便讓她在眾目睽睽下殺死太后？她是什麼人，妳難道還不清楚嗎？真是個傻孩子。」

他說完起身離開。

廂房裡不止陳鐵鷹一個人，金鷹與銅鷹二人同時出現。隨著譚誠的離開，封閉已久的門窗大開，明亮的光線從四面八方湧進來，讓穆瀾看清楚東廠如何嚴陣以待。

譚弈走了進來。

他站在三名飛鷹大檔頭身邊，朝籠中的穆瀾拱了拱手，「說起來妳我也算同窗一場，今天我要陪義父，先來辭行。」

「不客氣。我和你素來無交情。」

譚弈望著穆瀾有些感嘆，「妳換了男裝，我就覺得女裝的那個不是妳。我很佩服妳，可惜我沒能見著妳用槍的英姿，似乎也沒機會和妳切磋一番。」

穆瀾挑釁道：「離午時砍頭尚早，要不，在這兒給你個機會？你哪來的自信不會被我一槍挑死？」

譚弈哈哈大笑著擺手，「留著槍挑我的力氣看有沒有機會逃命吧。相信今天來救妳的人不少，只是不曉得他們能否打得過把守刑場的五百士兵和神機營的一百火器。再見。」

「不送。」

調了五百士兵，一百持火器的神機營，還真看得起她啊。穆瀾心裡苦笑，她倒了杯茶給自己，就坐在明瓦的光柱下，慢悠悠地品著。

穆胭脂是斷不可能來救她的，所以譚誠去了許太后身邊。

無涯再沒忘情，也不可能發明旨饒她性命。他是皇帝，他從來沒有忘記過這一點。

林一川，他想來也不行的。他手中沒有兵，帶著那個傻燕聲或是林家的十來位忠心家丁劫刑場？他沒那麼蠢。

核桃，丁鈴今天不綁著她也會關著她。

雁行……想到他的身分，穆瀾冷笑。她只盼著林一川聽懂了她的話，防著點兒那位從小一起學藝、不懷好意跟在他身邊的師兄。

思來想去，穆瀾嘆了口氣。有可能來劫刑場的人哪有譚弈說的那麼多？

所以，她死定了。

摸了摸光滑纖細的脖子，穆瀾喃喃自語，「早該留點兒銀子打點劊子手的。聽說刀法好的，一刀砍在關節處，頭就削飛了，一點兒都不痛。」

「時辰到了。」

陳鐵鷹與另兩位飛鷹大檔頭同時拿出鑰匙，打開了這座關了穆瀾近一個月的牢籠。

精鋼的鎖鍊束住她的手腳，譚誠給了她最大的尊重，讓她看似大袖飄飄、風度翩翩地上了馬車，在番子和三位飛鷹大檔頭的押送下緩緩駛向午門。

城門處的混亂並沒有持續太長時間。今天是端午，五城兵馬司加強了京城的防衛，接到發現欽犯的消息到趕到城門並沒有花太長的時間。然而讓五城兵馬司吃驚的是，明明是東廠發出的海捕文書，東廠連個大檔頭都沒有出現，只來了四個下面的番子。

「督主與大檔頭們去了什剎海保護太后娘娘，另有三位大檔頭押送欽犯去了午門。東廠今天實在沒有人了，還望諸位大力協助。」

太后的安危、女扮男裝的欽犯明正典刑，與之相比，這些化裝成戲班入城的穆家班成員分量不夠。

李教頭目送豆子抹著眼淚消失在人群中，他有些失望地發現只吸引了四個番子前來。蚊子再少也是肉呢。他這樣想著，朝身邊的德寶、六子等人使了個眼色，從懷裡掏出一大疊印好的單子揚手撒了出去。

李教頭運足中氣大喝，「許德昭勾結韃子害死薛神將，證據在此！」

雪白的紙片紛紛揚揚灑向空中，被風一吹，四散飛舞，好奇的百姓紛紛爭搶起來。

圍住穆家班的士兵們目光隨傳單移動的瞬間，旁邊一家酒樓的後廚像是將水倒入油鍋中，「砰」的一聲爆炸，火光與濃煙瞬間瀰漫開來，混雜著一股辛辣的刺鼻味道，嗆得人直流眼淚。

城門口頓時亂了，士兵們嗆咳著亂跑躲避，五城兵馬司的人根本懶得去管東廠的犯人，只顧著不讓火順著整條街蔓延開去。

「莫教欽犯跑了！殺！」四個番子的反應大過守城的士兵和五城兵馬司的人，以袖掩鼻，揮刀叫著衝了過去。

另一處茶樓上，周先生搖著摺扇，像是順著風將濃煙朝城門口搧了搧，微笑著下了樓。

等到將百姓驅散，尋來水車滅掉火，城門處只留下四具番子的屍體。

正調人沿街搜索欽犯時，城門處數騎八百里加急驛馬飛奔進城，朝著六部與宮城飛馳而去。

此時，譚誠親自扶了許太后坐在什剎海搭起的華麗綵棚之中。藍如海水的湖面上，數十艘五顏六色的龍舟正整裝待發。綵棚前的平臺上，命婦、官員們正在欣賞開賽前的舞獅雜耍。

御花園中，胡牧山正研究著皇帝的另一枚棋子，「錦煙公主沒有與太后娘娘同行，聽說鎮國將軍府家宴請了她去作客。」

無涯頷首道：「自從去冬謝將軍遺孀母子擊響登聞鼓，昔日薛神將手下的幾位將軍格外心疼錦煙，年節時的家宴都會請她。」

胡牧山有些好奇，「陛下並未與錦煙公主通氣，如何能確定她一定能照您的意思去做？」

無涯微微笑了笑，「朕當天在案桌上放著兩份奏摺，一份是譚誠為其義子譚弈求娶公主的摺子，另一份是鎮國將軍為其子求娶錦煙。鎮國將軍如此疼她，錦煙向其求助也在情理之中。將軍府有三百名上過戰場的親兵。」

鎮國將軍府中門大開，迎公主鑾轎入府。前來赴宴的還有兩位曾是薛家軍的驃騎將軍及家眷，與鎮國將軍和夫人一起在二門候著公主。

轎簾掀開，薛錦煙卻是一身戎裝出現在眾人面前。「殿下這是……」把她當成自家閨女看待的鎮國將軍夫人，看到這身薛夫人曾穿過的甲冑，眼淚就上來了。

「將軍，夫人。」薛錦煙才開口，眼睛就紅了，她心一橫取出盜取的聖旨，深吸一口氣道：「接旨吧！」

穆瀾隨手用鎖鍊敲了敲馬車，車廂壁傳來厚重的回音，大概木板中夾了鐵板。裡面漆黑一片，只在車廂壁上打了些指頭粗細的小孔通風。她摸著腕間冰涼的鎖鍊，捲起褲腿往上摸索著，一根針從肌膚中被她緩慢地扯了出來。

這是方太醫唯一能為她做的事了。早在宮裡為她治傷時就將這根針給了她，以穆瀾的靈巧躲過了一次次盤查，昨天被她埋進了肌膚裡。

甭看牢籠中花團錦簇，事實上今晨她換衣梳妝之時，東廠就派了兩個女番子眼也不眨地盯著她。連束髮的髮巾都是綢布，一根簪子都沒給她。

她坐在黑暗中，聽著通風口裡傳來的各種聲音，用針撥著手銬的鎖孔。

端午出行的人太多，讓押送的隊伍行走緩慢。

陳鐵鷹與金鷹、銅鷹並不著急。東廠到午門的距離並不遠，就算烏龜似地挪，也一定能在午時前將穆瀾押送到刑臺之上。何況，穆瀾本身也是隻誘餌，就看釣到的是什麼樣的魚了。

背著八百里加急旗幟的驛馬衝破了人流阻礙，終於到達六部與宮城之外。

端午休沐，衙門裡沒有人，然而驛馬帶來的消息讓值守的官員們感覺到問題嚴重，一面急得找人去什剎海尋各部主事官員，一面遣人去京城各處打聽消息。

許太后與京城的達官貴人們正等著競舸的鼓聲響起，內務府的太監總管們已經急上了火。今天該送到宮中的新鮮魚米菜蔬油麵都遲了。平時坐在宮裡頭等著勾冊子的總管們早坐不住，帶著小太監直奔各處商行。

京城中的商行人聲嘈雜，從商頭們手中批發貨物的二等販子們早堵住商行的門。

驛馬帶來的消息與商行頭目們聲嘶力竭的叫喊聲中，內務府的總管們聽明白一件事情。

大運河今天沒有一條貨船準時過閘、到達通州碼頭。從江南到京城的水路，今天不知何故斷了。兩座二級船閘、三座三級船閘出了問題，將所有的大型貨船全攔在路上。全部疏通恢復航運，至少需要一天。

而京城能供皇宮的物資最多只能維持一天。聽到這一消息，商家們以過節為名關了鋪子，無法關鋪的商家開始上調價格。

消息像煙花一樣炸開，無須人推波助瀾。

什剎海鼓聲驟響，數十條龍舟箭也似地划向終點。

然而岸邊圍觀的百姓在這一刻卻沒有歡呼與吶喊，反而潮水般退開，離開什剎海，匆忙如此時發生了瘟疫一般。

「來了？」譚誠目光微瞇，眼中隱隱浮現出等待已久的興奮。他穩穩地站在許太后身邊，等待穆胭脂的出現。

各家各府的管事滿頭大汗地尋到了自家的主子，一陣低語之後，貴人們目瞪口呆。怎麼可能？短短半天，京城竟然罷市了！

五城兵馬司和京畿衙門沒有料到，他們一心防範的刺客沒有出現，京城罷市瘋狂搶買貨品的百姓讓他們焦頭爛額。

消息終於傳至御花園。無涯拈起一枚棋子放在棋枰上，輕輕一嘆，「這枚棋，是林一川自己走的。他讓朕等兩天，等來他能讓京城大亂的消息。」

胡牧山蹙緊了眉，「皇上，京城亂不得。今天休沐，衙門正巧無人。臣……」

無涯止住了他起身去處理這件事，「亂過自然就靜了。只是朕想不出來，林一川如何能中斷大運河漕運，讓京城亂成一鍋粥。」

京城亂了。

民以食為天，當百姓們驚愕地發現京城的商鋪要麼關門、要麼物價上漲的時候，賽龍舟過節、看午門斬首，都抵不過去搶買糧食、物品回家。

譚誠以為是穆胭脂造成的騷亂，以為她即將出現刺殺許太后。這個女人為了復仇已經瘋狂，她要的是高調的刺殺，才能將她壓抑了近二十年的痛苦發洩出來。所以，他沒有動，依然安靜地站在許太后身邊。

許太后也沒有動。她知道，譚誠和東廠的伏兵已經做好準備，她也做好了準備。許太后等著陳丹沐來刺殺自己，然後如同穆瀾一樣，像死狗一般被拖到刑場斬首。

這兩人沒有動，安靜地看著湖面的龍舟衝向終點，陪同而來的官員、命婦們自然也不會因為家裡買不到鴨子過節就慌亂。

什剎海少了許多圍觀遊玩的百姓，依然平靜。

許德昭今天也帶著家人來了什剎海。不知為何，盯著湖面的龍舟，他想起了十一年前先帝病重那會兒。

除了先帝的親弟弟禮親王全家都在京城，幾位異母兄弟分封在外，留了一個兒子在京城王府中。所有人心知肚明，這是質子。先帝病重，太子年幼，各地的異姓王打著送年節禮的旗號令親兵護送進京。這些親兵全副武裝，每家王府明面上都有三百人。

皇位一定不能落入他人之手。許德昭那段時間過得太緊張，幾乎是杯弓蛇影。

先帝駕崩前，池起良離開了皇宮，最先懷疑他的人是譚誠。那個時候，乾清宮沒有別的太醫在，池起良不應該在宮門剛開啟時匆忙離去。而素公公穩穩地守著，甚至不讓譚誠靠近。許太后得到消息趕往乾清宮時，許德昭也得到了消息，盯住了池起良。

不過一個時辰，東廠的曹飛鳩就領了懿旨去池家。東廠關門屠了池家滿門之後沒有挪動屍體，等著許德昭親自前去。

那時先帝駕崩，池家已經被屠。許德昭被各種事情拖著，遲了一夜才去池家。許德昭有些感慨，如果那時他信任掌著五城兵馬司的禮親王，先去了池家，穆瀾就活不到今天了。

「爹，祭酒大人如何了？」許玉堂趁著機會，小聲地詢問父親。

國子監祭酒被抓進東廠，罪名是勾結珍瓏欲行刺皇帝、太后，不知內情的監生們群情激憤，都認定是東廠又一次無恥構陷，紛紛打算再跪一次宮門。

這次略知內情的蔭監生們和以譚弈為首的舉監生們難得一致地沒有響應。陳瀚方已經死在牢中，這件事並沒有傳出去。就連處斬穆瀾，用的都是女扮男裝禍亂朝綱的罪名。

「為父也不知道。這種事情你莫要管，皇上都沒多過問。」

許玉堂只能憮憮地退下。自從出了戶部假庫銀一事，他感覺和無涯之間也疏遠了很多。想勸父親莫要在朝堂裡手伸得太長，但他是兒子，管不了自家老子。

身邊花團錦簇。前來承恩公府綵棚拜見的人絡繹不絕，對尚未許親的許玉堂扔來的喜愛目光讓他坐立不安。

朗朗晴空下，許玉堂心裡生出幾分寂寥之意。許氏已成烈火烹油之勢，這般的富貴榮華能持續到幾時？

正這般想著，就聽到驚嚇聲與怒喝聲。

「你們是哪家的！」

許玉堂聞聲望過去，只見一隊士兵直衝到自家綵棚前，將四周團團圍住。

「本將奉旨擒拿禮部尚書許德昭！許大人，請吧。」鎮國將軍全副甲冑在身，渾身散發出冰涼的氣息。

許太后尚坐在不遠處的綵棚中觀看競舸，鎮國將軍竟然聲稱奉旨擒拿她的親兄弟，皇帝的親舅舅。

有許家的家僕想都沒想就要往許太后處報信，剛跑了兩步，直接就被撲殺在地。鮮血與屍體令許家女眷嚇得驚叫起來。

許德昭負手冷笑，「聖旨何在？」

鎮國將軍將五彩聖旨展開。

看到無涯的筆跡與鮮紅的玉璽，許德昭眼瞳收縮，望向許太后的綵棚，忍不住咬牙切齒。他的親外甥竟然真的下了旨！

「請吧！」想起薛錦煙的哭訴，鎮國將軍的臉比鐵板還冷硬。

「三郎，好生陪著你祖母、母親，你姑母看著呢。為父便與他走上一遭，問一問皇上為何如此相待。」許德昭拂袖，跟著鎮國將軍走了。

許家的動靜落在譚誠眼中，他沒有動。許太后卻是臉色大變，厲聲喝道：「那邊出什麼事了！」

譚誠溫言道：「娘娘，不管這裡出什麼事，您都不要急，一急就會亂。」

許太后心頭慌亂，「承恩府處怎麼會有那麼多兵？」

「承恩公不會有事。一動不如一靜。」

這是穆胭脂想要引開東廠的人嗎？譚誠並不在意許德昭出了什麼事。許太后尚在，許德昭就出不了事。

「許德昭也是這樣想的，所以，為了顏面，他一定不會過多和鎮國將軍撕扯，而是想著鎮國將軍不能將他怎樣。」胡牧山繼續與皇帝對弈，興致勃勃地說道：「所有人都認為不可能。錦煙公主這一著是想『將軍』，薛家軍上下都已知道張仕釗背後之人是許德昭和譚誠。其實皇上正等著薛家軍鬧起來。苦主不說話，瞧在太后面上，皇上也不好大義滅親。」

無涯手邊放著一封信和半枚玉鉤。

一名農漢和一個七歲的孩子正被人領著離開御花園。

到達同一個目地後，擔柴的農漢驚奇地發現跟在自己身後的七歲小孩已抹乾淨了眼淚，從懷中拿出一個藍布小包。

「杜之仙令人進草原待了十年，終於從韃子手中盜得這封信。譚誠親筆。而這半枚玉鉤，是許德昭的信物，與信同時送出去的。送玉鉤來的小孩是穆家班的人。

穆家班成年男子多在海捕文書上。今晨城門鬧出動靜，就是讓小豆子混進城，將這半枚玉鉤送進宮中。」無涯輕聲嘆息，「原來清太妃是陳家的人。傳朕旨意，太妃誠心禮佛，賜封華清寺主持，蓄髮修行，一應供奉加倍。」

後宮中，清太妃緇衣素容，望著被斬斷的白綾驚愕著。她原以為自己做完這件事，定然活不成。聽聞放她出宮主持華清寺，清太妃難掩驚喜，心悅誠服地跪下謝恩。

她將離開皇宮，過自由的生活。可是二小姐呢？不殺太后，她如何擺脫心裡的恨？

京城亂了。

午門在望，囚車駛過熱鬧的大街時，瘋狂搶購貨品的百姓像蝗蟲一般撲來。傲慢的東廠番子揮鞭便打，反而被擁擠的人潮踩了兩腳。

陳鐵鷹冷靜拔刀，砍殺兩人後冷漠地說道：「意欲劫囚，格殺無論。」

似乎被眼前的屍體與鮮血嚇著，百姓們瑟縮地往街邊躲閃。就在這時，一個聲音響了起來。

「米麵清倉！過了午時價格就漲了啊！」

像燒紅的鐵扔進了水裡，街市大亂。

東廠押送囚車的隊伍被人潮擠得東倒西歪。

「警戒！」陳鐵鷹大喝出聲。

日頭漸漸升高，無涯抬頭望了望天。

亭外一名禁軍回報，「正陽門大街發生騷亂，有家糧店清倉盤貨，百姓擁搶，囚車被阻。」

胡牧山賊賊地瞥了眼無涯，「都到正陽門大街了，離午門不遠了，誤不了時辰。」

無涯心頭火起，毫不客氣地落子，吃了他一片棋子，「胡首輔操心欽犯，不如多看看自己的地盤。」

胡牧山親手將自己被吃掉的棋子撿了出來，厚著臉皮道：「棋譜上有招叫倒脫靴。欲取之，先予之。皇上您瞧，被吃掉了這一片，臣的棋路是否更寬了？」

無涯板著臉道：「那也是朕的棋子幫了你。」

端午休沐，不是所有的官員都去了什剎海遊湖。戶部右侍郎舒服地躺在貴妃榻上，享受著小妾餵來的粽子，「這個做得好，紅豆熬出了沙，香甜不膩。」粽子不過嬰兒拳頭大，雪白的米粒上嵌著深紅的紅豆，清香撲鼻。見他喜歡，小妾又剝了一個餵進他嘴裡。

右侍郎這回啃了一口粽子，舌頭順勢舔了舔妾室白膩的手指，心滿意足。門簾外傳出噗嗤一聲笑，卻是個男人的聲音。

右侍郎大怒，「誰在外頭？」

丁鈴用繡春刀支起門簾，小綠豆眼滴溜溜地在右侍郎和粽子之間轉著，笑嘻嘻地說道：「錦衣衛奉旨擒拿。來人啊，侍郎大人這麼喜歡吃粽子，把他也綁成粽子帶走吧！」

還沒來得及反應過來，門外一隊錦衣衛衝進屋，抹肩攏臂地將右侍郎捆了個結實，提溜著走了。

小妾嚇得躲在貴妃榻下，眼前多了雙靴子，她哆嗦地抬頭，先前發話的錦衣衛正色迷迷地看著她。小妾心一橫摸了根釵對準自己喉嚨。她好歹是戶部右侍郎的妾，不是小門小戶能被隨意欺凌的女子。

丁鈴剝了個粽子吃，眉開眼笑地將盤子裡剩下的粽子拎著走了，「手藝真不錯！」

小妾愕然發了半天呆，這才想起老爺被錦衣衛帶走了，撕心裂肺地哭喊著往正院尋夫人去了。

同樣的情形發生在京城的各處坊間。

與許德昭、譚誠有關聯的官員，在這一天被突然出現的錦衣衛帶走了。

「京畿衙門和五城兵馬司的人幹什麼去了？」眼見午門在望，卻被百姓擁堵在正陽門大街上，東廠三位飛鷹大檔頭說不出的煩躁。

殺人立威，卻不能將整條街的百姓都殺了。

「當心。」陳鐵鷹與金、銅二鷹已成三角形圍在馬車周圍。越是這樣的環境，三人越發警醒。

街邊高高的屋頂上突然站起一排青衣人，挽弓如月，箭矢「嗖」的朝馬車射來。

「防禦！」陳鐵鷹高喝一聲，拔刀砍向射來的箭矢。

箭雨太密，全朝著馬車一個目標。

「咄！咄！咄！」

聲響如鳥兒啄木，馬車外壁的木頭被一口口撕出了白茬，像一隻刺蝟，好不悽慘。

穆瀾聽著聲音，心頭陣陣發涼。如果馬車沒有夾這層鐵板，恐怕早裂了。她拎起細細的精鋼鎖鍊，慢條斯理地纏上手臂。心中分外好奇，譚誠怎麼就判斷失誤了呢？這樣的箭，明明是穆胭脂的人射出來的。她不是要想看著自己被無涯砍頭嗎？怎麼改了主意？

正等著馬車被打開的瞬間好衝出去，穆瀾身體陡然一沉。

馬車底整個掉了下去。

穆瀾沒有落在地上，而是直接下沉，一雙有力的胳膊接住了她。

地面的青石板在她落下去之後，又被迅速地合上了。

三位飛鷹大檔頭圍在馬車周圍，全神貫注地抵擋著如雨般射來的箭矢。護衛的東廠番子已經衝向對面的屋頂。

穆胭脂箭無虛發，衝上來的番子在她的箭下扔下一地屍體，退到街角尋找掩護。

這時有人回頭，看到馬車車底露出老大一個洞來，高聲喊了起來，「陳大檔頭！馬車……」

飛來的一箭直接刺穿他的咽喉。

馬車怎麼了？這輛馬車的車廂壁裡夾了鐵板，那些沒能擋住的箭扎進了車壁，將外層的木頭撕裂，早露出黑黝黝的鐵板。陳鐵鷹想著，仍然抽空回頭看了一眼，沒有看到異狀。

然而因為躲避穆胭脂箭矢趴在地上的番子們卻看到了，「馬車車底破了！」

陳鐵鷹身體一矮滾進了馬車底。誰都沒有想過在馬車底裝鐵板，而對方偏偏對這點瞭如指掌，將整個車底都切去了。他站起身，撈起一條被穆瀾扔掉的腳鐐，望向腳下的地面。

外頭一聲呼哨響起，令人碜得慌的箭矢聲消失了。陳鐵鷹從車底出來，只看見屋頂上的箭手朝房屋的另一面躍下去。

另兩隻鷹幾乎與他同樣的心思，都沒有追。

這場箭雨將擁搶貨品的百姓同樣逼到了街道兩邊，曾經擁堵的正陽門大街令人驚異地清靜了。

番子們將馬車移開。陳鐵鷹一腳踢開木板，三隻鷹同時望向下面的青石板。

「這附近最近的下水道在哪兒？」

一名番子指向十丈外的一處巷口。

撬開青石板，下面是一條通向京城下水道的地道。新挖的地道，能並肩直立行走。

陳鐵鷹從懷中拿出一支煙火，「嗖」的在空中燃起一道長長的紅煙。蔚藍無雲的長空，這道紅煙格外醒目。

御花園中，胡牧山嘖嘖稱奇，「這枚棋……嘖嘖，如果陛下走這一步的話，臣定輸無疑。」

太陽正升到頭頂，這局棋也下到了終盤。無涯微微一笑，並不後悔，「江山如枰，顧此失彼。朕終究用了別的棋子走了別的路，勝負不過是遲早而已。」

皇帝嘴裡的那枚棋子此時正回頭看向身後的兩人，終於沒能忍住。「我說，她的輕功在你之上，你一定要抱著她走得磕磕絆絆的？不怕回頭被堵在下水道裡成陰溝裡的耗子？」

林一川胳膊緊了緊，「她的傷還沒好。」

穆瀾噗嗤笑出聲來，用手指捅了捅林一川的胸，「我的傷好了。」讓他多抱會兒不行啊？林一川大怒，訕訕地放下她，目光差點把雁行的背捅出一個窟窿來。

走了一程，雁行帶著兩人往上爬了出去。一輛馬車停在出口處，燕聲掀起車簾，三人上了車，馬車朝著城門飛馳而去。

紅色的煙火染在藍天上。什刹海的龍舟賽已經結束了，禁軍拱衛著許太后與貴人們回宮。

譚誠難得地蹙緊了眉，「傳令關閉城門，全城搜捕！走！」

就在他轉身的瞬間，一縷前所未有的危機感升上心頭。譚誠深吸了一口氣，胸腹往後縮了兩寸，出手如電擒住了持刀刺向自己的那人手腕。

刀入體一寸，卻再也不能前進半分。

直到這時，譚誠才發現對面持刀刺向自己的人是誰，「阿弈？」

他的聲音與平時比起來多了幾分感情。這是他從來沒有想過的人，他養大的義子譚弈，在他毫無防備時持刀捅向自己。

譚弈死命地握著刀，眼淚一滴滴地往下落著，「是我，我要殺你！」

「咔嚓」一聲，譚弈的手腕被譚誠折斷。譚誠一掌拍在他胸口，再一次變得毫無感情，「看來你知道身世了。」

一掌拍得譚弈生機全無，血從他嘴裡湧了出來。

被譚誠帶到什刹海的七名大檔頭圍在他身邊，神情驚疑。

「我全知道了！」譚弈嘶吼著，指向譚誠，「你明明是個太監！你殺了我爹，你要娶我娘！因為、因為你……」

曹飛鳩張開了雙手——他腰間的佩刀被譚誠瞬間抽出刺進譚弈的胸口，他嚇得只能伸開雙臂，一動不動地站著。

沒能說完話的譚弈瞪著眼睛，嘴脣無聲地張合著，「有……毒……」

「噌」的一聲，譚誠將刀送進曹飛鳩腰間的刀鞘中，看也不看譚弈，「他們定會出城，著九門傳訊！」

中刀的地方傳來陣陣麻癢，譚誠說完，拿出一只瓷瓶，倒了幾枚解毒丸子嚼服。

各種訊號發出之後，城南的碧空再次出現一道紅痕。

「上馬，追！」

東廠大檔頭們互遞了個眼神，跟在譚誠身後上馬，帶著番子朝城南飛馳而去。

御花園中，無涯落下最後一枚棋子，感嘆道：「當年朴銀鷹在譚誠身邊打聽到最隱祕的事情，便是譚弈的身世。誰都沒想到譚誠之所以收他為義子，是為了一段感情。」

胡牧山研究著這局棋，也嘆道：「皇上最後這枚棋，臣還真沒想到。皇上贏了。」

無涯起身，負手道：「你們知道嗎？朕最初並不喜歡下棋。譚誠很喜歡。他與穆胭脂的那局棋不知道結局如何。」

正說著，龔鐵與禮親王同時出現在涼亭外。龔鐵笑道：「回稟皇上，名冊上的官員全部就擒。」

禮親王稟的卻是另一件事，「船閘已經放行，第一批貨船已經到了通州碼頭。城中的商戶情緒已經穩定。」

聽著他的回稟，胡牧山焦慮道：「皇上，這能讓京城大亂，臣始終不解。」

無涯看向了龔鐵。

龔鐵垂下了眼睛，「臣的下屬莫琴正在竭力打探。臣猜想，可能是個巧合。林一川並無此能力。」

無涯沉默了一會兒，展顏笑道：「午時都過了，眾愛卿陪朕一同用膳吧。」再不提林一川半個字，君臣笑談間離開了御花園。

掀起馬車的車簾，穆瀾回頭望去，城門口趕著各種大車送貨進城的隊伍排成了長隊。回想今天一路上聽到的各種嘈雜聲，她心裡充滿了疑惑。巧合嗎？如非巧合，是誰有這麼大能耐讓整座京城亂起來？會是無涯嗎？一想到他，穆瀾就立時將心思轉開了。無論如何，鬼頭刀沒有落在她脖子上，她還是想想將來吧。

「想什麼呢？」林一川笑嘻嘻地望著她，明明坐得四平八穩，手卻拂了拂袍子，擺出一副「還不趕緊誇我、謝我」的得意模樣來。

雁行這會兒比穆瀾積極，臉上的小笑渦都比平常更深，「少爺，您怎麼知道京城今天會亂成這樣啊？掐指一算的？」

穆瀾看向林一川腰間，他腰帶上繫著自己送他的那個裝銀票的荷包。荷包完整，他還不知道？那麼她得想法子把這個荷包弄回來才行。看樣子林一川也悟了自己那天的一些話，對雁行並沒完全交底。不過，聽雁行話裡的意思，京城的亂是林一川弄出來。他怎麼做的？穆瀾也好奇萬分。

雁行問，林一川就沒興趣說了，他用腳踢了踢車壁，「燕聲，到地方了吧？」

「到了！」

說話間，馬車停了下來。三人從車裡出來，見馬車剛偏離官道，進了一旁的小樹林。林間停著幾匹馬，鞍旁繫著革囊、水袋。

「走吧。」林一川率先上了馬。

四人拐了個彎，往東方急馳而去。車夫照常趕著馬車重新駛上了官道。

穆瀾抬頭看向天空，城門方向那抹紅色的煙火痕跡還在。只是不知道他們這般換馬改了方向，還能否被追上。

下午四人進了通州，碼頭上擠滿了陸續送貨進京的船隻，他們登上其中一條船，一刻不停駛出了碼頭，順著大運河南下。

一連兩天，貨船夜宿江中，白天起航，一路順暢無阻。望著大運河熟悉的景色，穆瀾竟生出又回到穆家班賣藝時的感覺。現在回想，竟覺得那十年的賣藝生涯是她長這麼大過得最安穩的日子。

林一川這兩天沒有煩她，像是累極了倒在艙房裡睡覺。穆瀾站在船頭觀景，雁行走了過去。

穆瀾往他身後掃了一眼。左右無人，甚好。

「錦衣五秀裡身分最神祕的莫琴。」穆瀾眼神很冷，語氣卻是懶洋洋的，「如果我猜得沒錯，你打小跟在林一川身邊是想殺了他吧？」

雁行沒有否認，「皇帝是明君，林一川就算是先帝元后嫡子，誰知道是好筍還是孬竹？權臣、閹黨把持朝綱，再來個嫡皇子奪位。這天下，就亂了。」

可憐的林一川。不過，他也防備著雁行，是他知道了還是仍被蒙在鼓裡呢？穆瀾並不確定。

她慢悠悠地說道：「你挖地道幫他救我。這是改了主意呢，還是你發現林一川有你不知道的祕密？」

感覺到穆瀾散發出的殺氣，雁行笑嘻嘻地往船舷邊上一坐，「都有、都有。人非草木，我與他自幼相伴，下不了這個手。職司所在，我也好奇，可惜，他不肯說。說了，讓我回去覆命，你倆逍遙江湖。豈非皆大歡喜？」

穆瀾嘴一撇，「想讓我幫你打聽？我沒興趣。再說了，殺你滅口也不是很難的事。這樣吧，祕密換祕密，你怎知曉他的身分？」

雁行湊近了她道：「當初于紅梅帶他出宮時，看守宮門的人正好是我家老……大。那會兒他還不是指揮使呢。心裡起了疑，正值換崗，他就跟上了于紅梅，親眼看到她將一個小嬰兒送給一個婦人。老大瞧得分明，那孩子手臂上有一點硃砂痣。我家老大綽號鐵烏龜，最愛縮頭不動，沒有驚動任何人悄悄回了城。與宮裡頭的事一聯繫吧，當晚宮裡頭只有一位生產的主子。」

「你家老大真夠能忍的。沒想著拿這事去向正當紅的許貴妃邀功請賞？或是暗報了先帝……」穆瀾心中電光石火般霎時通透不已，她抿緊了嘴，臉上神色似笑非笑、似哭非哭，老半天才化成一聲冷笑，「原來先帝早知曉了。我爹他，他可真是白扔了全家性命！」

昔日守城門的禁軍小頭目選擇了稟報給先帝知曉，一路提升成錦衣衛指揮使，受帝命暗中看著小小的嬰兒。等林一川稍大些年歲，他就將莫琴弄到林一川身邊。

「先帝詔書，我家老大手中也有一份。保林一川富貴平安一生，若他萬一知曉身分，起了反意，殺之。」雁行嘆了口氣道：「當皇帝的，想的不一樣。先帝肯給妳爹衣帶詔，自是知道了當年的細節，愧對林一川。」

「那就永遠不要讓他知曉。曉得了，又有什麼好。」穆瀾悠悠嘆道，話鋒一轉，「我家的事和他無關，將來我想怎麼著也是我的事。」

雁行明白她的意思。她活下來了，並沒有放棄找許太后、許家和譚誠報仇的念頭，只是不想牽連林一川。

「京城變了天，許、譚二人怕是沒什麼好下場。穆瀾，其實我覺得妳已經盡力了，妳的家人想必也想看妳快活過日子。至於太后……宮裡頭傷心的人不止妳一個。妳也為他想想，妳想殺的畢竟是他的親娘。林一川再能幹，將京城攪成一鍋粥，真當他沒能力平息這一切？由著京城亂了，也沒有封城調兵戒嚴，妳心裡真不懂嗎？」

「莫要說了。將來的事，我現在想不了。我想的是怎麼又來了這處地方。」穆瀾抬頭望向一側的山崖。崖如刀砍斧削，崖下一灣良港。正是當初她與素公公奉旨南下為杜之仙辦週年祭遇大雨停靠的地方。

在這裡，無涯擊沉了對方的戰艦。那晚他二人偎依坐了一宿，第二天南下北上，各走一端。

江面上橫空出現一艘戰艦，霸氣地俯瞰著迎面駛來的小貨船，船頭林立著衣著鮮明的東廠番子。隔著那麼遠的距離，穆瀾仍眼尖地看到戰艦二樓平臺上居中坐著身穿銀白色曳撒的譚誠。他竟然親自帶人追來了。

貨船來不及掉頭，只能轉舵駛向岸邊。去勢太急，竟在岸邊擱了淺。四人跳下沙灘，身後足音整齊，回頭一看，已被東廠的番子圍在絕壁之下。

穆瀾翻了個白眼道：「我說什麼來著？怎麼就到了這插翅難飛的地方？」

林一川有些無奈，「這又不是我安排的。」

雁行半點也不著急，興高采烈地看著兩人鬥嘴，全然沒把被東廠重重圍困當回事。至於燕聲，他的心情完全可以忽略不計。他就一根筋：少爺在哪，他在哪。

碩大的戰艦靠了岸。譚誠的椅子移到一樓甲板上，他居高臨下望著被包圍的四人，輕輕咳了兩聲。肋間被譚弈刺中的傷口不深，他走得急，仍有餘毒未清。他用雪白的帕子擦著嘴，抬頭望向對面的絕壁。

「督主？」梁信鷗低聲請示著下一步該怎麼辦。

譚誠擺了擺手，「讓林一川和穆瀾過來飲杯茶。」

正值黃昏時分，五月初夏的風溫暖宜人，一輪紅日遠遠墜在平原的邊緣。甲板上茶香裊裊，如果不看四周挎刀而立的番子、警惕肅立的幾位大檔頭，林一川與穆瀾坐在譚誠對面，像是久別重逢的老友，正在品茗敘舊。

「你們出京早，大概不曉得京城已變了天。皇上藉著端午衙門休沐，什剎海節慶競舸，錦衣衛與五城兵馬司同時行動，將許氏一脈的官員都請進了詔獄。頭一個請去的人就是太后的親兄，皇上的親舅舅許德昭。」譚誠慢條斯理地說著京中之事，「可嘆許德昭還是昂著頭甩著袍袖去的，估計心裡還在盤算著怎麼弄死去抓他的鎮國將軍。太后也親眼瞧見了，當時還想釣出穆胭脂來，忍著沒有發作，估計回宮後會雷霆大怒質問皇上。」

穆瀾頓時笑了。

譚誠溫和地看著她笑，「如了妳的意，是該高興。也是許德昭太過囂張，總以為太后尚在，皇帝外甥不敢拿他怎麼樣，他也是有擁立之功的。」

他輕嘆道：「皇上既然動了手，就不會虎頭蛇尾收場。許德昭死定了。」

林一川開口道：「你和許德昭不是一條船上的嗎？督主就沒有一點兒兔死狐悲的傷悲？」

「咱家一脈的官員，皇上沒有動。咱家也篡權，皇上為何不動投靠咱家的官員呢？」

譚誠溫和地為二人解惑。

「當初太祖爺成立東緝事廠，任命司禮監大太監兼任東廠督主。東廠行監督百官之職，最大的作用是牽制錦衣衛。皇上用錦衣衛將許德昭一脈的官員一網打盡，滅了東廠，錦衣衛就會一家獨大。皇上不會這樣做的，最多，削了咱家，換一個他信任的太監。誰又保證多年之後，那位新任督主不會比咱家更戀權？」

「不管怎樣，皇上都不會讓你再在督主這個位置上待了。」林一川說得更狠，來的。」

「你不離京，或許皇上一時半會兒還動不得你；離開京城，東廠督主就該換人做了。你和許德昭走私違禁品，與韃子做生意的事證據確鑿，在下親自把這條線挖出來的。」

「咱家不擔心。有把柄被皇上捏著，他用咱家豈非更放心？」譚誠不置可否。

如果皇帝這次真要殺他，他也不可能帶著東廠大檔頭和這麼多番子調戰艦追上他們了。譚誠憐憫地看著林一川道：「咱家告訴你這些，只是想讓你明白，你恨東廠逼迫你爹，恨上了咱家，沒有用的。皇上不會撤了東廠，目前也不會殺咱家。如果回到京城，皇上自會將罪證擺在咱家面前，讓咱家服軟交權，從此老實做他的奴才。」

「督主其實是想說，能追上咱們，是奉了皇上的命令？」或許是與無涯相處的時間多一些，穆瀾猜到了譚誠話中的真實意圖。

「還傷心嗎？」譚誠反問道。

這句反問讓林一川也轉過臉看向穆瀾。

那雙清亮的眼眸中透出對林一川的無限歉意，穆瀾低低說道：「我還是拖累了你。」

「我說過，我不怕被妳拖累。」林一川斬釘截鐵地回道：「若是怕了，我也不會去救妳。」話是這樣說，他的心卻浮起淡淡的悲傷。他已經把衣帶詔當面燒了，無涯為何還不肯放過穆瀾呢？

「林一川，你若闖法場劫走穆瀾也就罷了，你怎麼就能讓京城亂了呢？」譚誠輕嘆。

兩人同時怔住。都以為無涯不肯放過的是穆瀾，沒想到卻是林一川。

林一川大笑起來，眉眼中透著無限歡喜，「妳瞧，原來是我拖累了妳。」

穆瀾也笑，放在桌下的手中已多出一柄匕首。林一川讓京城大亂，他的能力讓無涯忌憚，無涯不會讓林一川活了。她突然很慶幸，林一川不知道自己的身世，不然他得多傷心。

「咱家也很好奇，這可不是能用銀子就能辦到的事。」

好奇的不止你。林一川朝下面的河灘望去，雁行和燕聲在番子的虎視眈眈下坐著。他含情脈脈地望著穆瀾，「我很聽妳的話，凡事留一線，握著的底牌沒有提前翻開，不然咱們怎麼能坐在這裡喝著今年新貢的明前春茶呢？」

本就想好要搏命了，穆瀾配合地嗔道：「什麼叫聽我的話？我可不知道你有什麼底牌。」

夕陽已經沉下了地平線，暮色呼啦啦地從江南淹過來。船上的燈一盞盞亮了，照得下面的江水搖曳生姿。

譚誠的眼神漸冷，他不再說話，無形的威壓從他身上散發開來。

林一川粲然一笑，「還記得那天在下去東廠投靠督主，你說，沒有林家基業支撐，我林一川不過只是個有經商天分的人才。天下人才何其之多，心甘情願做督主的狗，為何要一定要用我。」

譚誠記性不差，接口說道：「你答我說，不是每個人才的爹都是林家大老爺。」

林一川深深望著他，一字一句地說道：「所以天底下只有一個林，一川。」

突然之間，譚誠似想到了什麼，眉毛不受控制地抖了抖，「哪一川？」

林一川捏著茶盞把玩著，輕聲說道：「一川運河水，一川珠江水。」

一條運河溝通南北，流淌著的不是水，而是財富。

一條珠江河連通大海，船來之物一船賺十船的金銀。

譚誠倒吸一口涼氣。

穆瀾的心撲通直跳。林一川的底牌是漕運！

一天時間，大運河數座船閘同時出事，竟無一條貨船抵達京城。只有能掌控漕運的人，才能辦到。

兩人瞬間明白了京城大亂的原因。皇帝在這節骨眼上放出譚誠、讓他帶兵追趕兩人的原因。

「天底下只有一個林一川啊。」譚誠重新打量著林一川，嘖嘖讚嘆，「沒想到、沒想到！能讓咱家如此意外！」

林一川嘴角動了動，浮起淺淺悲傷，「家父那一年為我取名一川。」

「那一年……發生的事情真多。」譚誠似想到了什麼，心情又低落下去。他明白林一川話裡的意思。

抱養他那一年，林大老爺坐上漕幫頭一把交椅，林家才是大運河漕運的真正霸主。南北十六行，沒有漕運支撐，成不了大商行。林家的豪富不在於南北販貨，更不是田莊地產、店鋪上的買賣，而是來自漕運。

而漕運卻是和林家生意單獨分開的，所以林二老爺只曉得林家的南北十六家商行，眼中只有林家的田莊地產，只有滿街的店鋪。

林一川臉色一變，將茶盞摔到地上，輕蔑地說道：「譚公公可瞧得清楚了，這是什麼地方！」

見慣了林一川打情罵俏，乍看他一身睥睨天下的囂張樣，穆瀾還真不習慣。她起身站在林一川身邊，突然有種狐假虎威的荒謬感，「這可是運河！漕幫的地盤！你以為我們隨便找條路逃跑？」

遠遠看到林一川起身摔盞，燕聲不聲不響地從懷裡拿出一根竹管，吹燃了火摺子，「嗖」的一聲，煙火從竹筒中彈射而出，在被暮色染透的空中絢麗綻開。

雁行懶洋洋地拍了拍屁股站起來，想起京中自家老爹還在辛苦為皇帝鬥倒譚誠賣命，一時有些意興闌珊，「真不想回去啊。」

站在四周的東廠大檔頭和番子們嘩地亮出武器。譚誠擺了擺手，「林一川，你這是想造反？」

「東廠換個人當督主，還是東廠。漕幫換個人當老大，還是漕幫。朝廷上百年來換了幾個皇帝，大運河還是大運河。河在，漕幫在。」林一川低頭看向譚誠，「督主解了惑，可以回京覆命了。告訴皇上，我不想造反，那把椅子我不稀罕。我在意的，他以後也甭打主意。」

穆瀾睫毛顫了顫，情不自禁地去看林一川腰間的荷包。他是知道還是不知道呢？

說話間，遠處的江面上燃起了片片燈火，像兩條帶子橫亙在江面之上。

譚誠知道，每一盞燈下都有一條船。目光所及，這上下幾十里的江面都被漕幫的船封鎖了。東廠的人臉色漸漸變得難看起來，一旦開戰，東廠這艘戰艦真不夠看的。

一葉輕舟從黑暗的江面上出現，順流而下，頃刻間駛近了東廠的戰艦。

「告辭。」看到輕舟上搖曳的燈籠，林一川朝譚誠抱了抱拳，拉著穆瀾朝江面跳下去。

燕聲和雁行一看，朝著江邊飛奔而去。

接上四人，撐舟人用力一點長篙，小舟瞬間順水而下。

譚誠望著小舟遠去，眉毛急劇地抖動著，突然開口道：「回京城去。告訴皇上，再為東廠另擇一位督主吧。」

幾位大檔頭面面相覷，不明白譚誠的意思。

譚誠的身影從戰艦上飛躍而下，手輕抽腰帶，一柄寒光閃爍的軟劍出現在手中。他一躍數丈，將要落在水面上時，手中軟劍順水一撩，身體輕盈如水鳥一般再次躍起。

「督主！」戰艦上幾位大檔頭看得目瞪口呆，同時驚呼出聲。

曹飛鳩與梁信鷗不約而同跳上了東廠戰艦的備用小艇，划著船追了過去。

不過幾個起落，譚誠就靠近了小舟，手中的劍撩起一片寒光刺向船上的林、穆二人。

他人在空中，人隨劍至。這一劍太過淩厲，空氣中傳來「嗖嗖」的劍氣之聲。穆瀾和林一川幾乎同時從船上躍起朝他擊去，兩人一左一右，譚誠的劍氣雖籠罩住兩人，最終也只能刺中一人。

林一川想都沒想，一掌拍向穆瀾。

穆瀾心裡清楚，林一川是想將自己推開。而她心裡更清楚，譚誠若要殺她，根本不用等到現在。只能說明，譚誠要刺的人定是林一川。

「啪！」

脆響聲後，林一川吃驚地發現穆瀾竟在空中翻了個身，手掌與自己的手掌相擊。一推之下，穆瀾反而被他推向譚誠。

「穆瀾！」林一川眼睜睜看著譚誠的劍刺向穆瀾的後背，心悸地大喊出聲，血直湧上了腦袋，瞬間一片空白。

她那樣貪財惜命的人……林一川嘴脣囁嚅著，撲通摔坐在船上。

穆瀾閉上眼睛，等待那一劍刺穿她的身體。

剎那間，一片水嘩啦撲向譚誠。他眼前突然出現一根竹篙，劍刺進了竹篙，輕輕一攪，竹子刷刷分裂。

沒有意料之中的痛楚，穆瀾驚奇地睜開眼睛，看到林一川放大的臉，「咚」的摔進他懷裡。

林一川用力摟緊她，手在她後背摸索著，「刺中妳哪兒了？刺到哪兒了？」

穆瀾抖臂甩開了他，「亂摸什麼？」說著回過了頭。

江面上橫著一根竹篙，頭戴斗笠的撐船人與譚誠站在竹篙上正打得激烈。江水托著竹篙起伏不定，而撐船人與譚誠卻如同站在平地之上，來往自如。

太熟悉的感覺讓穆瀾低呼出聲，「娘！」

她的眼淚突然湧了出來。那一劍刺來時，穆胭脂還是出手救了她。一股熱血湧上穆瀾心頭，她噌地站起來，握緊匕首，只等著趁空就去幫穆胭脂。

一葉小艇載著曹飛鴆和梁信鷗駛了過來。

雁行突然喊了聲，「跳船！」

他扯著燕聲往水裡跳下去。

黑暗中，東廠的戰艦上一團火光閃了閃。

林一川暗罵了聲，見穆瀾目不轉睛地盯著竹篙上的兩人，用力撲了過去，抱著她跳下船。

「轟」的一聲，炮彈落在小舟旁邊，炸起數丈高的巨浪，直接將小船掀翻。

浪花落在水面，嘩啦啦的水聲不絕。浪頭過後，江面上只見小舟晃晃悠悠順水而下，再沒見著林一川、穆瀾等人的身影。

而竹篙之上，譚誠與撐船人的打鬥仍在繼續。

他似乎根本不在意林一川等人的生死下落，他的眼中只有面前的撐船人。

一劍刺過，撐船人戴的斗笠被劍氣攪得粉碎，一綹長髮散落下來。她抬起臉，與譚誠平靜地對峙著。

「十九年了，師妹似乎變了許多。」譚誠右手持劍點著江面，目光落在撐舟人臉上。不再是記憶中那個燦若朝陽的紅衣少女，眼前的穆胭脂，不，他所熟悉的陳丹沐已經是個滿臉風霜的中年婦人了。

穆胭脂用的也是劍，與譚誠一模一樣的軟劍。她盯著譚誠，語氣怨毒至極，「十九年了，所幸你保養得極好，除了白掉幾根頭髮，沒有絲毫變化。」

譚誠微微笑道：「師妹這是慶幸我保養得很好，殺起來心頭更痛快嗎？自去年珍瓏出現，只殺我東廠之人時，我便猜測著，期待著與師妹相逢。」

「譚青城！」穆胭脂叫出了他入宮前的名字，劍遙遙指向他，「我原想殺盡東廠所有人，再來尋你。尋你問一句，為何在十九年前故意將我引至先帝面前，故意讓我姊姊誤會於我！尋你問一句，為何要幫著許氏害死我姊姊，害死我陳家滿門！」

曹飛鴆和梁信鷗的船已接近了兩人，江風獵獵，讓兩人將譚誠和穆胭脂的話聽得清清楚楚。像是明白了譚誠為何說那番話並獨身追來，兩人不再上前，只操著船，停在不遠處的江面上。

「師父門下大都是寒門子弟，突然飛來了一隻金鳳凰。陳家的二小姐、皇后的親妹妹，家世好、容貌好、天分高。妳是天之寵兒，門中師兄弟愛慕妳者甚眾，我也不例外，與妳說話都會臉紅。當年我與妳一般年紀，十三歲的少年表達愛慕之心的方式就是不停地苦練，想博妳青眼。每次與妳比試，都是愛慕妳的少年能接近妳的時候。我怕傷著妳，因此被妳所傷。」

譚誠淡淡說道，聲音陡然尖利。

「妳傷的卻是我的命根！輕飄飄的一句對不起，幾包藥材就理直氣壯覺得我該原諒妳？妳可知道從此我成了門中被師兄弟們嘲笑的人，再也抬不起頭來！譚家因我而絕後！為什麼？不就是因為妳身分高貴，而我只是個孤兒嗎？我就不能找妳報仇？」

「你找我啊！你為什麼不找我！理直氣壯地和我比試，有本事你斬斷我的手腳，我絕無二話！」穆胭脂厲聲喝道：「你卻曲意奉承，讓我心懷愧疚。我告訴我姊姊，你是我的小師弟，宮中生活不易，請她多照拂於你。若非如此，你怎能從尋常小太監調至乾清宮？我姊姊又怎能輕信你的話，誤會先帝要納我入宮為妃！」

「呵呵呵！」譚誠尖利地笑了起來，「不這樣，我怎麼能看著妳墜下雲端呢？我與許氏聯手讓妳的家族從這世間煙消雲散，我卻一直沒有認真尋過妳。我知道，等待的時間越長，妳品嘗的痛苦越多。十九年了，看著妳那燦若驕陽的容貌變成如今這副模樣，我真的很高興！」

「受死！」穆胭脂腳尖一點竹篙，軟劍抖得筆直，朝譚誠刺了過去。

月從雲層中探出頭來，灑下一江清輝。兩團銀光在江中纏鬥，令曹飛鳩和梁信鷗眼花撩亂。兩人互遞了個眼神，悄悄靠過去。

正值穆胭脂背對的時機，曹飛鳩突然躍起，持武器撲向穆胭脂。

穆胭脂偏頭避開了曹飛鳩的刀，譚誠卻從曹飛鳩身後出現，手中的劍刺進了她的腹部。她用力握住那把劍，腕間銀絲抖出，像毒蛇吐信刺向譚誠。

那點銀光在譚誠眼中閃爍，近得他將將抓住曹飛鳩的腳，將他扯到面前。

曹飛鳩喉間一點兒涼意傳來，那根銀絲刺進了他的咽喉，穿透而出，再刺進了譚誠的胸。

三人奇異地串在一起。

穆胭脂微張了張唇，「知道為什麼那天我沒去殺太后嗎？」

譚誠一點點拔出胸口的銀絲，「養了十年，還是心軟了？」

一抹笑容從穆胭脂臉上浮現，「我姊姊有兒子，我陳家有……後！你終會死的。」她咯咯笑著，突然氣絕。

譚誠用力一捽，曹飛鳩和穆胭脂撲通掉進了水裡。

腳下的竹篙失去了平衡，譚誠用力躍起，剛好落在梁信鷗撐來的小船上。

「督主！」梁信鷗扔了船槳，上前扶起他。

「噗！」譚誠吐出一口黑血。他無力地癱倒在船上，呵呵笑了起來，「陳丹沐，妳終於死在我手裡了！妳終還是打不過我！陳皇后有兒子，我會找到他，殺了他！」

「督主，屬下看看您的傷！」梁信鷗伸手去解譚誠的衣襟。

譚誠仍在笑，「我的傷無事。阿弈，阿弈用的毒好烈！」

解開他的衣襟，梁信鷗看到他胸口一點兒鮮血湧出，但被譚弈刺傷處流出的卻是黑色的血。梁信鷗摸著傷口，眼神突然一變，手掌重重地擊了下去。

一股血從譚誠嘴裡噴射而出，他抓住梁信鷗的手，鷹隼般的眼睛直勾勾地盯著他。

「我一直是二小姐的人，珍瓏局中埋在你身邊的一枚棋子。我的祖籍不在山東，是松江府人氏。」梁信鷗輕鬆擺脫他的手，退到了兩步開外，「你報復二小姐也就罷了，為何不放過一個陳家的姻親？蘇州蔣家、松江府梁家，都割了你的命根子嗎？天理循環，二小姐沒能手刃了你，你的命終由我取了去。」

「是誰？他是誰！」譚誠嘶聲叫了起來。

梁信鷗望向黑暗中滔滔遠去的大運河，輕聲說道：「靈光寺中，梅于氏臨終前畫了一個血十字。陳瀚方臨死前說，不是梅字的起筆。不是梅字，自然是林字。他不是告訴你了？他對那把椅子不感興趣。」

林大老爺撿來的孩子。

「一川啊。」譚誠最後輕吐出三個字，沒了生氣。

梁信鷗替他整理好衣襟，輕嘆一聲，划著槳駛回岸邊的戰艦。

這局珍瓏已經下完了所有的棋。他仍然是東廠的大檔頭，只是不知道下一位東廠督主會是誰了。

尾聲

嵌在銅盆裡的桐油幽幽燃著，光影在獄中閃爍不定。鐵青色的石牆、深褐色的柵欄，霉爛的草蓆是詔獄的標配。只有幾間上層的牢房在高處開著不足盈尺的孔洞，依稀能透進一點兒光線，這已是錦衣衛詔獄最好的待遇了。

許德昭正痴痴盯著小孔外的半勾銀月出神，外頭掛在腰間的鑰匙發出的撞碰聲離他越來越近，他慢慢回過了頭。

一襲明黃的衣裳映入了眼簾。在這陰暗晦氣的大牢中，衣襟上精繡的五彩金龍像是突破烏雲的太陽，燦爛得刺痛了許德昭的雙眼。

無涯親自拎著一只食盒站在柵欄外，「舅舅。」

一聲「舅舅」令許德昭目眥欲裂，鬍鬚顫抖，「舅舅？你還知道老夫是你的親舅舅？先帝駕崩，你才十歲。黃口小兒，深宮弱婦。是我，是你的親舅舅為你撐起了一片天！是老夫按下了你那些王叔的心思，扶你坐穩了帝位！你對得起老夫嗎！」

「朕能有今天，心裡不是不感激著舅舅。」無涯放下食盒，長揖首，「若無舅舅扶持，當年無涯年幼，未必能坐穩江山。這一禮，舅舅受之無愧。」

「哼！」許德昭拂袖。他做了多少，有多麼辛苦，輕輕一揖首就想抹殺了他的功勞？

無涯站直，靜美如蓮的臉驟然閃過一絲隱怒，「指使張仕釗勾結韃子圍邊關殺薛神將夫婦，害死將士近萬、百姓數千。走私違禁，結黨營私，買賣官爵，你無罪嗎？」

許德昭冷笑出聲，「皇上，若無臣除去擁兵自重的薛神將，連根剷除陳氏一脈，您的皇位真坐得穩嗎？陳氏一定會找到陳皇后之子，擁立他登基。以陳氏在朝中的力量，你以為他們做不到嗎？甚至那個被他們找來的皇子是假的，也照樣能奪走你的帝位。你替薛神將抱不平，替邊關將士百姓抱不平，你以為順暢得來的皇位，卻是你親舅舅用染滿鮮血的手扶持你坐上去的！」

無涯閉了閉眼，再睜開，一片清明，「朕四歲時被立為太子，十歲登基。自啟蒙之日起，刻苦學習，從無一天懈怠。登基之後兢兢業業，勤學政務。朕不求開疆拓土，只求治下百姓安居樂業，世事太平。朕問心無愧。父皇臨終時知曉當年真相，也無從廢朕太子之位的想法。就算陳皇后之子被找到，空有身分，他拿什麼和朕比？朕並不懼之。」

「自從知曉陳皇后死後產下一子，父皇留有遺詔，朕痛苦反側，難以入眠，不惜火燒御書樓，為的是能遮掩舊事，對得起母后和舅舅從小到大對朕的照拂。朕親政三年來，對舅舅苦苦隱忍，百般退讓，可是舅舅您呢？囂張跋扈、目無君主！天底下沒有能容忍朝臣篡權之皇帝。縱然如此，若舅舅肯辭官歸隱，朕仍保舅舅一家富貴平安。」

讓他辭官歸隱？讓他回老家當個土財主？讓他受盡世人嘲笑？許德昭怒極，「皇上，要殺便殺，想要折辱老夫，恕難從命！」

這是在折辱他？他是舅舅，也是臣子。他蔑視皇帝，逾矩犯上時，可知一個帝王心裡的屈辱？無涯轉身離開，「舅舅既然一意孤行，死不悔改，朕無話可說。」

賜他全屍？太后尚在，皇上敢殺他？許德昭正驚愕時，龔鐵親帶著人捧著一個托盤進來，盤中放著匕首、白綾與毒酒。

皇帝離開，龔鐵對許德昭並無多少客氣，板著臉道：「承恩公選一樣吧。」

「不，不。」許德昭搖著頭，突然衝至柵欄旁，朝著遠去的無涯大喊，「皇上，你不能殺老夫！你如何面對太后！如何面對與你一起長大的三郎！」

無涯腳步微滯，又堅定地邁了出去。

坤寧宮宮門緊閉，將六月的明媚悉數關在了外頭。

「皇上，太后娘娘說身體不適……」

聽得太多次這樣的藉口，無涯邁步上前，不顧緊跟在身邊滿臉惶恐的宮人，用力推開宮門。

一道道門被他用力推開，層層帷帳被他用力扯開，陽光直射進寢殿深處，照在許太后身上。

她沒有梳頭，任由夾雜著白髮的青絲披在肩頭。

陽光的刺目讓她抬起胳膊用寬大的袍袖擋住了臉，「你殺了你舅舅，你流放了你的外祖母、舅母、表兄弟，你來看哀家死了沒有是嗎！」

帶著怨恨的聲音直刺入無涯心裡，他生平第一次站在許太后面前，居高臨下地看著癱坐在地毯上的她。

絲絲斑白的頭髮讓無涯偏開了臉。

「這是朕最後一次見您了。」無涯木然地說道。

許太后愕然抬頭看了過去。

「從小到大，您待朕如珠如寶，寵愛有加。朕從前聽聞皇家無親情，帝王無父子。朕一直竊喜，朕與母后尚如民間母子般親暱，朕覺得歡喜幸福。」

無涯望著案几上插好的花，從中取出了一枝。

「朝堂、後宮本是一體，若無母后撐腰，舅舅能籠絡這麼多朝臣，插手朝綱，肆意賣官鬻爵？承恩公不過禮部尚書之職，卻能收三十萬兩銀子賣一個入閣的名額！三十萬兩！朝廷一年稅收才六百多萬兩！他賣掉的官位就值三百多萬兩！許氏一脈的官員供狀怵目驚心！他不該殺嗎？但朕仍許他辭官歸隱，保許氏一門富貴。舅舅拒絕了。

「呵呵，母后，您的親兄、朕的舅舅說，讓他辭官是折辱他。他姓許！是外戚！當這江山也姓了許嗎！朕還不夠寬容？不夠體恤感恩？朕是您的兒子，為何不見您因承恩公篡權而斥責他？」

許太后張了張嘴，從地上站起來，「你當年那麼小，幾位皇叔虎視眈眈……」

「他扶持有功，朕就該任由他篡權，做個傀儡皇帝嗎？」無涯打斷了許太后的話，痛心地望著她，「一個月以來，您用身體不適為由不見朕，以為朕就會像從前一樣認錯求懇？母后，您已經不是許家女，是皇家媳！是太后！」

許太后掩面痛哭。

無涯輕嘆，緩緩轉身。

突然，許太后想起無涯剛說過的話，她嘶聲叫道：「就因為你舅舅，你就再不見母后了？」

「不是因為舅舅。」無涯停住腳步，回頭看她，「不，母后，不要說穆瀾。」

這個名字哪怕就這樣說出來，無涯的心都掠過一絲酸澀。他輕輕搖頭，彷彿這樣就能將那個眉如新葉、眼若秋水、笑起來能讓他的心化掉的女子從腦中搖晃出去，「不是因為她。朕再喜歡她，也不至於為博她歡心不顧自己的親娘。當年沒有母后，朕成不了嫡皇子，甚至當不成太子，坐不了皇位。朕都明白的，甲之蜜糖，乙之砒霜。他人眼中，母后心狠手辣，朕心中卻知是一片拳拳愛子之心。」

「為什麼？為什麼？無涯，你不是與母后最親？最喜歡來母后這裡用飯，陪母后插花……」許太后的心被無涯一番話說得酸楚難當，眼淚涔涔落下。

「為了父皇。」無涯紅了眼睛，「自無涯懂事起，父皇身體就不好。他病得再難受，也不忘抱著無涯教導。父皇真是因為池起良那碗回春湯過世的嗎？素公公為何死都不肯說出真相？為何他還能活著？母后，您告訴我。我知道，您都是為了我，為了我能順利登基，可他也是我的父皇！」

許太后張了張嘴，眼淚斷線珠子般往下掉，「池起良不在陛下身邊，匆匆離宮。譚誠覺得有異，前來告訴哀家。趕到乾清宮時，你父皇已知當年皇后產子真相，罵哀家毒婦，說池起良已攜詔書歸家。他要廢了哀家。」

「你還那麼小，幾位皇叔的兒子正值盛年。廢了哀家，你孤零零一個小兒如何坐得穩皇位？哀家求你父皇重擬詔書，他昏了過去。哀家求素公公，看在江山社稷的分上……他熬了碗回春湯。你父皇有了片刻清醒，卻不住痛罵哀家，道若非看在你的分上，定要殺了哀家。迴光返照之後，你父皇便駕崩了。」

穆瀾的臉不知為何突然在無涯腦中出現。她六歲那天的記憶那般慘烈，直到現在，她都不知道那碗回春湯根本不是她父親熬製的。

「我對不住她。」無涯喃喃說著，腳步沉重地出了坤寧宮。

「無涯！」許太后跌跌撞撞奔了出去，她倚在寢殿門口，看著無涯垂著手走在烈陽下。陽光那般烈，像雪光一樣灑在他身上，令他的身影無限蕭瑟。許太后倚著宮門滑坐在門口，突然後悔起來。她突然想回到那個夜晚，讓穆瀾一槍刺死自己，或許，她的兒子就不會這般傷心絕望。

偏殿的迴廊處，薛錦煙遠遠看著這一幕，嬌美的臉上沒有絲毫表情。

一名女官低著頭來到她身邊，「殿下久等了。」

薛錦煙嘴脣微翹，偷瞥了她一眼，將手伸過去，「太后娘娘既然身體不適，本宮就不去打擾了。走吧。」

公主的鸞轎緩慢地離了坤寧宮，往宮門行去。轎中傳來薛錦煙低低的笑聲，「不殺也好，不值得髒了妳的手。穆瀾，妳真的不想再見皇上一面？」

「不用見了。我放過他母親，他也放過我，就這樣吧。」

「那妳以後還會來京城嗎？」

「公主尋得如意郎君出嫁時，穆瀾定有厚禮奉上。」

●○●

離珠江入海口不遠的一處荒涼港灣中，山崖包圍掩映下停靠著一艘高大的樓船。

林一川在甲板上焦急地張望著。

燕聲手搭涼棚跟在他身後遠眺，手終於搭得累了，他不知從哪摸了把蒲扇遮在頭頂，「公子，穆瀾肯定不會來了！都等了三天又三夜了！咱們走吧！被水軍發現就麻煩了。」

「她憑什麼不來？」林一川被初升的朝陽刺痛了眼睛，一把扯過燕聲的蒲扇擋在頭頂。

「憑什麼？憑不喜歡您唄！」燕聲嘟囔道。

林一川回頭狠狠瞪他，「你說什麼？」

「我、我……少爺你看，來了條小船！不會是水軍的哨子吧？」燕聲指著遠處喊了起來。

林一川定睛一看，興奮得直搓手，「快快，趕緊叫姑娘們……不，姨娘們全部出來！」

小船駛得近了，船上的穆家班的人張大了嘴巴、仰起脖子看著眼前這艘巨大的樓船。

船頭，數十位衣著豔麗的女子簇擁著林一川也好奇地望著下面的小舢板。

小船落下的帆上突然坐起來一位少年，嚇了女子們一跳。

林一川見到穆瀾，雙臂一張，左右各攬了一個入懷，「海上有風暴，這才耽擱了幾天。你們倒是運氣好，馬上就要開船了，正巧趕上了。」說罷理也不理穆瀾，左擁右抱進去了。

「嘶！」穆瀾發出一聲牙痛似的吸氣聲，忍不住揉了揉自己眼睛。

「別嘶、別揉啦。」燕聲搧著蒲扇，大搖大擺地從她面前走過，「甭以為除了妳，我家少爺就不喜歡別的女人似的！」

穆瀾怔住了，她搓了搓下巴，朝主僕二人離開的方向不懷好意地笑了笑，轉頭招呼穆家班的人扛行李上船。

朝陽初升，照得海面一片金光燦爛。

穆瀾順著桅杆爬到了頂，望著波瀾壯闊的大海，想著從此天高雲闊，心情萬般舒暢，禁不住大喊出聲，「哦哦啊啊啊……」

艙房裡，主僕二人擠在門縫往外瞧。

「她發什麼癲？」
燕聲悄聲說道：「大概是被姨娘們刺激著了。」
林一川大為興奮，「啟航！下個碼頭靠岸時再買些水靈點的來！」
「山有盡，海……無涯！」
前面的話低聲呢喃，最後兩字卻用盡力氣喊了出來。
桅杆上傳來穆瀾的高呼聲。林一川身體僵住，「砰」的拉開艙門，仰頭大罵，「鬼叫什麼？再喊船資翻倍！」
穆瀾一個倒掛金鉤，晃蕩著對他扮了個怪臉。
林一川忍俊不禁，縱身躍到她身邊坐下。
樓船朝著南方破浪前行。

●正文完○

盈盈何時歸

梅花之盛莫逾吳中，吳中賞梅，必以光福諸山為最。

鄧尉山的梅開了。

杜之仙少年成名，十六高中狀元，二十歲得了江南鬼才的雅號。京中郡主、千金爭相悅之，他亦心高氣傲絕不將就。

與他同朝為官，多少朝中大員都以看女婿的目光看他。杜之仙仕途平穩，隱隱已有入閣之勢。爭來爭去，最終官員們都覺得他誰家女兒都甭娶，免得羨煞自己。

然而皇室那些小郡主們卻難以打發。

禮親王為了寶貝女兒，堂堂一個親王坐在杜之仙家中耍賴。如果不是杜之仙向皇帝求救，差點被禮親王帶著五城兵馬司的兵搶回家中做了女婿。

杜之仙不勝其煩，借回鄉探親之機，跑回江南躲輕閒。

他老家在揚州鄉下，老母親住習慣了，不願搬去京城，杜之仙僱了人侍候。想起鄧尉山的梅花，他瀟灑去了蘇州。

蘇州多名士。杜之仙一襲落拓青衫，不修邊幅，提著只酒葫蘆穿街走巷，不曾有人識得他就是大名鼎鼎的江南鬼才。正因如此，杜之仙在鄧尉山一住便是半月，賞雪觀梅，好不自在。

他僱人在梅林深處搭了兩間草棚。這日，細雪如屑，杜之仙端著簸箕進了梅林。

他來取那蕊中輕雪，一半煮茶，一半釀酒。嗅著冷氣凜然的梅香，他情不自禁地想，可比在朝為官快活多了。

一路收雪賞梅，漸漸踏進另一條他不曾走過的路。雪下得緊了，眼前一片茫茫雪海，若非露出雪中的虯枝，他險些分不清哪是雪，哪是梅。色澤單一，便不成景了。杜之仙端著半簸箕輕雪正待離開時，眼角餘光掃到了一抹紅影。

等他定神再看，卻又不見。他有些好奇，左右無事，便尋著那抹紅影的方向行去。

走了盞茶工夫，轉過一角山巖，一株生得百年以上的老梅於傲雪中怒放。梅紅似火，如梅林之后，立時將四周的白梅壓了下去，讓人眼中只有它的存在。

「好梅！」杜之仙大讚，一時間有些後悔沒帶畫筆，望著那株紅梅急步而行，到了樹下細細觀賞。心想待回到草廬，定要將此景畫上。

梅樹粗壯，似被雷火劈了一半，反讓虯枝顯得更加蒼勁。點點輕雪聚於火紅花蕊之中，更添豔色。

杜之仙嗅得此梅香氣更盛，縈繞鼻端久久不去，心想，如能收得此梅上的輕雪，回家煮一壺好茶，才不虛此行。乾脆將半簸箕費了半天工夫收得的輕雪全倒了，攀著枝頭一朵朵收著雪。

正爬上粗壯的枝幹，突聽到樹下有人說話。

「哎，你能否等我畫完再上樹去？別壞了我的景。」

聲音嬌嫩似出谷黃鶯。杜之仙伸出的手僵了僵，心想莫不是行蹤暴露，被哪家千金追來了？他小心回頭，卻見不遠處有一方平敞的山石。石上鋪著白宣，一名少女正在作畫。來時轉過山巖，眼中只被這一樹老梅吸引，竟然沒有看到有人在旁作畫。看情形，少女在他之前已到了這裡，非刻意為他而來。

杜之仙頓時鬆了一口氣，端著簸箕下了樹。

見他下了樹，少女沒有再開口，繼續埋頭作畫。

少女披著件紅色刻絲大氅，身後便是一片茫茫白梅。此時細雪紛紛，襯得少女眉目溫婉一片，如初見那株耀眼紅梅，杜之仙不由得瞧得痴了。

少女的畫技不錯，畫中紅梅點點如血，透出一股驕傲之意。她畫完抬頭，看到站在旁邊的杜之仙，眼神閃了閃，似有些意外能在此遇到如此俊美的男子。她擱下畫筆，呵了呵手道：「見你腰間懸著葫蘆，可是裝著美酒？」

杜之仙回過神，趕緊放下簸箕，解下酒葫蘆雙手送上，「姑娘若不嫌棄……」

「我的酒飲完了。」不等他說完，少女歡呼了聲，拿過酒葫蘆拔了塞子飲了一大口，衝他笑道：「好酒！可是老興巷那家的三白酒？」

喜酒之人遇到懂酒之人，杜之仙大喜，「正是！」

少女面容溫婉秀美，行事卻極豪爽大方。收了梅圖、畫具，僅餘一張毛氈鋪在山石上，她坐在一端邀杜之仙，「好酒好梅，離去甚是不捨，天色尚早，不如再觀賞一番。」

杜之仙也非拘泥之人，在另一端坐了。

兩人並肩賞著那樹紅梅，酒葫蘆擺在中間，興之所至，各自取來飲上一口。

難得與一女子相處，對方卻無露出花痴樣，杜之仙心動了。

他再不動酒葫蘆，只盼著這葫蘆裡的酒永遠莫要有再飲完的時候。

一葫蘆酒少說也有三斤，大半進了少女的口。杜之仙悄悄看她，只見雪也似的臉頰沁出淺淺緋色，嬌豔欲滴，一時間心如擂鼓。

少女半睜著迷離的眼，偏著臉問他，「你端著簸箕是要收梅花上的雪吧？」

杜之仙老實答道：「難得見如此好梅，收些梅上之雪煮茶才不負眼前此景。」

少女撫掌大樂，「說得好！我既飲了你的酒，便替你收了這梅上的雪，你再請我飲盞茶如何？」

「好！」

少女端起簸箕，足尖一點，躍向了那株老梅。

大氅的風帽滑落，露出鴉青色的及腰長髮。也許因酒助興，她揮手間，點點浮雪自花蕊中彈起，悉數落在一雙欺霜賽雪的手中。人如御風而行，裙袂翻飛，美麗至極。

「美人，美景！」杜之仙第一次變成了呆頭鵝。

賞過梅，飲過酒。

杜之仙簡陋的草廬中飄起了茶香。

那簸箕紅梅上的蕊雪在紅泥茶壺中化開，梅香盈盈。

少女嗅著水中梅香，禁不住技癢，「我來煮一盞茶吧！」

杜之仙目不轉睛。

沸水入茶，激起層層雪沫，幻出一樹牡丹，漸放漸隱，此起彼伏。

「姑娘好技藝！」杜之仙能被稱為江南鬼才，素來驕傲，此時心服口服。茶藝不如她。

得他誇獎，少女臉上泛起了羞色。

天色漸晚，雪下得急了，少女便借了他一間草廬暫住。

如此一住便是五天。

每天兩人相伴賞雪，飲酒作畫，煮茶彈琴。人生得一知己，相伴總覺時短。

待少女離開時，兩人已是難捨難分。

「三年後，我出師下山，必去京城尋你。」少女留下了那天所畫梅作以為表記。

杜之仙此時才覺得如夢方醒，脫口說道：「我尚不知妳的姓名，家住何處、三年後怎去府上提親？」

少女跺腳嗔道：「這幾天你都不曾問過我，現在我卻不告訴你。」

杜之仙微笑道：「不說也罷。我見妳收輕雪時身姿盈盈，我便叫妳盈盈可好？這一世便只有我如此叫妳。」

少女臉色緋紅，低聲說道：「杜郎，莫要負我。三年後京城見。」

一語定情。

杜之仙目送她踏梅離去。

自此後，每年冬季，杜之仙總會再去鄧尉山看一看那株紅梅，再收一簸箕梅上蕊雪，點一盞牡丹茶，等待她的歸來。

三年轉眼過去，她就要回來了。

杜之仙展開畫卷，記得當時初遇，微笑著在畫中題下一句：「如今香雪已成海。小梅初綻，盈盈何時歸？」

他掩了草廬柴門，負著畫卷，提著酒葫蘆，回京城等她歸來。

起風了。

無涯伸出雙手撐在城牆的垛口上，風將這裡的沙塵吹得乾乾淨淨，掌心下只餘數百年青石的沁涼。

風吹走了雲層，星辰寥落。

螢螢燈火在城市中跳動閃爍，都離他極遠極遠。

站在安靜高大的城樓之上，俯瞰京城，高處不勝寒與江山盡在我手的感覺都同樣真實。

石階之下，秦剛與譚誠的話語聲將憑欄獨望、睥睨天下的感觸壞了個乾淨，無涯意興闌珊，擺手讓譚誠上來。

說完許太后對穆瀾的處置，譚誠低眉順眼問道：「皇上可有別的吩咐？」

吩咐？無涯忍不住挑了挑眉。在他的印象中，他親政之前只會聽從母后的吩咐、舅舅的教誨、譚公公的勸告；親政之後，他也無力去「吩咐」這位手握重權的東廠督主。

譚誠清臞面容下那雙鷹隼般的眼睛閃動著了然的情緒，「皇上重用錦衣衛制衡東廠，一心想收皇權，卻不曾仔細想過，這世上也只有沒有根的人才會真心依附皇上，做皇上的奴才。東廠沒了譚誠，也會有張誠、劉誠，或許，將來會有個春來春大督主。」

受他眼風一撩，站在三步開外的春來腿一軟就癱跪在地上，「皇上，小人不敢！」

「下去，朕與譚公公說會兒話。」暗罵聲沒用，無涯不想再看到春來那副慫包樣，斥退了他。

只有他與譚誠站在這空寂的城牆之上，無涯方道：「現在無人偷聽，譚公公有什麼話不妨直說。」

皇帝細膩的心思、觀察入微讓譚誠感慨，他從小看著皇帝長大，此時竟有些欣慰，「穆瀾才是天香樓那位真正的冰月姑娘吧？東廠的動作仍然比皇上慢了一步。」

穆瀾殺進坤寧宮那晚後，譚誠就知曉宮中病亡的「冰月姑娘」的真身是誰了。

他以為自己在東廠動手之前將冰月掉包了。無涯懶得替譚誠解疑，眼神淡然，「公公親眼所見，難不成還以為朕與穆瀾還能廝守？」

「縱是如此，皇上也不見得和太后一般心思，讓她養好傷就受那千刀萬剮之刑。」

無涯的心抽搐了下，難言的痛楚讓他避開了譚誠的注視，手按緊沁涼的青石，凹凸不平的石塊硌著掌心。他知道，他絕不可能提起硃筆在條陳上簽下一個「可」

字。

他哂笑，「不如剮了朕。」

話脫口而出，素來喜怒不形於色的譚誠也愣住了。

無涯笑了笑，「公公本就想以穆瀾和朕做交易，朕不忍心，公公應該高興才是。」

「誰家少年不風流。」譚誠想到了自己，感慨變成了滔天恨意，「老奴欲以穆瀾為餌，釣穆胭脂與珍瓏一網打盡。只要皇上不阻攔，老奴保證，事後讓穆瀾死得毫無痛苦。」

「死」字說得重了些。兩人眼神相碰，無涯便懂了譚誠話裡的意思。

對無涯來說，答應譚誠並不難。臥榻之側豈容他人酣睡，沒有人願意時刻都被人盯著行刺。何況，還有一個人，他一直在等的那個人還沒有出現。

「端午快到了吧？朕與她相識便在端午。那天處以絞刑，留她全屍。朕堅持如此。太后必會答應。」

話落在譚誠耳中，能留全屍便是答應了他的條件。不會去救穆瀾，壞了他的事。他負責事後讓穆瀾沒有痛苦的「死」去。

這場博奕之中，穆瀾的生死並不影響大局。將來惹出是非，也自有皇帝承擔。

話至此處，譚誠仍感嘆了句，「皇上經此情劫，是福非禍。」

過不了美人關的帝王，承受不起江山之重。

雨下得極大，十步開外，已是水霧成簾，一重重從空中垂落至地，層層疊疊，沒個盡頭。

無涯慢吞吞結著雨披的衣帶，吩咐春來，若薛錦煙前來，讓她進御書房等候。春來嘀咕著雨太大了。他知道。

首輔家花園中的辛夷花或許已被這場大雨澆得零落。無涯望了眼坤寧宮的方向。母后在意的真是他能否折回最美的花枝嗎？不，哪怕他折回一根空花枝，母后也是歡喜的。所有人在意的是他的心思，一個帝王的喜惡。

掀開這重重雨簾，他不知道等待他的是戰爭還是殺戮，是威脅還是妥協。但，只有他去了，才能看見不是？

無涯毫不猶豫地出宮。

林一川很準時。無涯彷彿第一次見他，仔細打量著站在面前的高大俊朗男人。因為用了心，他仍然從林一川臉上看到了一絲熟悉的影子。

他和他有著同一個父親，卻不約而同地生得不像父皇。原本男子偏似母親就不容易看出父系的血統，林一川融合了陳皇后與父皇的面容，是以沒有被人認出他的身分。

這是上天對他的恩賜，讓他平安長大。

命運太調皮，不僅林一川變成了他同父異母的兄弟，他們倆還同時喜歡上同一個女人。無涯現在都清楚記得，在靈光寺看到兩人說笑時，心中泛起的不適。在他還以為穆瀾是個少年時，也許林一川就已經識破穆瀾的真容。

可她選擇的人是自己。這讓無涯面對林一川的俊臉時，暗生歡喜。

這個念頭只從心頭掠過就變成了綿綿如雨的痛楚。放過穆瀾，就等於將她拱手送給面前的這個男人。

殺念隨之而起。

「約好今天見面，除了聽一聽我的收穫，談一談皇上的安排……還有兩天，就是端午。皇上，您有什麼安排？」

林一川想救穆瀾。無涯輕蔑地想：穆瀾需要你去救？她的生死，在朕一念之間。

他在自己面前不稱臣，不稱小人，自稱「我」，便是對皇權的蔑視。無涯敏銳地察覺到林一川的心態。他可是知道了什麼？是他已知身世，還是穆瀾告訴了他？

無涯佯裝憤怒，用憤怒和穆瀾的生死去試探林一川。他想知道穆瀾的心思，他也想知道穆瀾說起的衣帶詔是否真實存在，又是否已經交給了林一川。

他情願沒有試探，林一川的話像刀一樣凌遲著他的心，可他卻不能像林一川一樣，大聲說出心中所想、心中所怨。

他真不明白嗎？穆瀾為何會在坤寧宮大殺四方，斷了所有的生路。是他辜負了她，但他能怎樣？能為了池家的公道懲辦一力將自己推上皇位的母后？這本就是一個死局。

譚誠的話說得真好，他歷的是情劫，邁過去，才能做一個將江山社稷融入生命血脈的帝王。

讓林一川罵吧，林一川罵得痛快，何嘗不是他想對天咆哮的話語？

這是天命，他無法逆天改命。

林一川拿出了衣帶詔，無涯只覺得心中劇痛。為了將往事湮滅在塵埃中，他不惜火燒御書樓。他想起穆瀾當時的譏諷，突然衝動地想要去問一問她。在她心中，除了與自己有情，是否也有著林一川的一席之地。

林一川隨手將遺詔放在拎來的琉璃燈上，無涯下意識地喊出了聲，「不可！」

他也很想看看那張遺詔，看看父皇是否真的要廢了自己的太子之位。若真如此，他又何其無辜。

「不可？」林一川笑了起來，「皇上，留著它有什麼好？您不惜燒了藏書萬卷的御書樓，不就是想毀了它嗎？我也不想留著它，這哪裡是保命用的，明明是催命符！」

火苗舔著遺詔，將他所有想知道的都燒成了灰燼。

林一川說：「相信我，這是我這輩子最不想看到的東西！」

無涯忍不住揚眉，心裡答案浮現。林一川已經知曉身世，他選擇燒了遺詔讓自己放心。他對穆瀾已情深至此？無涯突然有些嫉妒，嫉妒林一川能為穆瀾所做的一切。

就這樣吧，他答應了譚誠不會出手，可管不著林一川出手。梁信鷗曾說過，救穆瀾一成把握也無。無涯心中甚是好奇，還有兩天就是端午，林一川有什麼能力從譚誠手中救人。

雨仍沒有停，林一川走後，胡牧山從暗室中出來。無涯懂得他的眼神，輕輕搖了搖頭。

「若憑一紙遺詔、口說無憑的身世便能搶走江山，這皇帝也當得未免太過兒戲。」

胡牧山懂得他的意思。從三歲啟蒙到十八歲親政至今，他從未懈怠過學習如何做一個皇帝。

回宮時，天色已黃昏，雨勢沒有減弱半分。馬車在中途改了道，駛向了東廠的方向。

無涯坐著譚誠的轎子進了東廠。關上小院的門，譚誠親手掀起轎簾。出了轎，無涯好奇地打量著梁信鷗形容如蛛巢的地方。

離端午還有兩天時間，譚誠不明白無涯為何此時想見穆瀾一面。

「見一見，免得朕心裡一直惦記，反而不美。」

是了，端午一過，穆瀾將會從世上徹底消失。哪怕活著，也再不可能出現在皇帝面前。到底年輕，總是放不下。皇帝有這樣的弱點，譚誠很高興。他善解人意地親自引路。

「譚誠待她好得像自家閨女。那是司禮監掌印大太監，東緝事廠的督主啊。給她買江南織巧閣的衣裳，把囚籠布置得像千金小姐的閨房……」

無涯想起林一川的話，沒有在東廠大獄中看到穆瀾，讓他煎熬的心得到些許安慰。他進去之前駐足對譚誠道：「多謝。」

以為是謝他引路，譚誠淺笑，「老奴惶恐。」

得知皇帝前來，守衛已經離開。無涯進去，譚誠親手將房門拉合，「不會有人打擾到皇上與穆姑娘敘舊。」

木門關合時發出輕微的吱呀聲，無涯站在外間良久，才推開內室的門。

正如林一川所說，如果無視那兒臂粗的鐵柵欄，這裡便是千金小姐的閨房。房中無窗，下著大雨，屋頂的明瓦也沒透進幾絲光線。靠近柵欄的桌上燃著蠟燭，溫柔的燭光映出穆瀾清美的容顏。

廣袖寬衣，長髮及腰。她正在對鏡梳髮，纖細手指搭在彎月形的木梳上，一梳到底。柔軟的綢袖輕輕飄動，像扇著翅膀的蝶兒，別有一種旖旎。

在天香樓中，她常化華麗美豔的妝。無涯卻極喜歡她不施脂粉時，清水芙蓉，就美如畫中人。

在天香樓的時候，他就覺得一定是場夢，只怕夢醒來。

如今夢醒，才知最初的惶恐源於本心的直覺。

看見無涯進來，穆瀾微微的錯愕，卻只得一瞬便湧出笑容。一笑之下，滿室生輝。她繼續梳著頭髮，慢條斯理地問道：「皇上也要來與我飲一碗斷頭酒嗎？」

無涯藏在袖中的手捏成了拳頭，指甲深深地掐著柔嫩的掌心，好讓自己的聲音變得平靜一些，「朕初次見妳便在想，江南地靈人傑，隨便走索的雜耍班少年都眉目如畫。穆瀾，妳笑起來極美。」

當眾揭破祕密，當眾刺殺太后，當眾不肯讓我給妳活路……即使如此，我也想要妳活著，繼續擁有這樣燦爛至極的笑容。

可惜這番話永遠不能告訴她。無涯苦澀地想，或許她已經不屑再瞧一眼他的心意。

「啪！」穆瀾將梳子扔到桌上，「皇上是來瞧我這個階下囚的笑話？」

無涯搖頭。

穆瀾瞥了他一眼，突然又笑了起來，「皇上捨不得我死？」

無涯輕輕點頭。

「那就下旨放了我啊。」穆瀾竟然喜出望外，走到柵欄邊上，「我不想死。」

一臉慵懶樣讓無涯想笑。可他不能。她殺進坤寧宮用槍挑斷情思，他呢？他只能讓她看見他只有一顆無情帝王心。

眼神微暗，無涯不再被她牽動情緒，「朕來，是想問妳一句。為何欺騙朕，卻將遺詔給了林一川？」

穆瀾愣住了。林一川竟然把遺詔給了無涯？蠢貨！這不是給他有朝一日保命用的嗎？不，她緊張地思考著。林一川絕不會把遺詔給無涯看，他不會蠢到讓無涯知曉他是陳皇后之子。那麼，他是想用遺詔換她的命？她嘆了口氣道：「他毀了的那東西不是遺詔，因為，根本就沒有遺詔。人有心魔，我一說有衣帶詔，皇上不是馬上就放火燒了御書樓？」

無涯覺得指甲都快把掌心戳破了，心也被戳了好幾個洞。她一番說辭，不過是怕他殺了林一川。

再停留下去，他怕被她看穿心思，「林一川想救妳，朕等他自投羅網。穆瀾，朕不能給池家一個公道，妳便該明白。在朕心中，江山比妳重要。朕來，便是想確定林一川是否知曉遺詔，朕已知答案。若他死，是妳害死了他。」

無涯連多一個眼神也沒有，轉身就走。

「無涯，他騙你的，沒有遺詔！」穆瀾失聲叫了起來。

無涯猛然轉身，「妳不想他死？跪下求朕！」

他的心提到了喉嚨。

幾乎話音才落，籠中的穆瀾已推金山倒玉柱般跪下了，「我求你，放過林一川。」

潮熱直衝進無涯眼眶，瞬間讓他紅了雙眼，他聽到自己聲音發顫，「妳不肯給我留半點退路，卻肯為了林一川下跪相求！好好好，穆瀾，我本拿不定主意，你倆彼此有情有義，朕便成全了你們去黃泉做對鴛鴦！」

這番話有他的心思，也有他的故意。無涯猛然推開房門走了出去，門被他拉得哐噹一聲合上，隔開了他與穆瀾。

天色已經晚了，外間沒有點燈，昏暗寂靜。無涯閉著眼，用力地捶打著自己的胸口。他深深呼吸，上前拉開了門。

門外沒有人，雨將天地澆成了一片混沌。他沉默地站著，直到譚誠親自提著燈籠從長長的迴廊那頭走來。

是表示他並無在門外偷聽吧。無涯了然。

他沉默地上轎離開。

●○●

轉眼端午便至。

無涯沐浴更衣，佩著五毒荷包，邀請他的首輔大人下棋。

世事的局已在棋盤之外，如他的布置一一呈現。

日上竿頭，林一川劫走了穆瀾。無涯扔掉了棋子望向朗朗晴空。

從此山高水長，她和林一川在一起後會一直都有著堪比驕陽的笑容吧？

殺了許德昭，無涯終於走進了坤寧宮。

坤寧宮宮門緊閉，將六月的明媚悉數關在外頭。

他的母后怨恨他殺了親舅舅，流放了許氏一族，並不願意見他。

望著生出絲絲白髮的母后，無涯不知道母子倆會走到今天。母后恨的是他殺了舅舅嗎？不，她恨的是失去了權柄。

從前他一直想集皇權在手，一直以為阻礙他親政的人是譚誠與許德昭，現在他才明白，還有他的母后。

他宣布了對母后的懲罰。

母后痛苦的質問在身後追著他的腳步，無涯硬下心離開，沉默地穿過重重帳幔走向殿外，一幅白絹從他面前飄落。無涯霍然抬頭，高處隔扇透進的光線中有纖瘦的影子一晃而過。

白絹上潦草寫著一句：「你放過一川，我放過太后。江湖不見。」

無涯知道那離去的身影必是穆瀾。他放過了林一川，她見到母后如今的模樣，就此罷手，所以才會留給他一句彼此放過，江湖不見。

腦中又想起穆瀾為林一川乾脆俐落地下跪，像是心中扎著的刺，碰一碰就會疼。

無涯心裡明白，因為林一川，穆瀾才肯放過他的母后。

她再不會進宮。忘掉了所有陰霾，她和林一川應該很幸福吧？無涯遐想著，靜美如蓮的臉上浮起淺笑。

「可是穆瀾，妳卻不曾放過我。」他輕聲低語著，將白絹放進懷裡，走出了宮殿。

外面陽光濃烈，卻沒有將他的心晒得溫暖起來。

間者

揚州的仲秋是極美的，湖綠天藍，層林盡染，五彩斑斕。林家老宅盡得江南園林之精華，一草一木、苔痕老磚中透出歲月滄桑。服侍的人儘管謙卑，神態中依舊掩飾不住那份屬於世家的驕傲，哪怕他只是個下僕。這一切，於梁信鷗來說其實並不陌生。

望著金黃銀杏樹下穿著寶藍外袍、玉樹臨風的林家大公子，他想起了年少時的自己。

林家擺了一桌魯菜招待他。

在東廠的檔案中，十二飛鷹大檔頭梁信鷗是山東青州府人士。原名梁信，孤兒，十五歲上泰山學藝。沒有人知道，他原本叫梁青山，出身松江梁氏，曾經也是鐘鳴鼎食的世家子。

當年梁家被滿門抄斬，杜之仙在牢中尋了個替身救了他，從此松江梁青山變成了山東孤兒梁信。那一年與杜之仙分別時，梁信鷗以為將來還有機會再見，沒想到再見面，卻是在他的靈前。

他並沒有花太多心思去研究穆瀾。杜之仙的關門弟子，在這局博奕的棋局中定會是極重要的一枚棋子。對已知的自己人，梁信鷗不想再花更多心思。他關注的是未來的變數，林家那位掌了家業的大公子。

坐在銀杏樹下賞景，林家父子小心作陪，是極愜意舒適的。父子倆都沒看出梁信鷗和煦笑容、倨傲姿態隱藏下的傷感。

東廠看上了林家的產業。杜之仙得了梁信鷗的信，施恩於林家。將來，或許在東廠中，就又多了一個自己人。

這麼多年過去，杜先生與陳二小姐不知費了多少工夫往東廠裡撒棋子，也不知道犧牲了多少人，最終將他推上了十二飛鷹大檔頭的位置。

杜先生說：「所有的棋子都是過河卒。你不同，你是間者。」

孫子兵法云：知敵之情者為間。

過河卒沒有回頭路，只能拚死往前，以命相搏。

拚命，很簡單。想成為一個間者，很難。想要復仇，梁信鷗首先要活著。活著成為雙方博奕中己方的眼睛，成為譚誠的左膀右臂，成為他忠心的下屬。

他把自己吃胖了幾十斤，包子般的團臉、富家翁似的身材，就算爹娘在世，怕也很難將他認出來。

為得到譚誠信任，他為東廠做事從未心軟過。私底下，都說他是笑面虎，瞧著和氣，其實心狠手辣。大檔頭們輕易都不敢招惹他。

梁信鷗雲淡風輕地逼著林一川親手宰了他們林家的鎮宅龍魚，林一川的眼神恨不得把他千刀萬剮。梁信鷗並不生氣。林家不肯坐以待斃，意味著林家的金錢流入東廠的速度不會快，譚誠想用這些錢去做事就不會太順。

在東廠裡待得久了，梁信鷗經常會有一種錯覺，那個松江府的梁青山是另一個人。然而當最初的仇恨成為執念之後，為復仇所做的一切都變成了本能。

他離譚誠如此近，只需一伸手就能震碎對方的五臟六腑。他不知道譚誠武藝有多高，所以從未去試探過。杜之仙說得很清楚，他是間者，不是刺客。

他沒想到，自己從單純的珍瓏局中棋變成了另一個人手中的暗棋。

皇帝也要以他為間。

棋局最初，局勢並不明朗。博奕之人在棋盤上的各種落子，到了中盤，對手的思路便若隱若現。

從靈光寺梅于氏被殺之後，梁信鷗隱約覺得僵持多年的形勢發生了變化。當然，最大的變化來自於他的身分。

「朕想說兩件事情。第一件事與朴銀鷹有關。朕布了個局，讓朴銀鷹唯一的弟弟欠下了大筆賭債被人綁了票，他急於籌錢贖人，所以他收了朕的翡翠玉馬，願為朕所用。譚誠知曉後不久，朴銀鷹在揚州被殺。」

譚誠在御花園遇刺，梁信鷗進宮追查線索，皇帝從彭昭儀處回到乾清宮後召見他詢問案情。然而，皇帝卻說起了死在揚州珍瓏刺客之手的朴銀鷹。殿外陽光明媚，跪在冰涼金磚上的梁信鷗後背沁出了冷汗。

朴銀鷹是譚誠與許德昭之間的聯絡人，除掉他，會加深兩人之間的矛盾。朴銀鷹兄弟嗜賭的事是他有意透露給秦剛的，那隻被抵押的翡翠玉馬線索也是他巧妙盯住各大檔頭的釘子知道的。

皇帝不會隨便和他談論這件事。

「第二件事和朕有關。那年朕春獵病倒，在帳中養了一個多月的病，暗中南下揚州，譚誠卻始終查不到朕是否真在大帳之中養病。」

無涯面帶笑意，「梁大檔頭可否告訴朕，為何你不將你查到的事告訴譚誠？」

皇權羸弱，對付譚誠，他們需要皇帝的助力。梁信鷗奉命查到了皇帝春獵的行蹤，卻隱瞞了譚誠。這兩件事只需擺在譚誠面前，他就是顆死棋。

「朕只問你，可否對朕忠心？」

他沒有選擇，深伏於地，「臣萬死不辭。吾皇萬歲！」

擦去陳瀚方用石子劃下的痕跡，梁信鷗笑了，像一個行走在無邊黑暗中的人在等了許多年後，突然間看到了光。

他與林一川並肩走出東廠，目送著林一川策馬離開。梁信鷗抬頭望向簷下懸掛的大紅燈籠，凌晨時分這場雨下得格外綿柔，被燈籠的光映著像是掛下來的一道細密的簾子。

「適合睡覺的好天氣。」梁信鷗喃喃自語著，結好了油衣的帶子，在守門番子的諂媚目光中撐起油紙傘走進了黑暗寂靜的長街。

丑時起，便有官員匆匆趕至宮門等待早朝。能飲著茶、用著早飯，到了宮門開啟的時辰施施然前去應卯，比起站在城門樓下吹寒風不知愜意多少。官員們上了朝，茶肆的客人就變成管事、長隨，在此沏茶吃著點心候著主子下朝。因此，宮城對面街上十來家早點茶肆的生意都極好。

也方便了像梁信鷗這一類當差至凌晨的人。

此時正是子丑相交之時，早朝的官員尚未到來，店鋪已經開了門。他抬頭看了眼一甌茶坊的匾額，眼底閃過幾分感慨。夥計認得他，輕車熟路地將他請至樓上雅室。

最好的房間窗戶面朝宮城，以便官員或管事、長隨能看到宮門處的動靜。梁信鷗進的雅室正好相反，窗戶朝著內院，站在窗旁望出去，早起的燭火映出一重重黑壓壓的屋簷。窗邊站著一個穿黑色繡暗紋綢衫的男子，外頭罩著一件黑色的披風。

梁信鷗似早已料到，等夥計關上房門後，便跪了下去，「卑職參見皇上。」

「平身。」無涯沒有回頭，聲音裡帶著濃濃的疲憊，「譚誠沒有讓你留下來？」

梁信鷗搖了搖頭，「人送進了他所在的院子。今夜進宮的大檔頭他一個沒留。他手裡還有那三隻鷹。」

「你沒有暴露身分就好。」無涯略放下了心，輕聲問道：「若是去救她，有幾成把握？」

陳氏與許氏，誰坐江山都與他無關，他在意的只是松江府梁氏一族的八百多條性命。年輕的皇帝一開始聰明地讓他保留自己的祕密，他明白，皇帝等著他自己選擇坦誠。他一直沒有說出珍瓏的祕密。比起胡牧山，他才是真正的牆頭草。

唯一不曾料到的是，陳氏與許氏的兒子們居然都對穆瀾生了情。

穆胭脂要穆瀾死，譚誠根本不在意穆瀾的生死，而這兩位主子卻都想救那個靈動的女子，可這都不是他這等小人物所能左右的事情。

梁信鷗就事論事，「一成也無。譚誠的東小院如同蜘蛛的巢穴，蛛網四布，如有人闖入，如同黏在網中的蟲，難以掙扎。」

「殺譚誠有幾成把握？」

留在譚誠身邊這麼多年，這個問題梁信鷗想了千百遍，回答得毫不猶豫，「行刺於他，卑職沒有把握。」

良久，無涯淡淡說道：「再嚴密的網也有漏洞，那個人可以動了。」

「是。」

無涯走到牆邊，伸手推開一扇木門。梁信鷗看著他，突然心血來潮開口道：「皇上，臣還有一事稟告。」

他看到皇帝謫仙般的臉露出一抹戲謔的笑容，「如果你說你認得陳丹沐，是珍瓏中人，朕既往不究，只看你將來的忠心。」

梁信鷗撲通跪倒在地上，心裡苦笑不已。皇帝早就猜到了。他不知道這算不算救了自己一命，「臣謝皇上不殺之恩。臣想回稟皇上的是另一件事。」

一件關於陳瀚方與于紅梅拚死相守的祕密。

他找到了陳皇后的兒子。

他跪在地上，看不見皇帝的表情。屋裡的空氣因為久久的沉默變得靜滯。梁信鷗開始後悔，這個消息也許會要了他的命吧？

「朕知曉了，朕會記得你的功勞。」無涯輕聲說完，閃身離開。

再無動靜之後，梁信鷗方扶著桌子起身，圓臉上浮起百年不變的笑容，他心裡很是感激，他再不後悔自己的選擇。年輕的皇帝胸襟開闊，是明君。

胃口極好地吃完一整鍋熱氣騰騰的砂鍋麵線後，他才騎馬離開。長街上已經有官員上朝的轎子出現，梁信鷗搓了搓臉，拍馬馳向國子監的方向。能撕開那道口子的只有一個人：譚弈。

這麼多年臥底東廠，梁信鷗查出最有價值的消息是：身為太監的譚誠曾經對一個女子動過情，而這個女子是有夫之婦，譚弈的親生母親。誰都不知道譚誠為何會殺了反抗不從的夫婦二人，卻收養了她年幼的兒子譚弈。

原因並不重要，梁信鷗只需要向譚弈揭露這個真相，讓譚誠最信任的義子成為破局之人。

梁信鷗從來沒有偷進過譚誠的密室，雖然他曾經無數次想進去一探究竟。或許他能活到今天沒有被揭破身分，便是因為他忍住了。

說服譚弈的東西只有一張畫像，譚弈生母的畫像。她與陳二小姐陳丹沐，年輕時的穆胭脂有著七分相似的容貌，讓精於發現細節的梁信鷗略一調查收養譚弈時的事，就探知了譚誠不為人知的祕密。

梁信鷗將畫師精心畫出的小像送給了譚弈，親厚如待自家子姪，「你一直想要你母親的畫像，成了。」

「多謝梁叔。」

譚弈的臉色由驚喜到驚疑到隱怒，梁信鷗知道他已經開始懷疑。只要譚弈再查當年被收養之事，就會知曉父母被殺的真相。

手撫在譚誠胸口的傷處，梁信鷗臉色依舊平靜，卻分明感覺到一股血直衝腦中，心跳如雷。他掌力終於吐放，狠狠擊碎了譚誠的心脈。這一刻，情緒如同沖塌大堤的洪流，傾瀉而出。

他終於手刃仇人！

「我一直是二小姐的人……」

梁信鷗如此告訴譚誠。

搖槳返回大船，月夜下的江面上只有他孤獨的身影。望著燈火通明的東廠戰船，他心情複雜至極。杜之仙已亡，穆胭脂也已死去，他再不是珍瓏中人。將來，他只會是皇上的臣子。

兩心悅之

香山的葉漸紅，又到一年賞秋之時。京郊遊人如織，做生意的小販聞風而至，香山腳下一時間熱鬧非凡。

山路本不寬敞，車轎行到此處越發走得緩慢。就在這時，一輛黑漆平頭馬車不減速度闖了進來，驚得人們抬頭怒目而視。

馬車垂著簾子，看不見主人面目。然而，護著馬車的數匹健馬之上坐著的卻是身著麒麟服、腰挎繡春刀的錦衣衛。眾人由怒轉驚，生怕惹禍上身，紛紛避讓，由得馬車衝過擁擠的路段，往山上去了。

「本宮又不趕時間，何至於如此囂張驚擾路人？」薛錦煙蹙眉低聲朝車外說道。

「如果刺客潛伏於人群中……恐怕傷及的無辜更多，違了殿下的慈悲心腸呀。下官職責所在，還請殿下見諒。」

不卑不亢的回答，又明明白白地讓薛錦煙聽出了滿滿的譏諷。她捏緊簾子一角，硬生生沒讓自己掀起來。她就知道，這人、這人分明是心懷不滿。他不高興了，豈非正合自己的心意？心思數轉，薛錦煙心頭的火氣煙消雲散，雙眸璀璨，對

這趟行程充滿了期待。

馬車轉過山道，路漸行漸窄，終於在路邊停了下來。

車裡先出來一個年輕丫頭，靈活地搭好腳凳，恭敬地稟道：「公主，到了。」

暗青色繡花的簾子被掀起，露出薛錦煙嬌美的臉。陽光將她的肌膚映得吹彈可破，高高綰起的寶髻上戴著一頂銀絲冠，映得飽滿的額頭如珍珠般明亮。

她朝遠方瞭了一眼，看到不遠處半山的紅葉深處若隱若現露出一角飛簷。那裡是座極小的土地廟，譚弈就葬在那裡。想起那個英氣迫人的男子，她不由得生出幾分傷感。

一張天然帶著笑渦的臉突然出現在面前，薛錦煙頓時收起所有的情緒，傲慢地抬起下巴，「雁行……啊，不對，該叫莫琴莫千戶了。帶著你的人守在此處，不必跟來了。」

她說罷就要下車。

莫琴的一隻腳提前踩在腳凳上。

薛錦煙目瞪口呆。從小廝改頭換面變成了錦衣衛千戶，就敢對她這般無禮？

地面不平，莫琴腳下小小的木凳被踩著晃動。他收回腳，微笑道：「殿下當心，別又崴了腳。」

他的提醒讓小宮女感激莫名，趕緊上前重新擺放好腳凳，伸手去扶薛錦煙。

「哼！」薛錦煙沒有扶住小宮女的手，逕自穩穩地踩著腳凳下了車，挑釁地瞟向對方。以為這般示好就能讓她忘記？皇上為了拉攏錦衣衛竟然將自己賜婚於他。

憑什麼？

莫琴的目光在她腳邊打了個轉，遺憾地嘆了口氣。

他遺憾什麼？遺憾自己沒栽跟頭，沒崴了腳？

那時她從昏迷中醒來，身邊只有渾身浴血的小廝雁行。她聽說竹溪里刺客來襲，心中擔心穆瀾。她想跑回竹溪里看看，卻被他百般阻攔。她便裝著崴了腳，趁他去尋草藥時離開，卻被他粗暴地拖了回去，冷言威脅。

難不成他在遺憾沒能像上次那般有機會輕薄自己……薛錦煙只是少經世事，人並不蠢。心思轉了轉，瞬間明白對方的遺憾之意。藏在心底深處的回憶如潮水般湧現，一層緋色迅速染紅了雪白面頰。

不要臉的臭男人！她羞憤地別開了臉，一把將小宮女拎著的藤籃奪過來，深吸一口氣道：「在此等候本宮！」

「殿下……」小宮女不敢讓她獨自去半山的小廟，著急地喚了她一聲，卻被她的眼神瞪得縮了回去。

薛錦煙翹了翹嘴角，端莊優雅地走向通往坡下的小徑。

才走了幾步，莫琴已攔在她面前。還是那張帶著笑意的臉，無比討厭地說道：「下官需陪同殿下前往，職司所在，殿下見諒。」

彷彿引炸了火藥，薛錦煙的端淑形象轟然碎裂，纖纖玉指直點向莫琴的鼻子，嬌聲斥道：「一個小小的千戶也敢駁了本宮的話？」

莫琴朝她身後看去。

同來的四名錦衣衛極有默契地轉過身，一人還不忘將那小宮女拉走，「卑職陪姑娘去取些山泉水煮茶。」

「呀，有人上山來了，卑職前去阻攔。」

「千戶大人，卑職去林中放哨。」

數息間，人散了個乾淨。

所謂城門失火，殃及池魚。準駙馬與公主過招，誰還敢留下來？

薛錦煙錯愕得小嘴微張。

瞧著她蠢蠢的可愛模樣，莫琴摸了摸光滑的下巴，忍住了笑。

秋風暖陽，鳥鳴山幽，此處竟然就只剩下她和這個臭不要臉的男人！為了討好上司的私生子，他們竟敢將她的侍女也一併拉走！她是公主啊！是金冊、寶印在手的堂堂公主！薛錦煙氣怒交加，一時間竟然愣住了。

「殿下不想去了？」莫琴微微挑起了眉，笑容更盛，臉上明晃晃寫著「不去再好不過了」。

在某些事情上，活人總是爭不過死人的。他總不可能把譚弈從墓中揪出來打一架。

薛錦煙生辰後，皇帝著禮部為她選駙馬。他是龔鐵外室所生的兒子，又知曉諸多祕辛，皇帝有意拉攏，令他繼任指揮使一職，所以下旨賜婚的駙馬人選正是他這位恢復了錦衣五秀身分的千戶大人。薛錦煙先是拒婚不成，緊接著就以與譚弈有約為由，哭求將親事拖後一年。念及譚弈迷途知返，重創譚誠有功，最主要的是皇帝對薛家有愧疚之意，便允了。

可這算什麼？他未過門的媳婦要為別的男人服喪守貞？譚弈生前她不喜歡，死後卻讓她百般惦記著了？

明知道這丫頭對那時兩人逃亡途中發生的事耿耿於懷，有意報復。莫琴忍了。忍是忍了，終究意難平。

聽得薛錦煙出宮祭祀譚弈，他還是沒忍住，隨行而至。

去，他必然同往。不去？憑什麼不去？讓他親眼看著，氣死他好了！薛錦煙兩腮鼓得像包子似的，提著籃子就往前衝。

輕薄的繡鞋踩著山道上的石頭，硌得腳疼。在公主殿下尊榮華貴與小女子嬌美可愛之間，她堅定地選擇了前者的裝扮。直至這時，她才開始後悔為什麼不換身輕便衣裳，換雙厚實的靴子。她小心翼翼地走著，生怕摔倒被身後的男人看了笑話。卻不知道這般小心讓一身宮裝襦裙勾勒下的苗條身影顫顫巍巍如風中柳枝，讓莫琴好幾次欲伸手去攬住她的細腰，又硬生生地忍了回去。

這條小路並不長，薛錦煙平安下到坡底，得意地回頭，「本宮沒摔跤，沒如你的意，可真是遺憾哪！」

「嗯。」莫琴認真地點了點頭。

他眉間眼底表現出十足的憾意。薛錦煙呆了呆，頓時又羞又怒，「我沒摔著，你遺憾什麼？」

那時兩人自竹溪里逃亡，她哪次摔跤不是他當肉墊子？莫琴居高臨下地睃了她一眼，意味深長地說道：「妳說呢？」

他的目光變得熾熱濃烈，炙烤得她往後縮了縮，心頭如鹿撞一般。她心裡不知啐了他多少口，罵了多少次不要臉，卻總會下意識地想起被他抱在懷裡的安全與溫暖。薛錦煙紅透了耳根。

陽光下，莫琴清楚看到她白玉般的耳垂彷彿一枚通透的紅翡。對他無情，緣何如此？他心中微動，毫不遲疑地朝她邁出一步。

薛錦煙猛然轉過身，急步走向土地廟外的墳塋，略帶誇張地喊了聲，「阿弈，我來看你了！」

莫琴：「……」

他清楚地聽到自己心裡罵了句「祖宗」！悻悻然磨著牙，牽著腮邊肌肉一跳。

土地廟極小，山岩裡雕著一尊已看不清面目的神像，外頭搭了間遮雨簷。廟外靠近山坳處堆著三座土墳。不過大半年，墳頭已覆滿青草。這是譚弈和父母的葬身之地。

本是躲避莫琴奔到墳前，看到墳頭青草，薛錦煙的眼睛便紅了。她輕輕從籃中拿出香燭紙錢祭品擺好。這一刻，她真的很想單獨和譚弈說會兒話。可恨那人卻死皮賴臉跟來，真是可惡！

「本宮想要單獨……」薛錦煙故意傲慢地說著，一回頭卻看到莫琴早已退到了遠處。嚥下半截話，她卻有些失落。

他站在平臺邊緣，面臨深壑，朝陽將他身上的斗牛服映得璀璨奪目。他憑風而立，說不出的瀟灑飄逸，薛錦煙不由得瞧得痴了。

彷彿感覺到她的注視，莫琴嘴角扯出一個愉悅的笑容，轉過臉去看她。薛錦煙像受驚的兔子似地轉過身，臉上又燙起一片紅霞。

她燒著元寶紙錢，嘟囔道：「阿弈，對不住啦。我雖然沒有喜歡過你，卻從來不曾厭過你……」

風吹起紙錢的灰朝著山谷紛揚飄蕩，薛錦煙想起最後一次見到譚弈。

薛錦煙像受驚的蝸牛，縮在寢宮之中，連宮人們想開窗透氣，被她尖叫著制止。

老天爺彷彿知曉了坤寧宮新增的殺戮，半個多月中接連降下數場大雨，可她仍然覺得吹進來的風帶著血腥味。

那晚之後她就病了。

只有生病，她才可以不再踏進坤寧宮去。

薛錦煙心裡清楚，她躲不了一世。可她情願就這樣躺著病死，也再不想踏進坤寧宮，對著那個婦人卑躬屈膝。她殺不了太后，她再也不想卑微地變成太后腳下的塵埃。譚誠不是想讓譚弈娶她嗎？就這樣抬著她的屍體過門吧。

然而，卻有人不讓她死。無數個昏沉沉的夜裡，總有人撬開她的唇將苦澀的藥湯渡進她嘴中。溫暖柔滑的舌與她糾纏不休，苦澀的藥湯在唇齒之間迴盪。她彷彿陷入夢魘，用盡全力卻無力掙脫。她努力睜開眼睛，那個輕薄她、不讓她死的男人是黑夜裡的魔鬼，臉被重重黑影藏在深處。

一閉上眼睛，她就能看到穆瀾揮槍大殺四方的身影。她腦中總是迴響著穆瀾的話，可是她卻無法為爹娘報仇。薛錦煙憮憮地躺在錦帳之中，珠淚順著眼角不停地滑落。她無聲譏諷地笑。她活著，因為譚誠心疼他的義子，因為譚弈喜歡她很多年，他們竟然不讓她死。

外頭的雨下個不停，門窗緊閉的寢宮光線昏暗。薛錦煙虛弱地躺著，分不清這是白天還是黑夜。

宮人輕巧掀起帳幔，燭火的光映了進來。

她瞪著施施然走近的人，心裡一片悽涼。她是公主？不，在譚誠眼中，她什麼都不是。所以譚弈一介白身才能這樣肆無忌憚地走進她的寢宮，讓服侍她的宮人迴避，還這般無禮地坐在她的榻前。

「殿下，喝完藥妳的身體就會好了。」

是他！那些昏沉的夜晚是譚弈強餵她藥湯，又輕薄於她。他還要娶她過門，讓她生不如死！欺人太甚！薛錦煙猛地睜眼，揮拳……

纖細的手腕落在譚弈掌中，她無力掙扎，只得瞪著他大罵出聲，「無恥！」

他的身影高大挺拔，像山一樣籠罩著她。他的眼神充滿了憐惜，臉上的神色複雜至極。

薛錦煙這才聽到自己的聲音不比奶貓大多少。

譚弈一隻手輕輕攔下她的攻擊，將手中的藥碗放下，突然將她拉進懷裡，在她用盡全力尖叫之前貼著她的耳朵說：「我去殺了譚誠，妳會好一點兒嗎？」

她伏在他懷中喘著氣，虛弱的身體讓她在激動之後眩暈不已。她一定是生出了幻覺。譚弈在說什麼？他要殺了譚誠？哈？

譚弈輕攏著她。她如此單薄，像一縷輕煙，讓他不敢多用半分力氣。他猶豫了下，終於將臉靠在她鬢旁，腦中飄過歲月與記憶。

幼時初見失去父母被接進京的她，素衣素裙，紅脣黑眸，像一朵小小的花。那時，他也沒了爹娘，被譚誠收養，帶去了邊城接她。許是同命相憐，他不自覺地生出保護之心。從那時起，他眼裡就只有她了。看著她在宮中展露笑顏，像春天最粉嫩的花漸漸的快要盛放……

不知不覺中，他落下淚來，眼淚滴在她頸窩裡，燙得她回過了神。她驚恐不已，用力撐著他的胸膛，想要脫離他的懷抱。

「讓我抱一次可好？錦煙，妳是我唯一貪戀的人。」譚弈溫柔地桎梏著她，在她耳邊哽咽出聲，「是譚誠殺了我的爹娘。我認賊作父這麼多年，我真當他如親父一般敬愛……」

如果不是知曉真相，他會開心在秋日她生辰後與她成婚，會踏上朝堂盡抒所學，站上權力高峰。他會感激義父對他的栽培與恩賜。一切都已成泡影。

他的聲音在顫抖。伏在他胸口，薛錦煙聽到寬厚胸膛深處傳來如悶雷一般的痛楚。譚弈的話讓她放棄了掙扎，她的腦袋停止了轉動。她已無力去分辨真假，也許，她還在夢中。

「好起來，錦煙，讓自己快點好起來。妳的父親是赫赫有名的神將，妳是將門之女，妳不能如此嬌弱。」他的心痛楚萬分。她如此柔弱，將來怎麼保護自己？「穆瀾的時間不多了，妳可還想救她？」

這句話讓她瞬間清醒。

穆瀾！

她曾經愛慕過的那個少年，哦，不，是那個如天神下凡般英氣迫人的女子。她手中揮舞的薛家槍挑破了埋在塵埃與時光中的祕密，也挑起了薛錦煙的仇恨和勇氣。她想起了坤寧宮那晚的畫面。穆瀾，受了重傷的穆瀾被東廠抓走了。她不能這樣死，自己要救穆瀾，要想辦法報仇！

譚弈扶起她的臉，看到她眼中漸漸有了神采。他微微笑著，彷彿看到花開。「妳現在不用信我，且看著吧。」他端起藥碗。

她機械地喝完藥，一粒糖塞進她嘴裡，苦澀的嘴裡頓時生出絲絲甜意。她望著他，嘶啞地說道：「你不怕我告訴譚誠？」

譚弈拿出一方絹帕輕拭去她嘴角的藥漬，「死無所懼。」

他的世界已經完全崩塌，他唯一的心願就是與她見上最後一面，他已無懼生死。

生恩不如養恩，譚誠的教養、給他的一切如同烙印深刻在他的生命中。譚誠能留她性命都是為了他。

父母之仇不共戴天，養育之恩難以回報，他無路可走。

譚弈站起了身，輕聲說道：「如果我不是譚誠的義子，錦煙，妳可會給我一個機會，去試著喜歡我？」

薛錦煙不知所措。這樣的譚弈她太陌生。

最後他將絹帕塞進她手中，合攏了她的手，聲音如風，「錦煙，聖意難測，妳多保重。」

他緩緩後退，最後給了她一個璀璨至極的笑容。這笑容讓他英氣勃發，丰神俊朗。她沒來由地想起京中流行的那句話，羞殺衛玠解元郎。

他離開時，有風吹進來，吹滅了桌上的燭火。層層帷帳包圍中的寢宮幽暗如夜，薛錦煙低頭看手中的絹帕——如果不是指間的觸覺，她會以為自己做了個荒誕的夢。

絹帕上畫著囚禁穆瀾的地圖與守衛分布，被她找機會交給了林一川曾經的小廝雁行，今天的錦衣衛千戶莫琴。他是她唯一能相信的人。

她能下床之後就常去找無涯。

從小在宮中長大，薛錦煙仍然看不透無涯眼神深處的情緒。彷彿沒有坤寧宮那一晚，彷彿他並不知曉是自己的母族策劃殺死她的雙親。無涯仍然待她如同親生妹子一般，是對她愧疚嗎？

薛錦煙顧不得去分辨皇帝的真實心意，為了救穆瀾，她不顧一切地從御書房盜走了空白聖旨。

莫琴的溫暖笑容讓她鎮定，她全然信任著他，照著他所擬的計畫行事。她不曾將譚弈的話告訴任何人，她害怕是圈套，她不敢相信。

穆瀾行刑那天，她假奉聖旨令鎮國將軍率領親衛到什剎海抓走了許德昭。混亂之中，她親眼看見譚弈一刀刺向譚誠。

那一刻，她想起了譚弈在她耳邊的話。他真的做到了。

譚誠帶人離開，太后被護送回宮。

紛亂離場的人群裡，只有她拚命擠向什剎海邊那座高大華麗的看臺。

熱鬧如海水退潮，譚弈是灘塗上留下的小魚，等待被陽光與乾涸奪走最後一絲生命。

他的手斷了，手腕以一種奇怪的角度彎曲著。一把雁翎刀將他死死釘在木板上。薛錦煙奔過去。許是她的臉遮住了陽光，給了他最後的清涼，譚弈的眼神動了動。他看到了她，嘴裡冒出的汩汩鮮血讓他再無力說話。

薛錦煙將手放在他臉上，看著他像是笑了笑，眼中的神采驟然消失。

是因為看到她，心滿意足地死去。

香燭在墳前被風吹得搖曳，薛錦煙往火裡扔著紙錢，喃喃低語，「阿弈，那間密室找著了。皇上拿到了譚誠、許德昭結黨營私的帳本。譚誠死了，穆瀾沒事了。皇上並非對她無情，若無他默許，林一川也救不走她。皇上……」

「林一川的小廝是錦衣衛呢，皇上怎會不知他的計畫？哎，不說他們了。我記得你說過，小時候你爹娘曾帶你來此遊玩，那是你最後一次和他們出遊。我把你們都葬在這裡，我想你會喜歡。」

紙錢燒完，她靜靜地看了會兒墳塋，悄悄地往山崖邊睃了一眼。莫琴還站在那兒。

薛錦煙咬了咬脣，低聲又道：「皇上將我賜婚給那個討厭的傢伙，是賞賜他當了那麼多年的細作。他從小廝一躍升為錦衣衛千戶，皇上大概也認為給我找了個好歸宿。沒有殺我滅口，還給我找了個千戶當丈夫，對得起我了。可是我卻好生難過。」

「既然你逼我吃藥讓我活過來，我便要活得順心如意。我來看過你便也要從宮裡逃走啦，我想去找林一川和穆瀾。知恩圖報，想必也會收留我。只是，阿弈，我離京後不知什麼時候再來看你了，你安息。」

站在崖邊的莫琴深吸了一口氣，有些討厭自己的耳力了。

薛錦煙站起身，扭頭往山坡上走，根本沒有向莫琴打招呼的意思。反正他會自己跟著來……身體驀然被扳轉過去，撞得她鼻子發疼。沒等她回過神，他已圈緊了她的腰。

「你要幹什麼！」薛錦煙嚇得直用雙手推他。

「噓！」他撮脣打斷了她的話，「想讓所有人知道下官正在輕薄殿下，不妨聲音再大一點兒。」

讓同行來的錦衣衛看到他抱著自己，不如讓她死了算了！薛錦煙深吸一口氣，傲慢地說道：「你想說什麼，本宮聽著！」

他是她口中討厭的傢伙，連賜婚都想逃，他怎麼就不想放手呢？莫琴慢條斯理地說道：「下官耳力不錯，不想讓殿下誤會，所以想告訴殿下一件事。殿下病重的時候，是下官不顧宮禁，每晚翻牆給殿下餵藥。」

夢裡隱在黑暗中的影子，強侵入口的舌與苦澀味道，不是譚弈是他？

他說完時，薛錦煙分明看到他的喉結動了動。她倒吸一口涼氣，不會是她想的那樣吧？

他臉上兩個笑渦漸深，「對，就是殿下所想那般，以脣相輔，渡以藥湯。」

「啪！」

薛錦煙滿面通紅，一耳光搧在他臉上。

「那時在竹溪里，妳不也是這樣餵我喝水的？」莫琴沒有躲開，淡然說道：「妳當時救我一命，我如此照做也救妳一命，哪點不對？」

哪點都不對！薛錦煙低吼，「你不讓我走，知不知道被你拖著走路，我的腳底都磨出了水泡！」

莫琴繼續說道：「所以那時我雖然重傷在身，還背著妳走了幾十里地，身上的血都快流乾了，妳怎不記得？」

「是，所以你把我摔山坡下去了！差點沒摔死我！」

「妳也是摔在我身上，把我的傷口壓得裂開，差點沒命。」

「我不是去給你找水了嗎？」

「所以，錦煙，妳究竟為何厭我？」莫琴很是不解，「妳拿到譚弈給妳的地圖，妳只給了我。之後偷聖旨假傳旨意的行動也全然聽信於我，如此大罪都置之不理，難道不是因為妳信我？還是恨我不曾告訴妳，我真實的身分？」

四目相對，薛錦煙漸漸被他看得訕然。他是小廝時，她也不曾介意過他的低賤身分，她在意的不過是他的心罷了。她彆扭地轉開了臉嘟囔，「不就是皇上賜婚嗎？反正你也不是喜歡我。」

原來如此。莫琴定定地看著她，「坤寧宮那晚之後，我夜夜翻牆進宮，就為了一個不喜歡的女子？」

薛錦煙不加思索地反駁，「那也是為了報答我的救命之恩。」

唯女子與小人難養也！莫琴沉思了幾息，認真說道：「薛錦煙妳聽好了，我喜歡妳。如果譚誠未死，仍逼妳嫁給譚弈，我定會將妳搶走。」

薛錦煙又驚又喜，繼而羞惱，「我才不信！」

腰間一鬆，莫琴放開了手，看也不看她就往山坡上去，「隨妳。」

他居然就這樣走了？薛錦煙恨恨地跺腳，提起裙子就追，「我說我不相信！我不會嫁給你！」

莫琴轉過頭道：「既然殿下無論如何不肯相信，下官這就回宮請皇上收回賜婚旨意。不就是介意皇上將妳賞給了我嗎？我不要這道賞賜。不用賜婚，我去向皇上提親，妳可願意相我一次？」

他的目光炯炯，讓薛錦煙瞬間想起竹溪里同患難的日子。他真的是喜歡她嗎？貝齒狠狠地咬著下唇，她仰頭叫道：「你再說句喜歡我，本宮就信！」

他敢說嗎？薛錦煙惡狠狠地瞪著他，只要他稍露遲疑，她定瀟灑放手。

這有何難？莫琴展顏，「下官心悅殿下已久矣。」

他就這樣輕易說出了口。薛錦煙呆呆地仰望著他，瞧著他臉頰的笑渦漸深，一顆心不聽話地急跳起來。

身體驀然騰空，卻是被他抱了起來。薛錦煙遲疑了下，雙手繞上他的脖子，「你、你什麼時候喜歡我的？」

「殿下偷雞給下官吃的時候。」

「呀，不准說本宮的糗事。」

「是，殿下還跑掉了一隻鞋，窘得不肯走路。」

「你、你一個大男人不過受了傷，晚上就哭著喊娘！」

「皇上不賜婚，你真的會去提親？」

「妳若不允，我便進宮將妳偷走。」

薛錦煙啐他一口，卻忍不住把臉埋在他頸間，吃吃笑了起來。

愉悅笑聲被風吹得四散，山間道旁等候的錦衣衛們忍不住會心而笑。離開這會兒工夫，頂頭上司與公主殿下終於和好了。

珍瓏無雙局 伍

作　　者／桩桩
執 行 長／陳君平
榮譽發行人／黃鎮隆
協　　理／洪琇菁
總 編 輯／呂尚燁
執 行 編 輯／許晶翎
美 術 監 製／沙雲佩
美 術 編 輯／李政儀
國 際 版 權／黃令歡、梁名儀
企 劃 宣 傳／洪國瑋
文 字 校 對／朱瑩倫、施亞蒨
內 文 排 版／謝青秀

國家圖書館出版品預行編目資料

珍瓏無雙局 / 桩桩作 . -- 1 版 . -- [臺北市]：城邦文化事業股份有限公司尖端出版：英屬蓋曼群島商家庭傳媒股份有限公司城邦分公司發行 , 2022.10-
冊；　公分
ISBN 978-626-338-373-9（第 5 冊：平裝）

857.7　　111011937

出版／城邦文化事業股份有限公司　尖端出版
台北市 104 中山區民生東路二段 141 號 10 樓
電話：（02）2500-7600　傳真：（02）2500-2683
讀者服務信箱：7novels@mail2.spp.com.tw
發行／英屬蓋曼群島商家庭傳媒股份有限公司城邦分公司　尖端出版
台北市 104 中山區民生東路二段 141 號 10 樓
電話：（02）2500-7600　傳真：（02）2500-1979
劃撥專線：（03）312-4212
戶名：英屬蓋曼群島商家庭傳媒（股）公司城邦分公司
劃撥帳號：50003021
※ 劃撥金額未滿 500 元，請加付掛號郵資 50 元
法律顧問／王子文律師　元禾法律事務所　台北市羅斯福路三段三十七號十五樓

台灣地區總經銷／中彰投以北（含宜花東）　楨彥有限公司
電話：（02）8919-3369　傳真：（02）8914-5524
雲嘉以南　威信圖書有限公司
（嘉義公司）電話：（05）233-3852　傳真：（05）233-3863
（高雄公司）電話：（07）373-0079　傳真：（07）373-0087
馬新地區總經銷／城邦（馬新）出版集團 Cite（M）Sdn Bhd
電話：603-9057-8822　傳真：603-9057-6622
E-mail：cite@cite.com.my
香港地區總經銷／城邦（香港）出版集團 Cite（H.K.）Publishing Group Limited
電話：852-2508-6231　傳真：852-2578-9337
E-mail：hkcite@biznetvigator.com

版　次／ 2022 年 10 月 1 版 1 刷　Printed in Taiwan